THE SIGMA FORCE SERIES ⑭

タルタロスの目覚め

［下］

ジェームズ・ロリンズ

桑田 健［訳］

The Last Odyssey

James Rollins

シグマフォース シリーズ⑭

竹書房文庫

THE SIGMA FORCE SERIES

The Last Odyssey

by James Rollins

Published in agreement with the author,
c/o BAROR INTERNATIONAL, INC., Armonk, New York, U.S.A.,
in association with the Scovil, Galen, Ghosh Literary Agency, New York,
through Tuttle-Mori Agency, Inc., Tokyo

主な登場人物

グレイソン（グレイ）・ピアース……米国国防総省の秘密特殊部隊シグマの隊員
ペインター・クロウ……シグマの司令官
モンク・コッカリス……シグマの隊員
キャスリン（キャット）・ブライアント……シグマの隊員。モンクの妻
ジョー・コワルスキ……シグマの隊員
セイチャン……ギルドの元工作員。グレイの恋人
マリア・クランドール……米国の遺伝学者。コワルスキの恋人
エレナ・カーギル……米国の古人類学者・考古学者
ケント・カーギル……米国の上院議員。エレナの父
ダグラス・マクナブ……カナダの気候学者
フィン・ベイリー……ヴァチカンの司祭
セバスチャン・ロー……ヴァチカンの司祭
ハワード・ファイン……ユダヤ教のラビ
フィラト……テロリスト。四十八代目の「ムーサー」
ネヒール・サート……テロリスト。「モーセの娘」の一人
カディール……テロリスト。ネヒールの兄

目次

下巻

タルタロスの目覚め　下

シグマフォース シリーズ⑭

黒海
リア
トロイ
アンカラ
ギリシア
エーゲ海
トルコ
クレタ島
シリア
地中海
キプロス島
アレクサンドリア
ビア
エジプト

フランス
スペイン
バルセロナ
マヨルカ島
パルマ
サルデーニャ島
ローマ
ティレニ
地中海
カリアリ
ヴルカーノ
シチリ
ウエルバ
カディス
ジブラルタル
海峡
タンジール
アルジェ
チュニス
カサブランカ
モロッコ
チュニジア
マラケシュ
アルジェリア
アガディール

グリーンランドの地図

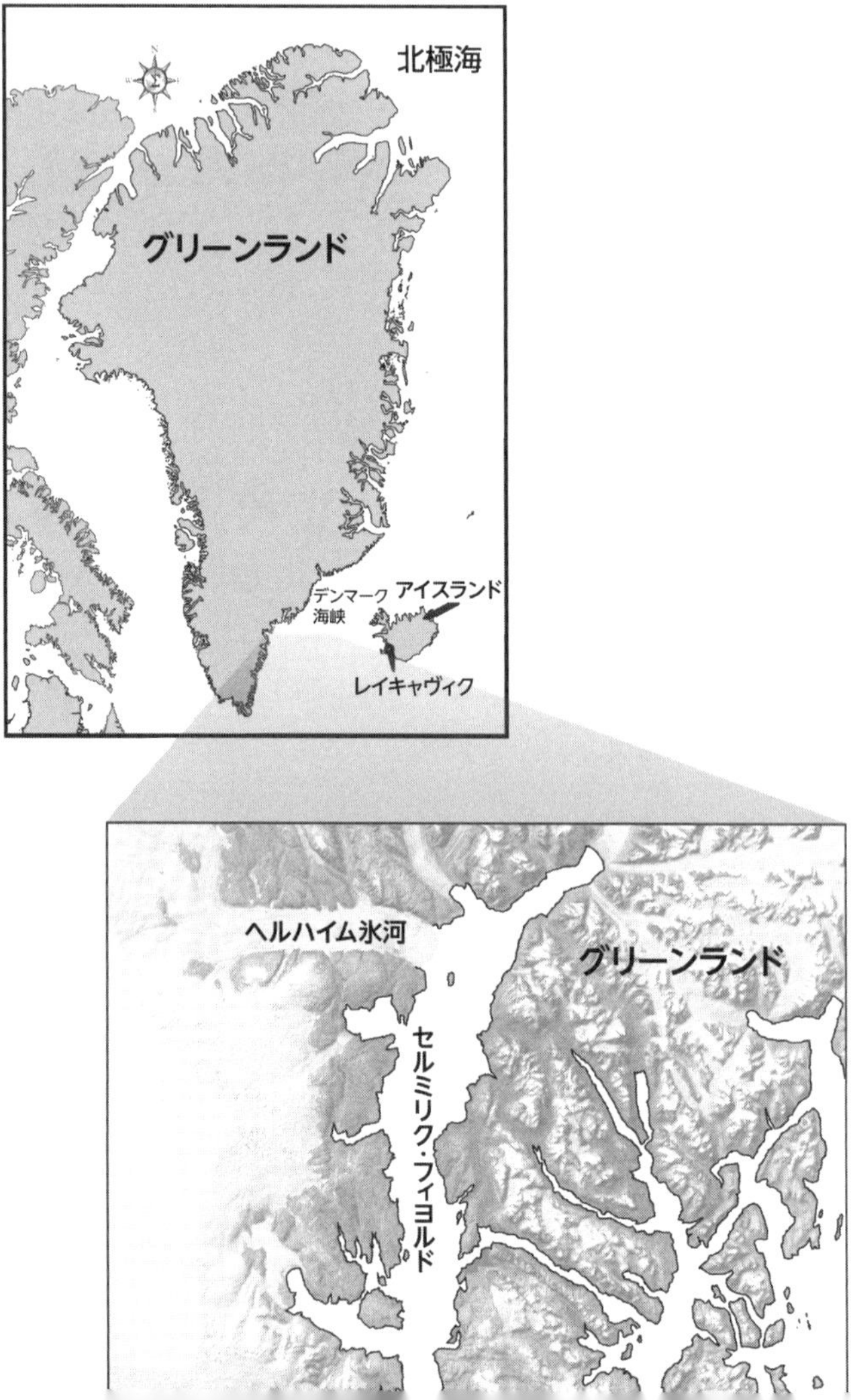
北極海
グリーンランド
デンマーク
海峡
アイスランド
レイキャヴィク
ヘルハイム氷河
グリーンランド
セルミリク・フィヨルド

第四部　ヘラクレスの柱

人が越えてはならぬとしてヘラクレスが定めた海峡に達した頃には、私も旅の仲間も老いて動きが遅くなっていた。

――ダンテの『神曲』の「地獄篇」において、オデュッセウスがウェルギリウスに与えた警告。

24

六月二十五日　中央ヨーロッパ夏時間午前十時五十四分
スペイン　パルマ

　グレイはセブンシーズ・エクスプローラー号の船首を見下ろすスイートルームのプライベートバルコニーに全裸で立っていた。午前中のまぶしい陽光を浴びた地中海は、現実とは思えないほど鮮やかなサファイアブルーに輝いている。潮の香りを含んだ温かい風が吹きつけ、屋外スパから出て間もないグレイの濡れた体を乾かしてくれる。眼下では船首の先端部分の旗が風を受けて激しくはためいていた。

　前方に目を向けると、マヨルカ島の海岸線が次第に大きくなり、クルーズ船の次の寄港地が近づいていた。

〈島から次の島へ……〉

　グレイは神々によって翻弄《ほんろう》され、自分の力では運命をどうすることもできないオデュッセウスになったかのような気分だった。もちろん、ホメロスの叙事詩中の英雄は、このような優雅な航海をしていたわけではない。グレイが立っているのはエクスプローラー号のリージェントスイートの主寝室に付属するバルコニーで、スイートルームは船の十四階の前部甲板側すべてを占めている。もう一つの寝室とはバーを中心にしたダイニングルームとラウンジから成る共有スペースでつながっていた。

このスイートルームを使用できたのは、通信の遮断を解除したおかげだった。

昨夜、こっそり船に忍び込んだ後、グレイは暗号のかかった衛星電話にバッテリーを入れ直し、シグマの司令部と連絡を取った。そうしてはいけない理由など、もはや存在しなかった。ほぼ二日間、一切の連絡を絶っていても、チームにとっては何もいいことがなかった。グレイたちは居場所を突き止められ、襲撃されたのだから。

バルコニーの手すりを握る指に力が入る。

前方に見える湾の奥に広がっているのはマヨルカ島のパルマという街で、スペイン領バレアレス諸島の州都に当たる。街を代表する名所の姿は、この距離からでもひときわ目立っている。サンタマリア大聖堂のゴシック様式のファサードと尖塔《せんとう》が、強い日差しを浴びた街並みの上にそびえていた。

その圧倒的なまでの存在感に、グレイは失ったものの大きさを思い知らされた。モンシニョール・ローとラビ・ファインの行方および生死は、いまだに不明のままだ。これまで二人の教皇に仕えてきたボサード大佐の遺体は、安置所に保管されている。

グレイは起きた出来事をすべてペインターに伝えた。司令官はカリアリを封鎖し、行方不明の聖職者二人のために市内を徹底的に捜索してくれるはずだ。だが、ペインターは別の面でも影響力を行使してくれた。グレイがシグマに連絡を入れた直後の真夜中過ぎ、プールサイドのバーにいたグレイたちのもとに、クルーズ船のパーサーがやってきた。パーサーはルームキーを載せたトレイを手にしていて、グレイたちを十四階のフロアまで案内した。両開きの扉を開くと、そこは寝室が二つある豪華なスイートルームだった。あまりにも値段が張るために、この最高級の部屋は利用客がいなかったと見える。

グレイたちは誰一人として不満を漏らさなかった。

疲労困憊《こんぱい》していた一行は、船室内の思い思いの場所で倒れ込むようにして休息を取った。スイートルームには外の通路を監視する防犯カメラが設置されていた。それに加えて、扉のすぐ外には船の警備員が二人、配置に就いている。それでも、グレイは夜の間、セイチャンと交代で監視を続けた。

自分が見張りを担当している時、グレイはペインターから新しい情報を受け取った。

〈ようやく朗報があった〉

信じられないような話だが、グレイたちがカリアリを出発してからわずか一時間後、コワルスキが街の近くの砂浜に打ち上げられた。彼もひどい目に遭っていたが、ドクター・

エレナ・カーギルがグリーンランドで彼女を拉致《らち》したグループによってクルーザーに監禁されていて、まだ生きているとの情報ももたらしてくれた。残念ながら、当局が動いた頃にはクルーザーは姿を消していた。

今も船の捜索は続いている。

水音が聞こえ、グレイは我に返った。セイチャンが背後のスパから上がったところだ。熱い湯から出て背中をそらすセイチャンの姿に、グレイは思わず息をのんだ。セイチャンが頭を振ると、背中に垂れた長い黒髪が翻《ひるがえ》る。水滴が胸のふくらみから鍛え上げた腹部に流れ落ちる。エクスプローラー号が次の港に向かっている間は特にすることがないため、二人はスイートルームの設備を満喫した。室内にも金メッキを施した浴室があり、そこにはホットストーンルームが二部屋に、サウナまで備わっていた。

しかし、目の前の美しさにかなうものは何一つない。

グレイはセイチャンに歩み寄り、抱き寄せた。背中に回した両手が下に移動する。セイチャンからはバスソルトのジャスミンと、いつもの彼女の濃厚な香りがする。ジャックの誕生後、二人だけの親密な時間は、あわただしく落ち着かないものばかりだった。

「港に着くまでに一時間ある」グレイはセイチャンの耳にかすれた声でささやいた。

「それなら、またポンプで母乳を出しておかないと」

「うーん……」グレイは背中の片手をさらに下げ、太腿《ふともも》の裏側をつかむと、相手の片脚を自分の腰まで持ち上げた。「それは後回しでいいんじゃないかな」

「そう思う?」重力を無視するかのような華麗な身のこなしで、セイチャンはもう片方の脚も持ち上げ、グレイの腰に巻き付けた。「本当に?」

グレイはセイチャンの体を壁に押しつけ、その件に関する決意のかたさを伝えた。

セイチャンはグレイの髪に指を絡ませ、顔を引き寄せると唇を重ねた。

一時間はあっと言う間に過ぎていった。船内放送を聞いて、二人はようやくベッドの上で絡まったシーツの間から体を起こした。急いでシャワーを浴び、服を着て、つかの間の現実逃避の場をしぶしぶ後にする。

グレイが扉を開けようとすると、セイチャンが前に割り込み、立ちはだかった。「もう一度するべきね」

グレイはセイチャンに身を寄せたまま、片方の眉を吊り上げた。「時間がないと思うんだが、試してもいいぞ」

セイチャンがグレイの胸に左右の手のひらを当てた。真剣な話をしている時だけに見せる仕草だ。「私が言いたいのは、二人きりになるということ。もっとこういう時間を持つことが必要」

グレイは相手の目を見た。「俺もこういう時間が欲しいと思う。でも、ジャックが――」

「母親だけでいることはできない」セイチャンが口にした。

その瞬間、グレイにはセイチャンが何週間もの間、もしかすると何カ月もの間、隠そうと努めていた気持ちが見えた。彼女の心の中にある、罪悪感、悲しみ、そして困惑。グレイは自分の額を相手の額に押し当てた。「おまえに母親だけでいてほしいなんて決して思わない。ジャックのことは心から愛しているが、おまえの存在は俺の心そのものだ。俺たちが本当の自分でいられなければ――ジャックに対しても、お互いに対しても、本当の姿を見せなければ、それはジャックのためにもならないことだ」

セイチャンがため息をつき、目を伏せた。瞳に映る罪悪感は薄れたものの、完全に消えたわけではなさそうだ。セイチャンがまだ何かを決めかねているのを察し、不安からグレイの心臓の鼓動が大きくなる。

船内放送のスピーカーからクルーズディレクターの声が聞こえてきた。船が港に到着し、ツアー客と個人旅行客の下船が可能になったというアナウンスだ。

セイチャンがこの問題はひとまず先送りにしようと言うかのように、グレイの胸を左右の手のひらで軽く叩いた。「行かないと」

寝室を出て共有スペースに入ると、スイートルームに備え付けのスタインウェイのピアノが奏でるチャイコフスキーの調べが二人を迎えた。扉を通してほかのクラシック作品の音色がかすかに聞こえていたので、グレイは楽器に自動演奏機能が備わっているのだろうと思っていた。だが、鍵盤の前に座っているのはベイリー神父で、最後の和音を弾いているところだった。

ピアノの隣に立つマックは、再び腕を三角巾で吊っていた。コーヒーの入ったマグカップを手にしていて、テーブルに向かって顎《あご》をしゃくった。「客室係が昼食と飲み物を持ってきてくれたよ」

セイチャンがタワーのように積み重なった小さなケーキと一口サイズのサンドイッチのもとに向かった。

グレイがマックの横に立つと、ベイリーが手のひらと手首をさすりながら立ち上がった。

「ちょっと腕が鈍ったかな」神父が言った。「でも、考え事をするにはちょうどいい」

何が司祭の心を悩ませているのか、グレイには察しがついた。その原因がコーヒーテーブルの上に置いてある。青銅製の箱のふたが開いていた。黄金の地図と銀のアストロラーベが室内に差し込む太陽の光を浴びて輝いている。グレイはマリアが船室のバルコニーに立ち、にぎやかなパルマの港を見つめていることにも気づいた。彼女は景色に見とれているのではなく、じっと見守っているのだ。

「だが、何も新しいことは判明しなかった」ベイリーが地図を見て眉をひそめながら認めた。「しかも、知識を提供してくれるはずのモンシニョール・ローがいないから……」

出口のない袋小路にはまったようなものだ。

グレイにもそのことはわかっていた。まばゆい陽光をもってしても、大きくなるばかりの暗いムードを一掃することはできない。地図を見下ろすうちに、またしてもグレイは故郷に導いてくれる羅針盤のない状態に置かれ、海で途方に暮れているかのような感覚にとらわれた。

扉をノックする音で、三人は船室の入口の方に目を向けた。

ほかにもその音を聞きつけた人がいた。

午後零時十分

〈ああ、よかった……〉

数分前、マリアは桟橋とつながるタラップを歩く見覚えのある大きな体を見たように思ったのだが、彼女にとってはそれで十分だった。そのため、扉をそっと叩く二度目のノックの音がする前に行動を起こしていた。バルコニーから室内に駆け戻り、ほかの人たちの前を走り抜けてスイートルームを横切る。

マリアは一直線に扉へと向かった。

グレイが後ろから呼びかけた。「防犯カメラの映像で確認してから――」

〈そんな必要はないわ〉

誰なのかはわかっている。足を前に踏み出すたびに、体の中の緊張がほぐれていき、肩の重荷が軽くなるように感じる。体の抑えが効かないまま、マリアは取っ手をつかみ、扉を引き開けた。

入口の正面にいた客室係がびっくりして後ずさりした。

マリアは客室係を肩で押しのけ、その隣にいた来訪者に飛びついた。

ジョーは手にしていた大きなダッフルバッグを床に落とし、「うっ」という大きな声を漏らしながら両腕で彼女を抱き止めた。

マリアはジョーにしがみつきながら、罪の意識を体から押し出そうとした。「本当にごめんなさい、ジョー」

「ええっと、何のことだい？」

マリアはその質問に答えようとした。カステル・ガンドルフォでスーツケースが空っぽだという事実を隠して送り出したことを説明しようとした。けれども、良心の呵責《かしゃく》を覚える本当の理由はそのことではないとわかっていた。今この瞬間、ジョーの腕に抱かれながら、それを理解する。恥ずかしさと罪の意識の原因は、彼女がずっと抱いていた、自分の心の中でふくらむに任せていた疑いの気持ち――自分たちの関係についての、自分たちの将来についての、彼に対する、もしかすると自分自身に対する疑いの気持ちにあったのだ。

ジョーを失ってしまうかもしれないという恐怖が、その迷いを完全に消し去った。

彼に対する愛を痛いほど感じる。

〈絶対にあなたを失いたくない〉

その思いを言葉にすることができず、マリアはジョーの胸に顔をうずめ、汗のにおいを吸い込み、体から発する列車のエンジンのような熱を感じた。彼女の体を包み込む腕の力強さが伝わる。

〈どうしてこれを疑うことができたんだろう？〉

ジョーはマリアを抱え上げたまま部屋に入ってから、少しばかり手荒に床に下ろした。マリアはジョーの手を握り続けた。ジョーがもう片方の手で腰をさすり、表情を歪《ゆが》める。

「地球の果てまでだって君を運べるよ。わかっていると思うけどな。だけど、今は勘弁してくれ。誰かに背骨をへし折られそうになったんでね」

「ごめんね」マリアはまたしてもぎこちなく謝った。

顔を見上げると、鼻に絆創膏《ばんそうこう》が貼ってあり、鼻の穴には綿が詰まっている。ジョーがどんな目に遭って、どんな拷問を耐え忍んだのかについては聞かされていた。戻ってきてくれたことはうれしくてたまらない一方で、負傷した姿を見ると喜びも半減するし、エレナが囚《とら》われの身のままだということも忘れるわけにいかない。

〈彼女がまだ生きているならば、の話だけれど〉

その思いがマリアを現実に引き戻した。

大きなダッフルバッグを運ぶグレイに向かってジョーがうなずいた。グレイが両手を使わないと室内に運び入れられないような重さだ。「ペインターからのプレゼントさ」ジョーが説明した。「桟橋の脇に用意されていた。おまえの頼んでおいたものが全部揃っているといいんだがな」

グレイが床に片膝を突き、バッグのジッパーを開けると、中身をざっと確認した。マリアは黒いポリマーのケースが何個も積み重なっていることに気づいた。そのいちばん上には「シグ・ザウエル」の文字が刻印されている。そのほか、銃身の短いライフルのような武器も、弾薬が詰まっていると思われる箱の上に載っていた。

グレイは武器を無視して画面が十インチほどのタブレット端末を取り出した。「ひとまずドクター・カーギルの捜索はペインターとキャットに任せる。二人はコワルスキが提供した手がかりをもとに、彼とエレナが監禁されていたトルコ沿岸部の地下施設についても追っているところだ」

グレイがタブレット端末を手にしたまま立ち上がり、全員に向き直った。「俺たちに関してだが、敵の正体はいまだに不明だ。しかし、やつらが何を追い求めているのかはわかっている。クルーズ船はここに一泊しかしないので、俺たちが次に向かうべき場所を突き止めるための時間は一日もない」グレイがジョーに顔を向けた。「それを手伝ってもらうために、そっちのクルーザーで起きたことを事細かに教えてほしい。ドクター・カーギルがおまえに話したことも、ほのめかしたことも、独り言としてつぶやいたことも、全部だ」

ジョーはグレイの話を無視してコーヒーテーブルに歩み寄った。「おまえたちもこれを持っていたのか」両手の拳を腰に当てた姿勢で、地図とアストロラーベをじっと見ながら顔をしかめている。「どこで手に入れたんだ?」

ベイリー神父がホーリー・スクリニウムとレオナルド・ダ・ヴィンチについて説明した。ジョーが歴史の授業はごめんだと言わんばかりに手を振った。「ああ、もうわかった。それで、そいつを動かすことはできたのか?」

「いいや、だめなのだ」ベイリーが認めた。

ジョーはいらだった様子でため息をつくと、ベルトを外し、ズボンを足首まで下ろした。ありがたいことに、ちゃんとボクサーパンツをはいている。ジョーは太腿に何重にも巻かれた包帯に手を伸ばした。マリアはジョーが焼きごてで火傷《やけど》を負ったという話をすでに聞かされていた。

ジョーは包帯の間に指を突っ込み、テープで固定してあった細い青銅製のピンを三本取り出した。「エレナがこれを見つけたんだ。保管しておくように言われた。連中に見つけられたくなかったんだろう。拷問を受けたら差し出してしまうかもしれないと案じていたんじゃないかな」

「それは何なの？」マリアは訊ねた。

「エレナは『フナムシの針』……とか呼んでいたな」ジョーがアストロラーベを指差した。「そいつに挿し込むと地図が作動するんだ」

グレイがピンを受け取って調べた。

その肩越しにのぞき込むベイリー神父は興奮を抑え切れない様子だ。「それはダイダロスの鍵を開けるための道具だ」

午後零時二十八分

コワルスキはもう一つの地図に起きたことをできる限り詳しく説明した。コーヒーテーブルの周囲を歩き回りながら話をする。グレイとベイリー神父は地図の前にひざまずいた姿勢になっていた。二人はピンの旗に刻まれているのと同じ文字を探しているところだ。

ほかのみんなも二人のまわりに集まっている。

コワルスキは説明の締めくくりに入った。「そのボールが終点まで着かないうちに邪魔が入った」

「つまり、船の最終目的地までは見届けていないんだな?」グレイが二本目のピンを挿し込みながら確認した。

「さっきも言ったけど、邪魔が入ったんだ。エレナなら俺が見落とした何かに気づいていたかもしれない。放射線を浴びるかもしれない危険も顧みずに、もっと近くで見ていたから」コワルスキは肩をすくめた。「俺はいつか子供を持ちたいと思っているんでね」

素早くマリアに視線を向ける。

〈そうだろ?〉

マリアが眉をひそめ、グレイの方を向くように手で合図した。

ベイリーが片手に持ったアストロラーベを回しながら、アームの内側にある球体の表面の一点を指差した。「ここだ。これが最後の文字だ。そうだろう?」

グレイが眉間《みけん》にしわを寄せて顔を近づけ、うなずいた。「しっかり持っていてくれ」三本目のピンを慎重に挿し込む。

ベイリーが両膝を突いた姿勢のまま体の向きを変え、アストロラーベを黄金の窪《くぼ》みにそっと置いた。神父が下唇を噛み、グレイに視線を向ける。

すべてはこれから何が起きるかにかかっている。「あとは側面にあるレバーをはじくだけだ」コワルスキは指示した。「そして、離れていること」

「その作業をするのは君がふさわしいと思う」グレイが司祭に伝えた。

「わかった」ベイリーが地図の側面に移動し、小さなL字型のハンドルに手を伸ばした。それをつかんでゆっくり回しながら、コワルスキに説明する。「例の炎の燃料源がないため、これは手で動かさなければならないのだよ」

そう聞かされても、コワルスキは念のために一歩後ずさりした。

どうしても子供が欲しいのだ。

コワルスキはマリアの隣に立ち、彼女の手を握った。二人が見つめる中、神父がハンドルを回し続ける。地図上では小さな銀色の船がトルコの黄金の海岸線を出港し、目の覚めるような青色の宝石でできたエーゲ海に進んでいく。

「うまくいっている」マリアがささやき、手を握る指に力を込めた。

船は島伝いに移動し、ところどころで停止しながら、ギリシアを離れてイオニア海を横断した。ブーツのような形をしたイタリア半島を回り込み、つま先部分とシチリア島の間を抜ける。

全員が固唾《かたず》をのみ、一心に地図を見つめている。

「次はヴルカーノ島に行くんだぜ」コワルスキはささやいた。

「静かにして」マリアがたしなめた。余計なことを言うと装置が壊れてしまうとでも思っているかのような口調だ。

船はシチリア島を回り込み、上に小さなルビーが載っている火山群島のところで停止した。マリアがコワルスキの顔を見る。

　コワルスキは肩をすくめた。〈だからそう言ったじゃないか〉

　ベイリーがハンドルを回し続けるが、船は止まったまま動かない。神父の眉間にしわが寄った。「どうやら調子がおかしいようだ」

　コワルスキはそのまま続けるように合図した。「次の段階に移るまでに少し時間がかかるんだ」

　その言葉を信じてうなずくと、神父は小さなL字型ハンドルをなおも回した。ようやくコーヒーテーブルの上の地図が揺れ始めた。内部にあるぜんまいを使った仕掛けのようなものが、ハンドルの力に耐え切れなくなったのだろう。

　コワルスキはマリアを下がらせた。「あまり近づかない方がいい」

　前の時と同じように、地中海を表すラピスラズリがそれまで見えていなかった線に沿って割れた。地中海をばらばらにする迷路のような亀裂が、火山島の連なりから複雑な模様を描いて広がっていく。

「偽りの道筋だ」コワルスキは説明した。

　ベイリーがハンドルを回す手を緩めた。その表情には苦悩と畏怖《いふ》の念が入り混じっている。「モンシニョール・ローもこの場にいて、これを目にすることができればよかったのに」

グレイが注意した。「回し続けろ。手を止めてはだめだ」

神父がハンドルの回転を速めた。そのうちに亀裂が狭まってふさがり、さっきまでと同じきれいな海面が戻ってきた。ただし、継ぎ目が一本だけ残っていて、ゆっくりと幅を広げながら、その長さも延びていく。ヴルカーノ島からサルデーニャ島南部、続いてアフリカ大陸北岸に。小さな船も航海を再開し、裂け目の中に入り込み、一本の細い棒によって運ばれていく。棒は磁石になっていて、銀色の船の竜骨の下に少量の鉄が隠れているのかもしれない。

「がっかりだな」コワルスキはつぶやいた。

「どうしたの？」マリアが訊ねた。

「蒸気はどこに行ったんだ？　炎は？」

「燃料がないからでしょ」マリアが言い聞かせた。

楽しみを奪われ、コワルスキは不機嫌になった。

船は残った一本の亀裂を進み続け、アフリカ大陸の北岸に沿って西に向かい、ジブラルタル海峡のところで延び続ける裂け目の先端に追いついた。

「前回はここまでしか見られなかったんだよ」コワルスキは指摘した。「その先はどこに行くのか、わから――」

ベイリーがハンドルを回していると、地図の内部から大きな金属音がした。箱が再びガタガタと振動し、その揺れの大きさで地中海がばらばらになる。宝石の破片が飛び散った。残ったラピスラズリもジグソーパズルのピースのようになって箱の内部に落下し、数個の青い破片が斜めにぶら下がっているだけになってしまった。箱の中では青銅製のギアとワイヤーが光を反射していて、不思議な装置の仕掛けがあらわになっていた。

マックが首を左右に振った。「モンシニョール・ローがこの場で目撃していなくてよかったのかもしれないな」

ベイリー神父はハンドルを回し続けているが、その顔には失望の色が浮かんでいた。「空回りしている」

グレイが全員の思いを言葉で表した。「壊れたんだ」

それを証明するかのように、銀色の船が磁石から外れて転覆し、内部の仕掛けの中に沈んで見えなくなった。

「オデュッセウスもあの世行きだな」コワルスキはつぶやいた。

ベイリーが肩を落とした。「ここに持ってくる途中でだめにしてしまったのかもしれない」

セイチャンが神父の肩に手を置いた。「それとも、そもそも完成していなかったのかも。ダ・ヴィンチは部分的な設計図をもとにして作業をしていたという話じゃなかった？　自分なりに工夫しなければならないところがあったんでしょ」

ベイリーはため息をつくばかりだ。

「いずれにしても」グレイが立ち上がった。「壊れてしまったものはどうしようもない。振り出しに戻ったということだ」

グレイがコワルスキの方を見た。何が言いたいのかは明らかだ。ここから先の望みは、コワルスキがどれだけのことを覚えているかにかかっている。

〈やれやれだ〉

コワルスキは地図の残骸をにらみつけた。

〈ダ・ヴィンチの馬鹿野郎〉

25

六月二十五日　中央ヨーロッパ夏時間午後零時三十五分
チュニジア沿岸

〈ここでは誰を信じたらいいの？〉

エレナはモーニングスター号の第三デッキと第四デッキの二フロアを占める贅沢《ぜいたく》な図書室で机の前に座っていた。壁面と床にはタイガーウッドとマホガニーのパネルが貼られていて、手すりの錬鉄《れんてつ》には角度のあるムーア人風のデザインが施してある。アラビアの航海史に関連した大量の書物と収集物が、ガラス扉の奥に保管されていた。螺旋《らせん》階段が通じている上のフロアには、高さのある書棚の最上段まで届く金色の梯子《はしご》が設置されている。

エレナは山と積まれた本の上に眼鏡を置いたまま、痛む目をこすった。このクルーズ船に乗り換えて父と出会ってから、一睡もしていない。

〈どうしてパパがここに？　この人殺し集団といったいどんな関係があるの？〉

何もかも、さっぱりわからなかった。それに父からは何の説明もない。ヘリコプターで到着した後、彼女をハグして、朝になったらすべてを説明すると約束しただけだ。その後、父はムーサーと呼ばれた男と一緒に船内へと姿を消した。大使の肩に腕を回し、まるで親しい友人同士のように見えた。

その後、ネヒールとカディールがエレナを広々とした特別な個室に連れていった。この図書室と同じく、豪華な造りだった。そこまでの移動中、エレナは通路に大勢の武装した男女がいることに気づいた。通り過ぎた中には船内の武器庫として使用されているフロアもあり、小さな国ならば十分に攻め落とせそうなほどの兵器が揃っていた。どうやらモーニングスター号の真の姿は豪華な軍艦ということのようだ。

エレナを個室に監禁する前に、ネヒールが足枷《かせ》を外した――ただし、無言のまま険しい表情を浮かべていたので、父からの指示に従うのが不満だったのだろう。その一方で、カディールは一晩中、扉の近くで見張り役を務めていた。今も図書室のすぐ外にいて、腕組みをしたまま、入口の両開きのガラス扉に背を向けて立っている。

低いつぶやき声を耳にして、エレナは横に注意を向けた。図書室の中で本棚に囲まれていない唯一の部分は外側に突き出ている一角で、海の上に張り出した形状になっている。弧を描く窓からは、海と北アフリカのチュニジアの海岸線を一望できる。

二人の男性がテーブルを挟んで向かい合わせに座っていて、あたかもチェスの勝負をしているかのように見えるが、二人の間にあるのはチェス盤ではなくて黄金の地図だ。すでにエレナとは自己紹介をすませ、お互いの話のすり合わせも終わっている。怪我《けが》をしているラビのハワード・ファインは夜の間に手当てを受けていた。絆創膏で留めてあった血だらけのガーゼは、きれいな包帯に交換されている。鎮痛剤のせいだろうか、今朝もラビの目はどこかうつろなままだった。もう一人はモンシニョール・セバスチャン・ローと名乗った。

サルデーニャ島でジョーの同僚たちとともに襲撃を受けた経緯は、モンシニョールが話してくれた。エレナには二人の男性が殺されずにすんだ理由も察しがついていた。どちらも考古学者で、喫緊《きっきん》の課題に重要な神話と歴史を専門にしている。彼女の調査の助手としての役割を期待されているのだろう――結果を出せなかった場合の拷問用としての人質も兼ねている。

エレナは自分の置かれた状況が父の登場で根本的に変わったなどという淡い期待を抱いていなかった。部屋の設備こそ立派になったものの、ほかはすべて同じままだ。

二人の男性が地図を見ながら小声で会話する様子を、エレナは無言で見つめた。モンシニョール・ローからはダ・ヴィンチによる複製版の地図と、本物のダイダロスの鍵についての話があった。どうやらジョーの同僚たちがまだそれを持っているらしい。

エレナはその情報に大きな期待をかけた。

〈ジョー、あなたが頼りなんだから〉

聖職者たちと情報を交換した時、エレナはある一つのことだけを伝えなかった——アストロラーベの鍵を開いた後、ジョーと一緒に目撃したことについてだ。二人からは悪意や隠し事をしている様子はうかがえなかったものの、父の登場で受けた動揺があまりにも大きすぎた。

〈本当に信じられるのは誰なの？〉

いちばん安全な答えは「自分だけ」だ。

そのため、エレナは地図が教えてくれたことを明かさなかった。

いずれにせよ、自らに課された義務が免除されるわけではなかった。図書室で朝食を取っている時に、ネヒールからそのことを思い知らされた。ダイダロスの故郷サルデーニャ島を出港後、フナイン船長がどこに向かったと考えられるのか、教えるように要求されたのだ。

エレナはその答えを知っていた。すでに地図が教えてくれていた。オデュッセウスの小さな銀色の船はプレートテクトニクスの炎に沿ってサルデーニャ島から南に向かい、チュニジア沿岸の港で一時的に止まったのだ。その時もまた、エレナにはほかの口実が、その方角を指し示すための、本当に知っていることを別の事実でごまかすための、理由づけが必要だった。エレナは嫌だと言いたかったし、要求を断りたかった。けれども、気力が残っていなかった。疲れ果てていたし、父の登場という衝撃があまりにも大きすぎた。それに結局のところ、次の港を教えたところで、何が違うというのだろうか?

エレナは二人の男性のはるか向こうに連なる北アフリカの海岸線を見つめた。昨夜、脱出計画が失敗に終わる前に大量の古代の本を調べ、またしてもストラボンの『地理誌』の記述から、チュニジアに向かうべき格好の理由を思いついていた。

朝食を取る間に、エレナはネヒールにすべてを説明し、アフリカ大陸の沖合にある島についての数多くの噂を伝えた。それによると、その島はホメロスの記述に出てくるロートパゴス族が暮らす島だと言われていた。彼らはロートスの木の実を食べる人たちで、オデュッセウスの部下たちに美味な果実を食べさせ、故郷に帰ることや仕事のことを忘れさせた。ヘロドトスやポリュビオスなどの古代の作家も、その島が見つかるのはチュニジアの沿岸だと主張していた。

エレナは自らの論点を補強するために、フナインがその知識に大いなる信頼を寄せていたストラボンの記述を使用した。『地理誌』の中でストラボンがロートパゴス族の所在地について述べている部分を、ネヒールに見せたのだ。そこには「ロートスを食べる人々の住むシルティス」と記されていた。

エレナは思いがけないところからの支援も得た。モンシニョール・ローが話に加わり、ストラボンの記述にある「シルティス」はチュニジアの沿岸にあるジェルバという島の古代名だと断言してくれたのだ。

ネヒールは説明を受け入れ、図書室を後にした。

その直後、モーニングスター号は針路を南に変更し、三時間かけてアフリカ大陸の北岸に到達した。

〈でも、ここから先は？〉

エレナは一つだけ期待を抱いていた。もしジョーたちがきちんと動作する地図と本物のダイダロスの鍵を持っているならば、この船よりも先に最終目的地までたどり着けるかもしれない。

エレナはその頼みの綱にすがっていた。

〈でも、それだけで十分なのだろうか？〉

午後一時四十分

一時間後、声を聞きつけたエレナは図書室入口のガラス扉に注意を向けた。ネヒールが戻ってきて、カディールと言葉を交わしている。ただし、いるのはその二人だけではなかった。

父の姿を目にしたエレナは身構えた。怒りを覚える一方で、懐かしい顔を見て温かい気持ちがこみ上げてくる。自分を育て、善悪の区別を教え、倫理観を形成し、海や航海史への愛を植えつけてくれた男性に対して、体が本能的に反応する。

一時的な高揚感はすぐに冷めた。エレナは「心が重い」という言い回しを聞いたことがあったが、それが単に比喩的な表現ではないことを実感したのはこれが初めてだった。胸の奥で心臓が鉛のように重たく感じられ、その鼓動もどこか鈍くて力強さがない。エレナは指の関節で胸骨のあたりをさすりながら、その奥にある苦痛を取り除こうとしたが、どうしてもできなかった。

ネヒールが電子式のカードキーで図書室のロックを解除し、まず父を部屋に入れた。その後ろからネヒールが続き、最後にカディールが室内に入る。

父が両腕を大きく広げ、図書室を横切りながら近づいてきた。「エレナ、愛しい娘よ」

エレナは立ち上がり、冷めた気持ちのままハグを受け入れたが、自分からは返さなかった。

父はそのことに気づかなかったようで、しばらくしてから体を離した。「こんなにも時間がかかってしまったことを許しておくれ。ドイツでEU首脳会議が開催中なものでね。上院外交委員会の委員長として、すでに出席の予定が入っていたのだよ。そんなちょっとした偶然のタイミングで、ここに立ち寄る格好の口実ができた。もちろん、知らせを聞いてからはリモートで会議に参加していたのだがね、その――」父は手を振り、船全体を指し示した。

エレナは歯を食いしばったものの、それはいい情報でもあった。エレナが生きているらしいとの知らせが父のもとに伝わったのであれば、それはジョーが当局に連絡のできるところまで無事にたどり着いたことを意味する。

「幸運にも」父の話は続いている。「モーニングスター号には高度な通信システムが備わっていて、信号をあちこちに飛ばすことができる――そのおかげで私の所在地を隠せるだけでなく、ハンブルクのホテルの部屋からテレビ会議で参加しているように見せかけることも可能なのだ」

エレナはようやく声を出すことができた。「パパ、いったいここで何をしているの？」

「ああ、そうだね。会議の休憩時間を利用してここにやってきたのはそのためなのだ」父がガラスの壁の近くにあるテーブルを指差した。「こっちにおいで。説明しよう」

エレナはふざけないでと言いたかったが、答えを知りたかったため、父の後についてテーブルに向かった。二人は空いていた二脚の椅子に座り、モンシニョール・ローとラビ・ファインとともにテーブルを囲んだ。

ネヒールもやってきて、すぐ近くに立っている。

エレナがテーブルに着くと、父はまわりを見回しながら質問した。「君たちはアポカリプティのことを知っているかね?」

ローがひるんだ様子を見せながら、目を見開いて父を険しい眼差《まなざ》しでにらんだが、何も言葉を発しなかった。

「聞いたことがないけれど」エレナは認めた。「アポカリプスの複数形とか?」

父が笑みを浮かべた。ちょっと苦笑したような、少年を思わせるその笑顔が、上院議員として四期目の任期を務めるうえで大きな力になっている。「そうだな、ある意味ではその通りかもしれない。そのグループのことを知ったのは中東での二度目の従軍中だった。戦闘任務の際に、私が所属していた歩兵部隊はバグダッドにあるアポカリプティの支部を壊滅させた。一人を捕虜に取り、数多くの文書を押収した。その捕虜を見張っている間に、私は彼らが何者なのか、何を目指しているのか学んだ。捕虜と話し、アポカリプティの教えの核となる文書を読んだ後、私は考えが変わった。我々には共通の目標があると認識したのだよ」

エレナはネヒールを、続いてカディールを一瞥《いちべつ》した。「つまり……捕虜によって密かにイスラム教に改宗させられたというの?」

父が短い笑い声をあげた。「もちろん違うよ。彼らが自分たちの教えを信じているように、私も自らの教えを強く信じている。私には彼らが間違っているとわかる。彼らも私が間違っているとわかっている。しかし、さっきも言ったように、我々には共通の目標がある」

「それは何なの？」エレナは訊ねた。

「あらゆる必要な手段を講じて、アポカリプス――この世の終わりをもたらすことだ」

エレナは心がさらに重たくなるのを感じた。フナインのダウ船に保管されていた恐ろしい武器が脳裏に浮かぶ――そのエネルギー源となる放射線を帯びた地獄の炎のことも。ここにいる一団はタルタロスに隠されているあの恐るべき力と失われた知識を利用して、地球規模の戦争を引き起こし、この世界に地獄を解き放とうと目論《もくろ》んでいるのだ。

父は説明を続けた。「アルマゲドンをもたらした後は成り行きに任せるだけだ。フィラト大使は自らがイスラムの教えにおける伝説的なマフディーになり、十二代目のイマームとして世界を終わりに導くと信じている。一方で私は、アルマゲドンの道筋と結果に対してまったく異なる見解を抱くキリスト教の学者たちの教えに従う」

父が肩をすくめた。「ただし、その二つの宗教だけではない。アポカリプティは自らが信じるところに従って世界の終わりを見届けようとする者たちをすべて受け入れる。携挙《けいきょ》と患難《かんなん》を信じる福音派。ヴィシュヌの最後の化身カルキを待ち望むヒンドゥー教徒。世界を焼き尽くす七つの太陽の出現を見守る仏教徒。同じく彼らなりの終末の姿を信じているユダヤ教徒も」

父はラビに向かって手を振った。「当然ながら、君はゼカリアやダニエルの預言書に詳しいはずだ」

ラビ・ファインは眉間にしわを寄せた。「もちろんだ。救済者メシアの時代について述べている。離散したユダヤ人たちがイスラエルの地に集結し、その結果として大いなる戦争が勃発《ぼっぱつ》すると、その間にユダヤのメシアが復活し、その破壊の中から新たな世界が誕生する」

うなずいた父の瞳は、高揚感で輝いている。エレナは父が敬虔《けいけん》なカトリックだと知っていたし、二十年前に母が乳癌で亡くなってからは父の信仰の深さを再認識した。多くの人が父を新時代のＪＦＫと見なしているのはそのためだ——ただし、父はケネディよりもはるかに厳格な倫理規範に従っている。

〈それとも、私がそう思っていただけなのかも〉

エレナは父を問い詰めた。「つまり、アポカリプティというのは、この世の終わりという共通の見解に執着する狂信者連合ということなのね」

「細かいことを指摘したくないが、君の使った『狂信者』という言葉は盲目的な信仰を意味する。それに対して、我々は複数の見解を受け入れる。我々のメンバーには科学関係の人間も数多い。実際のところ、宗教的にはどことも接点のないまったくの無神論者で、独自の終末説に固執しているメンバーもいる。気候変動や世界規模のパンデミックといった現代的な問題だったり、はるか遠い未来の宇宙の終わりを軸にした考え方だったり」

「それはまたずいぶんと幅広い集まりね」エレナは指摘した。

「だが、さっきも言ったように、私たちには共通の目標がある」

ローがかすかなうめき声を漏らしながら背もたれに寄りかかった。「神の手を無理やり動かすこと。アルマゲドンを引き起こそうと目論んでいるのだな」

「昔から言うではないか、『天は自ら助くる者を助く』と」父の顔に不敵な笑みが浮かぶ。「地獄の門を開き、世界を炎で浄化した時、我々の中のどの一派の考えが正しいと証明されるのかはわからない。フィラト大使が伝説のマフディーとなって灰の中から新たな楽園を作り出すのか？　それとも、私が自らの運命をかなえるために台頭するのか？」

その言葉が何を意味するのか問いただすよりも早く、父はエレナを、続いてネヒールを手で指し示した。「いずれにしても、神の意思が我々を導いているようだな。一連の出来事が私の愛する娘とムーサーの第一の娘を結びつけたではないか。二人が力を合わせれば、我々がその門を開く助けになってくれることだろう」

エレナはそんな協力関係に神の手が関わっているなどとは考えたくなかった。それが偶然によるものだと信じる気にすらなれない。昨夜、なかなか寝つけなかったエレナは、一変してしまった自分の世界について見直してみた。歴史への愛を後押しし、考古学の道に進むように導き、さらには海への愛を教えてくれたのも父だった。父はこれまでずっと、自らの野望を支えるために娘を育ててきたのだろうか？　失われた知識を探し求めるような分野に娘を導いたのは、すべて自らの運命をかなえるための手段だったのだろうか？

〈でも、その運命とは？〉

エレナは大きく息をのんだ。「マフディーになるつもりじゃないとしたら、パパは何になる運命だと考えているの？」

父の瞳の興奮した輝きが、熱い炎に燃え上がった。ずっと前からこのことを娘に教えたいと思っていたに違いない。「エレミヤ書、第二十三章、第五節」

ローが首を左右に振った。モンシニョールが理解したのは明らかだ。ラビ・ファインも不快をあらわにした表情を浮かべている。

「何なの？」エレナは問い詰めた。

父がエレミヤ書の一節を引用した。「主は言われる、見よ、私はダヴィデのために正しい若枝を起こす日が来る。彼は王となり、知恵で世を治め、この地に公正と正義を行なう」

エレナは父が言わんとすることを理解した。どうやら父はアメリカ合衆国の大統領になる以上の大きな野心を抱いているらしい。エレナは父を見つめ、高揚感の裏にある狂気を、血の殺戮《さつりく》の裏にある野望を見て取った。

「ダヴィデ王の生まれ変わりになるつもりなのね」

午後二時一分

〈不敬な不信心者め……〉

ネヒールは眉をひそめ、目の前の者たち全員は神の祝福を否定する異教徒だと決めつけた。エレナ・カーギルに怒りの眼差しを向ける。女の父親は二人を結びつけたのが神の意思だと断言した。ネヒールはそんなことを信じようとも思わなかった。この弱い女と結びついているなど受け入れられない――そんな運命のはずがないし、それがアラーの思《おぼ》し召しだということはありえない。

グリーンランドに向かう前、ネヒールはターゲットが上院議員の娘だと教えられていたが、その父親がアポカリプティの高位のメンバーだという話はムーサーから一切なかった。第一の娘として、この情報を知る権利があったはずなのに。ネヒールは昨夜、逃亡を試みた女を危うく殺すところだった。もし殺害していたら、ネヒールは追及を受け、残酷な罰を受けていたことだろう。拷問にかけられ、殺されていた可能性が高い。

女を殺す寸前に、ムーサーから真実を知らされた。必要に迫られてやむをえず教えたという感じだった。その後、女をモーニングスター号――ムーサーの本拠地とも言うべき船に連れてくるように命令された。その船内を歩けるのはいつもならば名誉なことだが、ネヒールはここに足を踏み入れてからずっと、ふつふつと燃える怒りしか感じていなかった。その熱い思いは、彼女にとって馴染《なじ》みの存在だった。

これまでの生涯を通じて、男たちはネヒールを裏切ってきた。権力を利用して彼女を制御しようとしてきた。

ネヒールはムーサーだけは違うと信じていた。彼には信頼を寄せていた。

拳を握り締めて深呼吸をしながら、心の中で燃え上がる炎を消そうとする。ムーサーから受けたのは些細《ささい》な裏切りにすぎず、許そうと思えば許せる――いや、許さなければならない裏切りなのだと、自分に言い聞かせる。

カーギル上院議員が自らをダヴィデ王の後継者だと宣言するのを聞きながら、その主張のあまりの厚かましさにかえって怒りが薄れていく。ネヒールはムーサーがマフディーになり、預言にある「導かれた者」として、息子たちや娘たち全員を大いなる栄光に率いてくれると心から信じていた。

〈そして第一の娘の私が、マフディーの右腕としての地位を占める〉

その道筋が――その道筋を忠実にたどることが、死んだ子供たちを取り戻すための唯一の術《すべ》なのだ。そう思いながらも、ネヒールは目の前の不信心者たちとともにこの部屋にいることが耐えられなかった。コーランの第四章第百一節も、「不信心者はあからさまな敵だ」と明言しているではないか。

はるか前のこと、ネヒールはその質問をムーサーに投げかけた。ムーサーはアポカリプティについての彼女の疑念をなだめようと、異教徒とのこうした連合の現実的な必要性を説明し、敵の持つ資産を利用して彼らをおとしめることはコーランの教えにかなっていると説いて聞かせた。年月を経るうちに、アポカリプティは一つにまとまっている方がより力強いのだと、ネヒールも受け入れるようになった。アルマゲドンが訪れれば、異教徒たちはすべて浄化の炎で焼かれる。正しい信仰を持つ者たちだけが台頭し、その炎によってそれまで以上に鍛えられ、全能の剣として新たな世界に向かって正義を導く。

それまでは……

〈一つでいる方がより強い〉

その思いが聞こえたかのように――あるいは、アラーの意思によって突き動かされたのか、カーギル上院議員がテーブルのまわりに座る者たちに向かって同じ考え方を力説した。その言葉がムーサーからの教えと重なり、ネヒールの心の怒りの炎をさらに消していった。それとも、彼女の険しい表情が緩んだのは、テーブルを囲む者たちの顔に浮かぶ当惑の色のせいかもしれない。

「我々はあらゆる場所にいる」上院議員が説明した。「世界各地の宗教界に忠実な支持者たちがいる。政府にも。軍部にも。大学にも。それに加えて、我々の仲間だと気づいていない何千もの人間がいる。彼らはそうとは知らずに我々の大義を支援している。実際のところ、世界が間もなく終わりを迎えると信じているのに、それを阻止するための行動を起こさないのであれば、その人たちも我々の仲間なのだ」

エレナ・カーギルの目に浮かぶ苦悩が、ネヒールにこのうえない喜びをもたらした。

女の父親は話を続けている。「アポカリプティの最上位の階級に属する者たちだけが、我々の世界的な規模の全容を知る立場にある。おまえが我々の監視の目を逃れて行動することは不可能なのだよ」上院議員が腕を差し出し、娘の手をつかんだ。女は振りほどこうとしたが、父親は離そうとしない。「例えば、我々はおまえの友人のジョセフ・コワルスキが仲間たちと合流した事実を知っている」

エレナがはっと息をのんだ。

「だから、助けが来てくれるという望みは捨てることだ」父親が言った。「おまえには厳しい教訓を教えなければならない。エゼキエル書、第三十三章、第十一節」

ネヒールは笑みを浮かべた。怒りの残り火が消え、冷めた満足感だけになる。

カトリックの司祭がその部分を引用して説明した。「『私は悪人の死を喜ばない』」

26

六月二十五日　中央ヨーロッパ夏時間午後二時二十二分
スペイン　パルマ

コワルスキはあきれて目を見開き、黄金の地図の残骸の前を通り過ぎた。「何度繰り返しても同じことだよ。俺が覚えているのはそれで全部だ」腰に鋭い痛みが走り、思わず手のひらで押さえる。「それに腰が痛くてたまらない。おまえの部屋にあるスパを試してみたいんだけどな」

「まだだめだ」グレイが応じた。ベイリー神父とともに壊れた地図を復元するという困難な作業に取り組んでいる。

どう考えても無駄な努力だとしか思えない。

二人はダ・ヴィンチの地図の両側にひざまずき、地図の装置内部に落ちてしまったラピスラズリのかけらの残りを取り出そうとしているところだ。マリア、セイチャン、マックの三人はその近くに腰掛け、青い破片を集めながら、コーヒーテーブルの上に地中海を徐々に再現しつつある。一行は一時間半かけて壊れた地図の残骸を調べ、装置が指し示そうとしていた場所に関する手がかりを探し続けていた。

　ベイリーがため息をついた。「ぜんまいが吹き飛んだ時、ギアと仕掛けの半分がずれてしまっている。時間を十分にかけて、ダ・ヴィンチが作業に使用した設計図と見比べながら進めれば、何かがわかるかもしれないのだが」

「それはどうかな」グレイが反論した。「たとえ時間があったとしても、地図は最終目的地をぼかして指し示すように造られていたんじゃないかと思う。ダウ船の中で見つかった航海日誌に関してコワルスキが教えてくれたことによると、地図の秘密を解除するために必要な道具を持っていたのはフナイン船長だけだ」

　コワルスキが恐れていたように、グレイが再び氷のように冷たい視線を向けた。「もう一度、覚えていることをすべて話してくれ。最初からだ」

　コワルスキはうめいた。〈勘弁してくれよ〉だが、みんなが自分を頼りにしていることはわかっている。マリアも期待を込めた表情で見つめ、小さくうなずきながら頑張ってと励ましている。そのため、コワルスキはエレナと初めて会った時の話から始めた。それを思い出しただけで、焼きごてを押しつけられた太腿の火傷の痛みがよみがえってくる。

「やつらは俺を利用してエレナの協力を取りつけようとした」コワルスキは切り出した。

順を追って説明するコワルスキを、グレイが何度も制止し、タブレット端末でエレナが引き合いに出した書物を調べた。その数はかなりの多さになった。

コワルスキは細かい点まですべて、会話の断片まですべてを思い出そうと懸命に頭をひねったが、このような尋問のやり方が何かを生み出すとは期待をかけていなかった。エレナだってどこに行く必要があるのか解明できていなかったのは確かなのだから、彼女と話した内容を伝えたところで、どうして手がかりが得られるというのか？

「彼女がかなり執着していたのはストラボンとかいうやつの本、『地理誌』だ。かなり分厚くて、二千ページ以上もあった。たいていは黙って読んでいたよ。彼女がその本から何かを学んだとしても、自分の胸にしまっていたんだろうな」コワルスキはお手上げのポーズをした。「これで全部。話はおしまいだ」

それから十分間、グレイは無言のままタブレット端末で何かを調べていたが、ようやく口を開いた。「何かが抜けている」

〈この問題を解明できると本気で信じているなら、おまえの頭のねじが何本か抜けているんだよ〉コワルスキは思った。

グレイが顔を向けた。

コワルスキはにらみつけた。「もう一回やってくれと言うつもりなら……」

「そうじゃない、それはもういいんだ。だが、ドクター・カーギルは何かに気づいていたんじゃないかと思う」グレイがタブレット端末の画面を指差した。「彼女が参考資料として使った本をすべてリストにした。最初に調べた資料と後になって調べ直したものを比べると、調査の進め方にはっきりとした変化が現れ始めていた」

「どういうことだね？」ベイリーが訊ねた。

グレイの目はコワルスキに向けられたままだ。「おまえの話だと、エレナは地質学の本を見るようになったということだった」

コワルスキは肩をすくめた。「それがどうした」

「ヴルカーノ島に到着した時は、彼女はその島の歴史について詳しく話をしていたんだよな？」

「ヘパイストスとかいう神様についての話がほとんどだったけどな」

「だが、その説明の終わりになって、彼女は急に話の流れを変えた。ヘパイストスの神話を生み出した火山活動はすべて、実際にはプレートの活動によるものだと指摘した」

マリアがうなずいた。「神話の裏にある科学ということね」

「しかし、その時でさえも、エレナは地質学関係の資料を調べはしなかった」グレイが続けた。「もっと後になって、地図が作動して地中海に炎の線を刻んで以降だ」グレイの視線が険しくなる。「その時の彼女の言葉をもう一度教えてくれ。正確に、一語一句、思い出してほしい」

コワルスキは目を閉じた。地図が燃える様子を、黄金の炎を思い浮かべる。あの時、エレナは身を乗り出すようにして地図を眺めていた。その様子に見入っていたのは間違いない。「俺が覚えているのは、プレートのぶつかり合いを火で表現しているとか何とか、つぶやいていたことだけだ」

グレイがうなずいた。「そしてその後になって、彼女は地質学の本を調べるようになったんだな？」

「そうだと思う」

グレイがタブレット端末に視線を戻した。コワルスキはその背後に回り込み、肩越しに画面をのぞきながら、グレイが何を解き明かそうとしているのか突き止めようとした。

〈エレナが地質学の本を読みたがったところで、いったい何が違うっていうんだ？〉

コワルスキが見ている前で、グレイは画面に地中海周辺の地形図を呼び出した。コーヒーテーブルの上にある黄金版とよく似ている。コワルスキは目を凝らして――

雷鳴のような爆音がクルーズ船を揺るがした。船尾が高く持ち上がり、どんどん傾きを増していく。全員が船首方向に投げ出された。

スタインウェイのピアノがひっくり返って床の上を滑り、窓にぶつかって数枚のガラスを吹き飛ばした。バーカウンターからボトルやグラスが転がり落ち、粉々に砕けながらピアノの後を追う。

コワルスキたちの体もバルコニーの扉に向かって床を転がった。扉は開けっ放しになっている。マリアの体がその隙間を通り抜け、バルコニーを滑っていく。コワルスキは前に飛び込み、腹這《はらば》いの姿勢で片手を伸ばしてマリアの足首をつかむと、もう片方の手で扉の脇の柱をつかみ、マリアの落下を食い止めた。

コワルスキを見つめるマリアは目を丸くしていて、そこには恐怖が浮かんでいる。

〈離さないからな〉

コワルスキはマリアを自分の方に引っ張り上げながら、室内を振り返った。黄金の地図がコーヒーテーブルの上で大きく傾いている——次の瞬間、ラピスラズリの破片をばらまきながら落下した。

「しっかりつかまれ！」グレイが叫んだ。

〈俺が何をしていると思っているんだよ？〉

コワルスキがまだ一息つけずにいるうちに、船尾側が水平に戻り、何かが砕ける音とともに桟橋に激しく叩きつけられた。全員が今度は反対方向に飛ばされた。ピアノも割れた窓から室内側に転がり、弦を震わせながらバーカウンターに突っ込んだ。

まだ船が揺れる中で、グレイが立ち上がってバルコニーに走り出た。すでに衛星電話を手に持ち、口に当てている。

「状況を知らせてくれ」グレイが叫んだ。

コワルスキは理解できずに眉をひそめた。マリアに手を貸して立たせてから、急いでグレイの後を追う。コワルスキがバルコニーに出た途端、耳をつんざくような轟音《ごうおん》が聞こえた。巨大な飛行機がクルーズ船の真上を低空飛行で通過する。湾の上空を飛行しながら、機体下部から海に向かって次々と物体を投下しているのが見える。それに続いてこもった爆発音が立て続けに鳴り響き、海水が巨大な噴水と化して空高く舞い上がった。

〈爆雷だ〉

コワルスキは空に目を向けた。ジェット機が爆破地点の上空を急旋回し、再び攻撃を仕掛けようとしている。ようやくコワルスキはそれが見覚えのある機体だということに気づいた。対潜哨戒機のポセイドンだ。その飛行機が誰の指揮下にあるのかも予想がついた。イタリアの空軍基地の滑走路に駐機していた同じ機体を思い浮かべる。

湾内では海に向かって爆雷による二度目の攻撃が実施された。大きな波が立って水しぶきが噴き上がる中で、黒い鋼鉄製のクジラの体の後部が高く持ち上がり、横倒しになったかと思うと、上下が逆さまになって海中に沈んでいく。

コワルスキはそれがエレナをグリーンランドから連れ去ったのと同じ潜水艦に違いないと思った。あるいは、仲間の船かもしれない。いずれにしても……

〈プルマンのやつ、ようやく獲物を発見したようだな〉

午後三時三分

「もう一度、言ってくれ！」グレイは爆発音とジェット機のエンジン音に負けじと衛星電話に向かってわめき、相手の言葉を聞き取ろうとした。

プルマン指揮官が応答した。「駆けつけるのが遅れて申し訳ない。ターゲットはＡＩＰエンジンを使用していたんでね」

グレイは理解した。ＡＩＰ――非大気依存推進方式のエンジンを搭載した潜水艦は、原子力潜水艦よりも静かな航行が可能だ。アメリカ海軍の機動演習で、対潜水艦防衛システムをすり抜けた例もある。

「あいつは俺たちの目をくらまし続けていた。おそらくロシアのラーダ型だろう。一発目の魚雷を発射した時、ようやく位置をロックすることができた」

グレイは斜めに傾いた状態で海面に浮かぶエクスプローラー号が横揺れするのを感じた。幸運にも、クルーズ船に命中した魚雷は一発だけだった。だが、浸水が続くにつれて船の傾きが増していく。攻撃を受ける前、船内はほぼ無人の状態になっていた。クルーズ船の乗客の大半は観光のために島に上陸していたので、ガス漏れを口実に残りの旅行者とほとんどの乗員を船から降ろすのは容易だった。

今朝の夜明け前、クルーズ船の入港までまだかなりの時間がある段階で、プルマン指揮官の哨戒機は湾の周囲にソノブイを投下していた。グレイは追っ手が再び攻撃を仕掛けてくるはずだと読んでいた。通信の遮断を解除した後だからなおさらだ。空からの支援のほか、地上からの攻撃があった場合に備えて、スペイン軍の部隊が桟橋の入口付近で密かに配置に就いていた。

しかし、グレイは攻撃があるとすれば海からだと考えていた。

グレイは電話を握り締めた。「これ以上の爆雷の投下は保留してくれ」

「了解。生き残ったやつを尋問したいんだろう？　ダイバーから成る救助チームが向かっているところだ」

グレイは生き残りがいることを期待していたものの、主な狙いは敵にメッセージを送ることにあった。〈これからは二度と俺たちに不意打ちをかけることはできないぞ〉

グレイが室内に戻ると、船が揺れて右舷側にさらに傾いた。

「この船を降りないとまずいんじゃないのか」コワルスキが指摘した。

グレイはエクスプローラー号が沈むことはないだろうと思ったものの、コワルスキの意見は正しかった。テーブルから落ちた黄金の地図に歩み寄り、膝を突くと、踏ん張って正しい向きに直す。続いて地図の一部をつかみ、力任せに引き剝《は》がした。グレイは破片を両手に持って立ち上がった。

「行くぞ」ほかの人たちに指示する。

ベイリー神父がダ・ヴィンチの貴重な作品の残骸を見下ろした。「残りも持っていくべきじゃないのか?」

「当局に知らせてそれを確保させ、イタリアに返還するよう手配しておくよ。だが、俺たちにはもう必要ない」

コワルスキがすぐ後ろからついてくる。「なぜだ?」

グレイは敵がしっかりとメッセージを受け取り、これからはもっと慎重に行動するはずだと期待しつつ、扉に向かった。途中でコワルスキを振り返り、理由を説明する。

「俺たちがどこに向かう必要があるのか、わかったからさ」

27

六月二十五日　中央ヨーロッパ夏時間午後三時八分
チュニジア沖合

〈誰が誰に対して教訓を教えているわけ？〉

エレナは大声をあげて笑いたかったものの、喜びを表に出さないようこらえた。エレナと年配の男性二人は、図書室から大型クルーザーの通信室に連れてこられていた。一列に並んだモニターには、パルマの港の周囲に設置された複数のカメラからのライブ映像が映っている。

海中を進む潜水艦——おそらく自分が乗せられていたのと同じ潜水艦の水中カメラからの映像を見た時、エレナはびくっとした。流線型の魚雷が海中を進み、やがてその姿が見えなくなったのだ。別のモニターには魚雷が停泊中のクルーズ船の船尾に命中する様子が映し出された。船が激しく揺れ、爆発の衝撃で船尾が高く持ち上がった。

ジョーがあの船に乗っているのだと思うと、エレナは胸を締め付けられる思いだった。

通信室に集まったまわりの人たちからは歓声があがった。ガッツポーズを作る人もいた。すぐ隣に立つネヒールは惨劇を楽しんで笑みを浮かべていた。

ところが、すぐに状況が一変した。

複数のモニターに上空を通過する飛行機を様々な角度から撮影した映像が表示されたかと思うと、爆雷が投下され、立て続けに炸裂《さくれつ》したのだ。まばゆい炎と爆発で発生した巨大な気泡の中で、水中の映像が激しく揺れる――やがて映像は大きく傾き、ついには真っ暗になった。

通信室内を沈黙が支配した。

エレナの傍らに立つ父が罰当たりな言葉を吐き捨てた。

〈今日の教えはここまでみたいね、パパ〉

父がフィラトの方を見た。「乗員が当局に身柄を拘束されたら、我々の身にも危険が及びかねない」

大使が顔をしかめた。「潜水艦の乗員は致命的な被害が及ぶような知識を持っていない。少しばかり厄介な問題になる程度だ。それに彼らは非常に忠実でね。生け捕りされるようなみっともない真似はしないだろう」

そんな確約の言葉も、紅潮した父の顔色を戻す効果はほとんどなかった。エレナの方を向くと、父は怒りのあまり口を開くのもままならない様子で、絞り出すように言葉を発した。「どうやら予定を繰り上げなければならなくなったようだ。おまえにはそのために全面的に協力してもらう」

エレナはかすかに首を横に振った。

〈もうこんなゲームを続けるつもりはない〉

父はエレナの決意に気づいたに違いなかった。「残念なことに、この教訓は失敗に終わったので、別の教訓が必要なようだ」

父が隣に立つ見張りの男のホルスターから拳銃を抜き取った――すぐに体の向きを変え、武器を構え、発砲する。轟音とともに、ラビ・ファインの後頭部が吹き飛び、奥の壁に肉片と血が付着する。男性の体が床にばったりと倒れた。

エレナは悲鳴をあげながら後ずさりしたが、カディールに両肩をしっかりと押さえつけられた。モンシニョール・ローが両手で顔を覆い、目をそらした。フィラト大使までも、冷酷無比な殺害にショックを受けているようだ。

父は落ち着き払った様子で拳銃を見張りに返すと、左右の手のひらをこすり合わせた。夕食で使用した食器を洗ってふき終わった時のような仕草だ。「私の話をしっかり聞いてくれるかな、我が娘よ」

エレナは首を横に振り、続いてうなずいた。あまりの動揺にまともな判断ができなくなっている。

「私の意図がはっきりと伝わったのならいいのだが」父が言った。「おまえは全面的に協力することになる」続いて年配の司祭を見る。「さもなければ、この次の死は短時間で訪れる慈悲にあふれたものではないだろう」

エレナはどうにか冷静さを取り戻すと、同意を示してうなずいた。

父がネヒールの方を見た。「娘とモンシニョール・ローを図書室に戻してくれないかな」

その視線が再びエレナに戻る。「期限は一時間後だ」

ショックで感覚が麻痺《まひ》していたエレナは、図書室まで連れ戻される間、まわりの様子がほとんど目に入ってこなかった。胃がむかむかして吐き気がする。息苦しさを感じる。涙で視界がぼやける。ようやく図書室にたどり着くと、ネヒールがエレナを部屋に押し込んだ。

「一時間後だ」女は立ち去る前に念を押した。

カディールが部屋の外で見張りに就く。

モンシニョール・ローが歩み寄り、エレナを両腕で抱き締めた。エレナは老いた司祭の細い手が小さく震えていることに気づいた。それでも、モンシニョールは懸命に彼女を慰めようとした。「今、彼は我らが神とともにある」ローがささやいた。「永遠の平和に包まれている」

「どうして父はあんなことができたの？」エレナは相手の胸に顔をうずめ、うめき声を漏らした。「あれは本当に父なの？」

「私にはわからない」ローがため息をついた。手の震えは収まりつつある。「この年齢になっても、一部の人間の堕落の深さを理解できない。私は第二次世界大戦中に生まれた――その戦争が起きたのは、『すべての戦争を終わらせるための戦争』と言われた第一次世界大戦が終わって間もない頃だった。情けない話ではないか。今も我々人間がお互いに対してしていることを見たまえ」

エレナはもたれかかったままうなずき、何度も深呼吸を繰り返した。

モンシニョールがようやく体を離し、エレナの肩をつかんで両腕を伸ばすと、真意がきちんと伝わるように顔をのぞき込ませた。「君には彼らを助ける必要などない」

「でも――」

「いいのだよ。私は長い時間を生きてきた。死ななければならないのなら、それでかまわない」

「あいつらはあなたを拷問にかけるはず」

「それは肉体だけの話だ。私の魂に手を触れることはできない。あらゆる時代を通じて聖人たちは皆――男性も女性も、より大きな善のために苦難を耐え忍んできた」モンシニョールが笑みを浮かべた、「もっとも、私自身を聖人の候補者だと見なしているわけではないがね。それに光輪が似合うとも思わないし」

エレナはモンシニョールの穏やかなユーモアや、自らを犠牲にすることも厭《いと》わない姿勢を素敵だと思ったものの、その目に浮かぶ恐怖と、相手がそれを隠そうとしていることも見逃さなかった。それでも、年配の司祭は自らの身に降りかかる残酷な仕打ちを耐えることができるかもしれない。

〈でも、私はそんなことを見るのは耐えられない〉

エレナは壁の時計を確認した。「作業に取りかからないと」

もう一度だけ震えをこらえて気持ちを落ち着かせてから、エレナは山積みになった本のところに向かった。フナインが次に向かった場所については、すでにだいたいの見当はついていた。脳裏によみがえった炎の川は、アフリカ大陸の北岸を西に進み、ジブラルタル海峡を抜けている。

「私に手伝えることはあるかね？」ローも隣にやってきて訊ねた。

エレナはうなずいた。「やることはたくさんあるけれど、時間がほとんどないし、ほかの人たちが来る前に論理の筋道を聞いてもらえるだけでもありがたいわ」

「最善を尽くそう」

午後四時十分

外の通路から声が聞こえてきたのは、エレナがまだ本やメモで一心に作業を進めている時だった。今回はネヒールだけが来たのではない。フィラト大使と父も一緒だった。

〈どうやらショーの始まりみたいね〉

エレナは本のページから顔を上げた。

この一時間、エレナは新旧を問わず、参考資料をあさっていた。相手を満足させるためには、オデュッセウスの旅路の次の寄港地を見つけるだけではだめで、それなりの成果を示す必要があるだろう。納得させることができなければ、老いた司祭が罰を受けることになるのだ。しかし、ローの力強い助けがあったとはいえ、一時間はあっと言う間に経過していった。

三人が部屋に入ってくる。

全員の目がエレナに向けられていた。

「我々に何を教えてくれるのかな?」父が何の前置きもなしに問いかけた。

エレナは懸命に考えをまとめようとした。テーブル上の黄金の地図のまわりに積まれた本やメモに視線を落とす。頭の中ではパズルのかけらやピースが渦を巻いていて、一貫性と意味のある全体像を組み立てようとしている。

フィラトが問い詰めた。「フナイン船長は次にどこへ向かったのだ?」

エレナは肩をすくめた。「わからない」

それは嘘ではなかった。

地図が作動してアフリカ大陸の北岸に沿って燃える川を示した時、エレナはほかの場所に注目していた。炎の裂け目がジブラルタル海峡の先にまで延びていたことに目を奪われていたのだ。そのため、小さな銀色の船が途中のどこかで止まったかどうかには気づかなかった。

父の表情が険しくなり、その視線がモンシニョール・ローの方に動く。

エレナは手のひらを見せた。「でも」はっきりとした口調で伝える。「彼が最後にたどり着いた場所ならばわかる」

ネヒールが前に足を踏み出した。「最後にたどり着いた、だと? タルタロスがどこにあるのか、地獄の門がどこに隠されているのか、わかるというのか?」

エレナは息をのんだ。「わかると思う。少なくとも、フナインがそれを探し求めてどこに向かったのかに関しては、かなり確実な見当がついている。彼が古代の本の中に発見した導きに従っていたならば、まず間違いない」

「教えろ」フィラトが言った。「正しいかどうかを判断するのは我々だ」

エレナはうなずいた。「フナインはギリシアの歴史家ストラボンの、特に彼の著書『地理誌』の記述と知識を大いに重視していた。その著作の中でストラボンは、オデュッセウスのタルタロスへの旅路は、『タルテッソス』という名前の半ば伝説的な古代王国を目指していたと主張している」

「タルテッソスだって？」父が顔をしかめた。「タルタロスとよく似た名前だな」

「ストラボンの主張の根拠もそこ」エレナはメモを手に取った。「『地理誌』にはこう記述されている。『タルテッソスについて聞き及んだホメロスが、その名前を少しだけ変えて、はるか彼方《かなた》の冥界《めいかい》をタルタロスと命名したと考えるのは自然なことであろう』」

「その場所はどこにあるのだ？」フィラトが訊ねた。

「ストラボンやほかの資料によると、それがあるのは『西の果て』で、『ヘラクレスの柱の先』だという。ちなみに、ヘラクレスの柱というのはジブラルタル海峡の古代名」エレナは顔を上げた。「当時の古代の人々にとって、ヘラクレスの柱の向こう側は太陽が沈んで夜が始まる場所だから、そこにあるものはすべてが不吉だと見なされていた。つまり、ハデスやタルタロスがどこかに存在するとしたら、その向こうにあると考えるのが自然なわけ」

「だが、その向こうのどこなのだ？」父が重ねて訊ねた。

「タルテッソスはジブラルタル海峡のすぐ先、イベリア半島のスペイン南部の海岸沿いにあると言われていた。大きな富と権力を有する王国だった」エレナは再びメモを確認した。「エポロスという紀元前四世紀の歴史家の記述がある。『タルテッソスは非常に繁栄した市場で、川で運ばれてくるスズが大いにあふれていて、ほかには金や銀がある』」

エレナはネヒールを見た。「スズがこんなにも大きく取り上げられていて、金よりも上に扱われているのはどうしてだと思う?」

ネヒールが肩をすくめた。

エレナはほかの二人の方を見た。「なぜなら、スズは青銅の生成に不可欠だったから。タルテッソスは青銅およびそれを生成するための元素の一大生産地として知られていた」フナインのダウ船から解き放たれた恐怖が脳裏によみがえる。「地獄の軍隊を築こうと思ったら、大量の青銅が必要になる」

ほかの人たちが顔を見合わせ、言いたいことを理解してくれたらしいとわかると、エレナはモンシニョール・ローを見た。ここから先の説明を担当するのは彼だ。

ローが咳《せき》払いをした。「だが、タルテッソスの王国には、それにまつわるほかの話がある。それも非常に信頼できる情報源によるものだ」

「その情報源とはどこなのだ?」フィラトが訊ねた。

「旧約聖書だよ」

父が確認を求めるかのようにエレナの顔を見た。エレナはモンシニョールに向かってうなずいただけだった。

ローが説明を続けた。「旧約聖書中には、タルシシュという謎の地名が数多く登場する。例えばエゼキエル書には、『タルシシュはあなたと交易し、銀、鉄、スズ、鉛をあなたの商品と交換した』とある」

エレナは補足した。「言い換えれば、豊かな富を持ち、タルテッソスと似た名前を持つ伝説的な地名がほかにもある」

「多くの聖書考古学者も同意見だ」ローが言った。「タルシシュとタルテッソスは同一の場所だと考えている」

フィラトが眉をひそめた。「しかし、そのことがなぜ重要なのだ？」

「なぜなら、数多くの噂が飛び交っていたから」エレナは説明した。「タルテッソスについて、タルシシュについて。何千年も前——古代ギリシアの時代から、現在の学者に至るまで」

「どんな噂なのだ？」父が訊ねた。

「そこは豊かだと信じられていただけではなかった——その当時よりもはるかに進化した社会が存在すると言われていた。その土地をアトランティスになぞらえる人も多かった」

エレナは今の話がしっかりと伝わるのを待って、数呼吸の間を置いた。三人が顔を見合わせている。

「事実かどうかはともかくとして」エレナは再び口を開いた。「フナイン船長がストラボンやほかの人たちの導きに従って、ヘラクレスの柱の向こう側にまで乗り出したのは間違いないと思う。タルテッソスを、伝説のタルタロスへの入口を、はるかに進んだ社会があると噂される場所を、探し求めていたのよ」

「だが、その場所というのは具体的にどこに当たるのだ?」フィラトが答えを求めた。

「かなり狭い範囲にまで絞ることができる」エレナはメモの束を参考にしながら言い切った。「二世紀の作家パウサニアスによると、タルテッソスは川沿いにあって、その川は『イベリア人の地にある二つの河口によって海に流れ込み……タルテッソスはカルピアの古い名前だったと考える人もいる』とのこと」

「そのことが我々にどう役に立つのかね?」父が訊ねた。

「現代の学者たちはこの記述やほかの内容について研究を重ねてきた」エレナは説明した。「タルテッソスがあったのはスペイン南岸のカディスとウエルバの間にある河口のデルタ地帯のどこかではないか、彼らはそう考えている。タルタロスの入口を発見したいのならば、そこに行けばいいと思う。それよりも詳しくは案内できないけれど」

エレナは背筋を伸ばし、相手側の判断を待った。頭を寄せ合い、興奮した様子でつぶやいていたが、やがて彼女の方に向き直った。

父の顔に浮かぶ誇らしげな笑みを見て、エレナは祝福の言葉をかけられる前に答えを知った。「おまえならばできると思っていたぞ、エレナ」

エレナも笑みを返した。〈ふざけるのもいいかげんにして〉

父たちは失われた王国タルテッソスに向けての航海の準備のため、すぐに図書室を後にした。エレナはテーブルの脇の革張りの椅子に崩れるように座り込んだ。

ローも隣にやってくると、老いた体をいたわりながらゆっくりと腰を下ろした。「君はフナイン船長が本当にそこを目指したと考えているのかね？」

エレナはうなずいた。「間違いなく」

エレナは地図を見下ろした。燃える川がヴルカーノ島からサルデーニャ島を経てアフリカ大陸の北岸を進み、ジブラルタル海峡の先にまで延びていたことを思い出す。

「フナインがそこに向かって船を進めていたのは間違いない」エレナは正直に答えた。

〈でも、最後にたどり着いた場所ではない〉

エレナは顔を上げ、図書室の扉に目を向けた。冷めた満足感が体を満たしていく。自分はあの父の娘――上院議員の娘だ。子供時代には父と一緒に選挙の遊説で各地を回り、父の隣で壇上に立ってスポットライトを浴びながら、真実をぼかしつつ嘘をつく効果的なやり方を学んだ。

〈それが今、役に立った〉

エレナは地図に視線を戻し、アフリカの沿岸部を見つめた。ジョーと彼の仲間たちには何とかして先に本当のタルタロスの所在地まで到達してほしい。そのためには時間を稼ぐ必要があった――つまり、あいつらを惑わさなければならなかったのだ。

けれども、疑問が一つだけ残っていた。

〈ジョーたちはその時間内に謎を解明できるのだろうか？〉

28

六月二十五日　中央ヨーロッパ夏時間午後八時八分
地中海上空

〈正解であってくれ〉

グレイは目を閉じた。疑いが頭から消えない。

海上を急上昇するポセイドンの機内で座席のクッションに体を押しつけられた状態にある。混乱の続くパルマをようやく離れることができた。マヨルカ島からの脱出には予想していたよりもはるかに長い時間がかかってしまった。

ロシアのラーダ型潜水艦の捕獲にはプルマン指揮官も協力してくれた。乗員は二人を除いて、身柄を確保される前に攻撃で死亡したか、拳銃で自殺していた。生き残った二人は尋問を受けているが、彼らは下っ端または傭兵《ようへい》にすぎず、リーダーの正体をはじめとした重要なことは何も知らないのではないか、グレイはそう予想していた。

グレイたちが損傷を受けたクルーズ船を抜け出し、ポセイドンに乗り込んだ頃には、日没が迫っていた。グレイが窓の外を見つめていると、対潜哨戒機は旋回し、地平線のすぐ上の太陽に向かう針路を取った。プルマン司令官にも目的地は教えていない。ジブラルタル海峡に向かって西に進むように伝えただけだ。

グレイはクロウ司令官にも行き先を明かさなかった——機内にいる仲間たちにさえも。セイチャンが隣に座っていて、コワルスキとマリアは後ろの、ベイリーとマックは前の座席にいる。チームメイトのことは信頼しているが、考えは自分の胸の内にしまってある。混乱状態にあるパルマで声に出して説明するのが不安だったからだ。

ようやくポセイドンが巡航高度に達し、水平飛行に移った。

ベイリーが座席に座ったまま体をひねり、グレイをにらんだ。「我々がどこに向かっているのか、いいかげんに教えてくれないか？」

グレイはシートベルトを外した。「ついてきてくれ」

全員がすぐに座席を離れた。左舷側に連なる監視用モニターの前を通り過ぎる。その前に座る乗員はグレイたちを無視して、輝きを発する各種の画面に見入っている。

グレイは仲間たちを引き連れて機体の後部に移動した。そこには調理室があり、集まって話ができるだけの広さを確保できる。グレイはタブレット端末と、ダ・ヴィンチの地図の残骸から引き剝がした黄金の海岸線のかけらを手にしていた。その二つを小さなカウンターの上に置くと、ほかの人たちの方に向き直る。

「最初にはっきりさせておくが、俺の頭はおかしくなっていない」グレイは切り出した。

コワルスキが手を上げた。軽口を叩こうとしているのが見え見えだ。グレイが顔をしかめてにらむと、大男はあっさりと手を下げた。

「君が考えていることを教えてくれ」マックが言った。

マリアもうなずいた。

セイチャンは腕を組んだだけで、グレイの出した結論を聞く前から受け入れているかのようだ。

グレイは改めてコワルスキを見た。「おまえの話では、地図が作動した時、炎の線がどこで終わっているのかは見なかったということだった。エレナが気づいていたのかどうかはわからないが、彼女は地図上に浮かび上がったパターンから何かを読み取ったに違いない。地質学の本でその裏付けを探していたんじゃないかと思う」

「何の裏付けだね？」ベイリーが訊ねた。

グレイは手のひらを向けて質問を制止し、話が終わるまで待つように求めた。「覚えていると思うが、エレナは黄金の地図に現れた炎の道筋がプレートテクトニクスを表現しているみたいだと言っていた」

マリアが眉をひそめた。「でも、そのことが何と関係しているの？」

グレイはタブレット端末を手に取り、そこに保存しておいた画像を開いた。映し出されたのは地中海の地図で、その地域一帯を分割している五枚のプレートが示されている。

ほかの人たちも画像をよく見ようと顔を近づけた。

「これが何に似ていると思う？」グレイは訊ねた。

返ってきた反応は、眉間に寄ったしわと、首を横に振る仕草だけだった。

〈わからないのか？〉

グレイはため息をつき、本当に頭がどうかしてしまい、存在しないパターンが見えているのだろうかと思った。ほかの人には見えないものを見抜くこの能力を評価して、クロウ司令官はグレイをシグマに引き抜いた。だが、その力に陰りが出たのだとしたら？　現実にあるものに気づいているのではなく、幻を追いかけているだけだとしたら？

セイチャンが手を伸ばし、グレイの前腕部を握り締

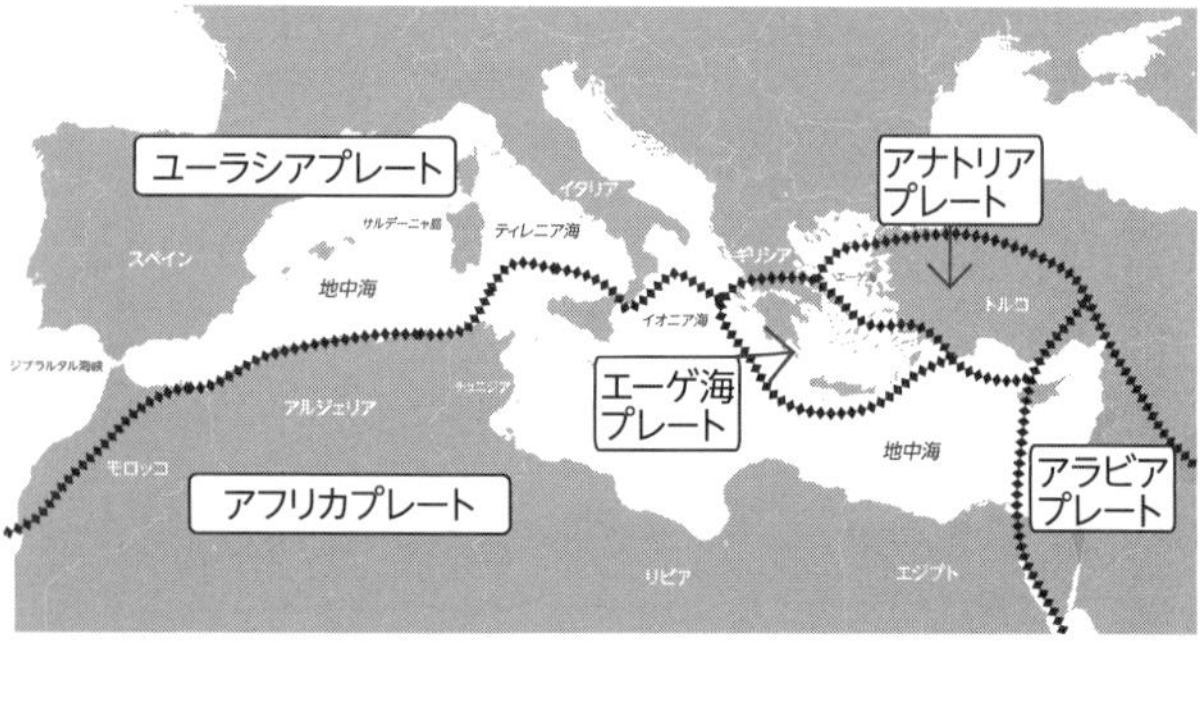

めた。真っ直ぐに見つめるその視線からは、グレイに対する彼女の信頼がうかがえる。「見せて」セイチャンが促した。

　グレイはタブレット端末の画面を指でスワイプし、その画像を変化させたものに切り替えた。プレートを分割する線の一部が点線に変わり、地質上の迷路を抜ける曲がりくねった一本のルートが示されている。

　グレイは全員によく見えるように、タブレット端末を高く持ち上げた。

〈これならばわかるはずだ〉

　最初にパターンに気づいたのはマリアだった。「あっ」という声をあげ、口を手で覆う。続いてベイリーが目を丸くした。セイチャンは特に驚いた様子もなく、笑みを浮かべて肩をすくめただけだ。マックもうなずいている。

　コワルスキだけは眉間のしわがいっそう深くなった。「わからないぞ」

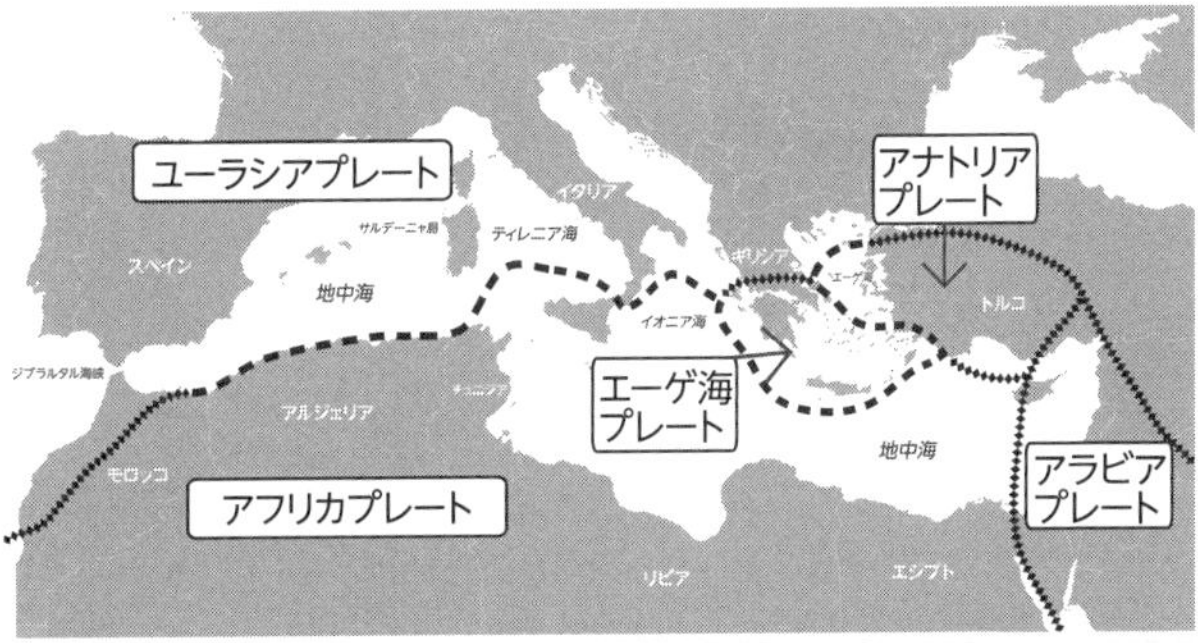

マリアが説明を試み、トルコの海岸線を指差した。「アナトリアプレートが北のユーラシアプレートにぶつかっているところの点線の始まりはトロイでしょ」

ベイリーがその先を引き継いだ。「そこからエーゲ海の島々の間をジグザグに抜けて、ギリシアの南側を迂回《うかい》する」

マックがイオニア海を指差した。「あの銀色の小さな船も同じルートを通ってイタリアに向かっただろう？　そして半島の先端とシチリア島の間を抜け、小さな火山群島に到達した」

「ヴルカーノ島だ」コワルスキがうなずきながら言った。「燃える川がそこからサルデーニャ島の南に向かったのは覚えているぞ。その後はアフリカに南下して、海岸沿いを進んだ。そのルートはおまえの画面に表示されているのとそっくりだ」

グレイはうなずいた。「オデュッセウスの船の航路はプレートとプレートの境界をたどっているように見える。少なくとも、例の地図が明らかにした道筋はそうだ。ホメロスが叙事詩の形で記録しようとしたルートも、プレートの境界と一致しているかもしれない」

「だが、そんなことがありうるのだろうか？」ベイリーが訊ねた。「古代の人々がプレートテクトニクスに関して知っていたはずがない」

グレイは肩をすくめた。「ここからは推測の域を出ない。そうした古代の人たちはその地域の火山活動を地図上に記し、大きな地震もすべて文字の形で残した。地表の下にある地震の力のパターンのようなものについて、気づいていたのかもしれない」

マリアからはグレイも考慮していなかった可能性の指摘があった。「フェニキア人にギリシア人、それにエジプト人は、天文学と海図の作成に関してははるかに進んだ知識を持っていた。主要な場所についての記録を残しているの。ギザのピラミッドや、ほかの古代世界の七不思議。ヴェスヴィオ山のような地理的な目印に関しても。そうした地点の変化を何千年にもわたって追ううちに、自分たちの足もとにある大地が動いていることに気づいたのかもしれない」

現代の地質学者もほぼ同じような方法でプレートの動きを測定している。干渉法を使用して電波望遠鏡間の距離の変化を追ったり、ＧＰＳで地球上の目印の位置データを収集してその動きを記録したりしているのだ。

マックからは気候学者としての地球科学関係の知識に基づいて、別の意見が示された。「あるいは、プレートの境界がぶつかり合う地点に沿って微小な磁気異常が発生し、それを検知して記録したのかもしれないな」

グレイはうなずいた。

〈それぞれを少しずつ組み合わせた結果、というのが真相なのかもしれない〉

コワルスキがもっと重要な質問を投げかけた。「今の話が俺たちの向かう場所に関して何を教えてくれるんだ？」

グレイはタブレット端末をさらに高く持ち上げ、アフリカプレートとユーラシアプレートの境界がもっと西に延びた先で、モロッコ北部を横断している地点を見せた。論点をわかりやすく示すために、プレートの境界線を重ねたモロッコの地形図に切り替える。

「この道筋の先を目指すフナインが、船のままモロッコを陸路で進めたはずはない。だからダウ船の針路を変え、ジブラルタル海峡を通過した。その先は南に方向を転じ、プレートの境界線がモロッコ西部の海岸に再び現れた地点に向かったんだと思う」

ベイリーが地形図に目を凝ら

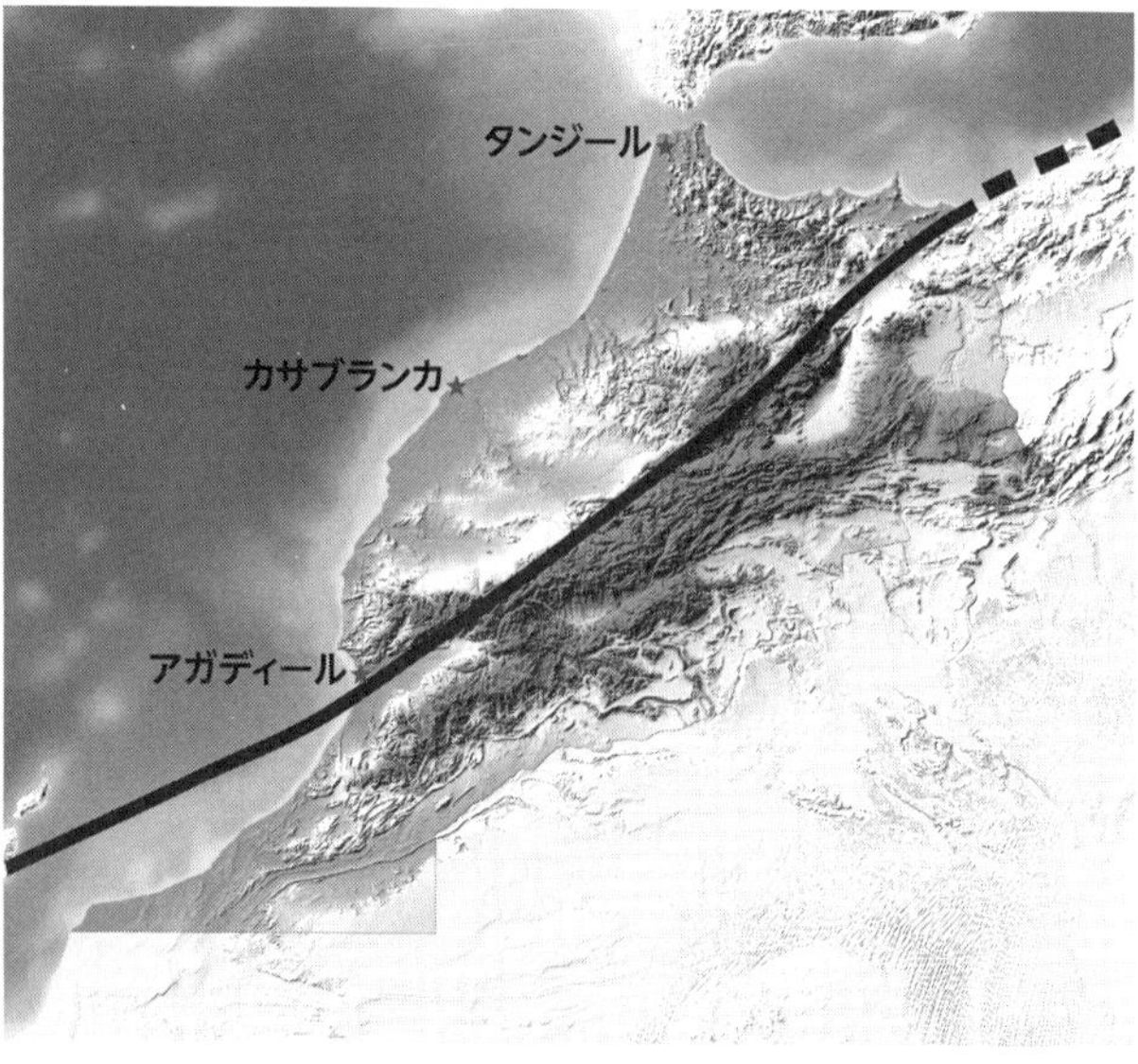

し、ゆっくりとうなずいた。「モンシニョール・ローの話から、君はフナインがパイエケス人という海の民の国を探していたと考えた」

グレイはうなずいた。「彼らははるか西の世界の果てからやってきたと言われている」

「言い換えれば、ジブラルタル海峡の先だ」ベイリーが付け加えた。

マリアが顔をしかめた。「でも、フナインがアフリカプレートとユーラシアプレートの境界の延長線上を探して南に向かったと、どうして断言できるの？」

「まず、パイエケス人という名前の由来だ。ギリシア語の『パイオス』がもとになっていて、意味は『灰色《グレー》』だ」

「おまえにぴったりじゃないか」コワルスキがつぶやいた。

グレイはその反応を無視した。「パイエケス人という名前は『灰色の人たち』を意味する。肌の色が濃い人たちのことを指しているのではないかと考える学者もいる」

「アフリカの人たちのように」マックが言った。

「あと、これもある」

グレイはタブレット端末をカウンターに置き、黄金の地図の断片を手に取った。アフリカ大陸の一部で、ジブラルタル海峡の南側の地域に当たる。グレイは塊を持ち上げると、黄金の表面に彫られた立体的な地形が見やすくなるような角度に傾けた。モロッコを横断する尾根の連なりに沿って指を動かす。タブレット端末の画面の地形図に示されていた線とほぼ一致している。

「これが表しているのはアトラス山脈だ」グレイは説明した。「アフリカプレートがユーラシアプレートの下に潜り込み、それを隆起させたことで形成された。この沈み込み境界にいちばん近い中央の黄金の尾根がオートアトラス山脈で、その南にあるのがアンティアトラス山脈だ。二つの山脈の間には深い谷がある。よく見ると、標高の高い地点から川が流れていて、海に注いでいるのがわかると思う。そこがスース川の流域だ」

グレイはほかの人たちが確認できるように黄金の地図の断片を順番に手渡した。

ベイリーが地図を手に取ると、グレイは質問した。「川を少しさかのぼったところ、海岸にほど近いオートアトラス山脈中に何が見える？」

ベイリーは鼻先が地図にくっつきそうになるまで顔を近づけた。「小さなルビーが見える。君が言いたいのはそれかい？」

「地図でルビーは何を表していた？」グレイは訊ねた。

コワルスキが答えた。「火山だ」

グレイは全員を見回した。「調べてみたところ、山脈中のそのルビーが埋め込んであるところに火山はない」

マリアがコワルスキの腕をつかんだ。

「フナインがその場所に印を付けたのには理由がある」グレイは続けた。「火山じゃないかもしれないが、地下の炎を表したいと思ったら、ルビーはその目的にも適していると思わないか？」

ベイリーは何か頭に引っかかっていることがあるような様子で唇をすぼめていたが、やがてその疑問を口にした。「しかし、パイエケス人は島に暮らしているのだと思っていたのだが」

「違う、それはよくある誤解だ」グレイは説明した。「ホメロスは『オデュッセイア』の中で、彼らが島に暮らしているとは一言も書いていない。海の近くに暮らしていると記してあるだけだ」

「海岸の近くに位置している街ならば、その記述に合っている」マリアが言った。

話し声と足音が聞こえたため、全員が調理室の外に視線を向けた。プルマン指揮官が哨戒艇の戦術航空士とともに近づいてくる。指揮官はグレイたちをいかにも不機嫌そうな目つきで見つめた。詳しい話を知らされていない状況が気に入らず、答えを欲しがっているのだろう。

「間もなくジブラルタル海峡の上空を通過する」指揮官が伝えた。「その先はどこに向かうのか、教えてもらう必要がある」

グレイはすでに場所を選んでいた。スース川の河口近くに位置する街で、山間部の入り組んだ迷路への入口に当たる。

「アガディールだ」グレイは答えた。「モロッコの沿岸部にあるリゾート地で、カサブランカから四百五十キロほど南に位置している」

プルマンは理由を聞きたそうな表情を見せたが、グレイは鋭い視線でにらみつけ、質問を許さなかった。指揮官は不服そうに息を吐き出すと、回れ右をして戦術航空士とともに戻っていった。副官に向かって不満をこぼす声が聞こえる。「ハイジャックされたみたいな気分だ」

グレイは顔をそむけた。プライベートジェットではなくこの大型機を輸送手段として使用するリスクは承知しているが、ポセイドンには最新鋭のソナー、レーダー、追跡装置が備わっている。グレイはそんな高性能の目で上空から見つめてもらい、失われた地下都市——神話に登場するタルタロスを地上で捜索する自分たちのチームを手伝ってほしいと考えていた。

「それなら、私たちはカサブランカの南の方に向かうのね」マリアが言った。

コワルスキがにんまりと笑った。「『世の中には星の数ほど酒場があるのに——』」そこで言葉を切り、大真面目な顔でマリアの方を見る。「ちょっと待ってくれよ。このアガディールとかいうところにも酒場はあるよな、そうだろ？」

29

六月二十六日　西ヨーロッパ夏時間午前十時二十二分
モロッコ　アガディール

確かに、アガディールには酒場があった。

レンタルしたSUVが路面の窪みで大きくはずむ。マリアは顔の前に手をかざし、ぎらぎらと輝く午前中の陽光を遮った。まだ軽い二日酔いが抜けない。頭がずきずきと痛む。車が左右に揺れるたびに、胃がひっくり返りそうになる。運転席の隣で背もたれに寄りかかりながら、マリアはコーヒーの入ったマグカップを両手でしっかりと抱えた。頭がぼうっとしているのはジンのカクテルのせいというより、睡眠不足が原因なのではないかと思う。

アガディールの上空に到着しても、グレイがアメリカにいるペインターと連絡を取りながら同市郊外のモロッコ空軍の基地への着陸許可をもらおうとしている間、飛行機は旋回を続けなければならなかった。基地の外れにある滑走路に着陸できた頃には、すでに深夜になっていた。周辺には非常線が敷かれていた。表向きにはアメリカのジェット機が合衆国に友好的な国の基地で給油をするということになっている。夜の来訪者に関するそれ以上の情報は、必要最小限の関係者にしか知らされていない。

それでも、グレイの指示で一行はすぐに基地を後にすると、海沿いにあるこれといった特徴のないホテルに入った。幸か不幸か、すぐ隣にバーがあった。疲れていると同時に気持ちが高ぶっていたため、マリアとジョーは寝る前に一杯だけ飲もうと考えて店に向かった。しかし、一杯のつもりが三杯になった。部屋に戻ってからは改めて二人きりの時間を満喫し、眠りに就いたのは朝の三時を回っていた。

マリアは運転席を一瞥した。ジョーは片手でハンドルを握り、もう片方の腕の肘を開け放ったウインドーの枠に載せていた。口には葉巻をくわえている。体を傾け、外に向かって大量の煙を吐き出すものの、強い風ですべて車内に押し戻されてしまう。それでも、頭をすっきりさせるには、コーヒーよりも海から吹きつける強い風の方が効果的だった。

ジョーはまったく具合が悪そうに見えない。ジンをしたたかに飲んだうえに四時間しか睡眠を取っていないのに、むしろ調子がよさそうだ。もちろん、飛行中に仮眠を取れなかったわけではない。だが、マリアはジョーの中で何か変化があったように感じた。二人はホテルの部屋で裸のまま眠った。暑かったのでシーツもかけなかった。ジョーはマリアに寄り添い、その大きな体で彼女をすっぽり包み込んだが、ほんの数日前のような束縛的なところはなく、もっとリラックスしていた。この数カ月の間に彼女の心の中で大きくなっていた疑問に、もしかするとジョーは本能的に気づいていたのかもしれない、マリアはそんなことを思った。マリアが距離を置こうとすればするほど、ジョーは離すまいと必死になり、それが彼女のいらだちをいっそう募らせた。そんな悪循環が二人の将来に不安の影を投げかけていた。

だが、そのサイクルがようやく止まった。

マリアはそのことに気づいた――どういうわけか、ジョーも気づいているらしい。マリアはこの旅行の始まりを振り返った。ジョーを子供のゴリラのバーコに会わせることで、二人の間の何かが再び燃え上がり、彼のいかつい見た目の下に隠れたもっと優しい一面がもう一度顔をのぞかせるのではないか、そう期待していた。けれども、マリアはジョーが変わっていなかったことを実感した。彼の中にはいつも変わることなくあふれんばかりの思いやりと愛情があって、それが体を構成する骨のように、ジョーという人間を形作っている。変わったのはマリアの方だった。二人の関係に疑いの心を持ち込んでしまったために、ジョーはそれまでにも増して彼女にしがみつこうとしたのだ。

マリアは手を伸ばし、無言で感謝の思いを伝えようと相手の太腿をぎゅっと握った。

ジョーが顔をしかめ、危うく葉巻を食いちぎりそうになった。

「ごめんね」火傷がまだ治り切っていないことをすっかり忘れていた。

マリアは手を引っ込めたが、ジョーがハンドルを離し、彼女の手をつかんで太腿に戻した。その手を軽くポンと叩いてから、ジョーはハンドルを握り直した。

マリアは笑みを浮かべ、座席に深く座り直した。さっきよりもずっと気分がよくなったし、地に足が着いている感じがする。頭痛までもがいつの間にか治まっていた。外の景色に目を向ける。道路の片側には起伏に富んだ真っ白な砂丘と目にしみるような青さの海が続いている。反対側には緑色の農地が幾重にも層を成していて、オートアトラス山脈の山々の頂上へと連なっている。山脈は北の空にジグザグの稜線《りょうせん》を描いていて、西は大西洋に落ち込んでいる一方、東側はさらに高くそびえており、標高四千メートルを超える最高峰の山々では冬の残雪が太陽の光を浴びて輝いていた。

手前に目を移すと、リゾート都市アガディールの姿が次第に大きくなっていく。三日月型をした長くて幅のある砂浜沿いに位置する緑豊かなオアシスだ。リゾート都市の遊歩道は海に面していて、色彩豊かなレストランや多くのバーが軒を連ねている。街中ではどこを見てもヤシの木が風に揺れていて、疲れた体をここで休めなさいと手招きしているかのように見える。

マリアはこんなにも緑が豊かだとは予想していなかった。これまでずっと、モロッコは赤い岩と砂漠の国だと想像していたが、スース川の流域は肥沃《ひよく》なエデンの園で、地下のプレートの衝突によって隆起した二つの山脈が北と南にそびえ、この地域を守っている。

ＳＵＶの三列目に座るベイリー神父が、そんな山々の歴史とギリシア人との関連について話を始めた。「地元のベルベル人はこれらの山脈を『イドラレン・ドラレン』と呼んでいる。『山々の中の山々』の意味だが、定着したのは古代ギリシア人による呼び名の方だった。彼らは肩幅の広い神アトラスがゼウスによる罰を受け、世界の果てで空を支えているのはここだと信じたのだ」

司祭の隣にはマックが座っていた。「じゃあ、ここが世界の果てだということかい？」

「古代ギリシア人にとってはそうだった。ジブラルタル海峡を越えた先はすべて、不毛の地だと考えられていた」

〈同時に、タルタロスの入口が隠されていると信じていた場所でもある〉

マリアは前方にそびえる山々のくっきりとした稜線を見上げた。それよりももっと昔にまでさかのぼる地質学的な過去を、紫や赤や白の地層から読み取る。あの重なりは先史時代の海底で形成された堆積岩《たいせき》だ。太古の昔に活動を停止した古代の火山による黒い玄武岩の層があることにも気づく。

川や断崖や滝から成るあの迷宮の中のどこかに、目指す場所がある。

〈でも、いったいどこなの？〉

ありがたいことに、黄金の地図の断片と一個のルビー以外にも、手がかりを提供してくれるものがあった。

すぐ後ろの二列目の座席からグレイの小声が聞こえる。会話の相手はプルマン指揮官だ。すでにポセイドンは上空を飛行中で、乗員たちはレーダーと追跡装置を使って空から捜索を支援している。また、グレイは人工衛星の軌道を変え、この地域の上空を通過させるようクロウ司令官に要請していた。地中レーダー探査により、地下都市を指し示しているかもしれない隠れた空洞を見つけるのが狙いだ。

グレイが通話を終えると、セイチャンが代表して全員の疑問を口にした。「何か見つかった？」

グレイがいらだった様子でため息をついた。「あいにく、たくさん見つかりすぎた。どうやらのこぎりの歯のような形をしたこの山脈は、もう何千年も歯医者に診てもらっていないらしい。前方の山々は虫歯の穴だらけも同然の状態だ。山脈の至るところに洞窟やトンネルがある」

「ということは、地道に作業を進めることになりそうだな」ジョーが言った。車は街の郊外を抜けているところで、ゴルフ場に沿って走行中だ。「つまり、足が頼りということだ」

その判断は必ずしも正確とは言えなかった。

道路の突き当たりの川沿いにはこぢんまりとしたマリーナがあった。緑色をしたスース川の川幅はこのあたりで広くなっていて、向こう岸までの距離はアメフトのフィールド二つ分くらいあるだろうか。L字型の桟橋には二十隻分の係留スペースがあり、流線型のプレジャーボート、年代物の漁船のほか、数隻のチャーター船で埋まっていた。

ジョーが駐車場に車を停めると、全員がSUVを降り、新しいバックパックに詰めた各自の装備を手にした。いつも物事を先読みするグレイが今朝、地元の雑貨店とスポーツ用品店で大量に買い込んだものだ。懐中電灯と電気ランタンはもちろん、ロープ、ヘルメット、懸垂下降用の道具などのケイビングの装備も揃っている。洞窟群があるため、このあたりではケイビングの人気が高いらしい。深い渓谷を下るキャニオニングも盛んで、川沿いには真っ青な水とヤシの木から成る小さな宝石のようなオアシスが点在している。

ジョーが後部座席からいちばん大切なバッグを引っ張り出した。うめき声をあげながら、弾薬の詰まった武器用の重いダッフルバッグを肩に掛ける。もう片方の肩に引っかけた銃身の短いショットガンは、あらかじめ彼が自分用に確保していたものだ。

ホテルを出発前、グレイがチームのメンバー用にシグ・ザウエルP320と、薄いバリスティックナイロンのホルスターを手渡した。ベイリー神父だけは武器の受け取りを渋っていたが、グレイはこう言って司祭を納得させた。〈殺すために撃ちたくないのなら、身を守るために撃つと考えればいい〉

ジョーが荷物を抱え上げて体を起こした。「俺たちのガイドさんはどこにいるんだ？」

「こっちだ」グレイが先頭に立って駐車場からマリーナに向かう。

一行が探している船は桟橋のいちばん端に係留されていた。全長十メートルのアルミ製のクルーザーで、甲板の上には操舵室《そうだ》があるだけだ。かなり使い込まれている一方で、隔壁や船体の艶《つや》を見る限りでは愛情を込めて手入れされているらしい。小型船の船長の若い女性はまだ二十歳そこそこと思われ、船尾から身を乗り出して船外モーターを調整中だった。

一行が船に近づくと、女性が体を起こした。油じみの付いたつなぎ姿で、腰にベルトを巻いており、頭にはカウボーイハットをかぶっている。しわ一つない肌は明るい茶色で、カールのかかった髪は濃いシナモン色、瞳は見る者をはっとさせる青だ。『ヴォーグ』誌のページから飛び出してきたかのような女性だが、ピラティススタジオでワークアウトする甘やかされたモデルとはまったく違う。

マリアのまわりの男性たちは、ベイリー神父も含めて全員が彼女の美しさに見とれた。想定外の展開に、誰一人として言葉が出てこないようだ。

マリアは先陣を切って前に進み出た。「チャーリー・イゼムさん?」

女性がつなぎの袖をまくり上げると、鍛え上げた前腕部があらわになった。女性は手すり越しに手を伸ばし、マリアと握手した。

「それは私のことね」チャーリーが答えた。かすかにフランス訛《なま》りがある。

マリアは目の前の女性がこのあたりの先住民族であるベルベル人の子孫なのだろうと

思った。ヨーロッパの血が少し混じっているのかもしれない。

「あなたの仲間たちの表情から察すると、男性が乗っているのを予想していた、そうでしょ？」そう言うと、チャーリーは愉快そうにウインクしながら船に乗るよう合図した。

「それとも、もっと年寄りだろうと。違う？」

男性たちはあんぐりと開けていた口を閉じ、船尾からクルーザーに乗り込んだ。

「何の不満もないね」ジョーが小声でつぶやいた。

マリアは目つきでジョーをたしなめた。

セイチャンも船に乗り込む時、値踏みするような目で女性を眺めた。ほんの一瞬、その視線をチャーリーの腰のホルスターに収められた拳銃に向けた後、賛成を示すかのように小さくうなずいた。

「君の評判はとても高かった」そう言うと、グレイも女性の手を握った。「スース川とその支流のことを誰よりもよく知っていると」

「私の家族は百年以上前からこの川で船を操っている。私は九歳の時から。スース川は気分屋で、ずる賢くて、いたずら好きだけれど、私たちはうまくやっているから。少なくとも、ほとんどの日は」

チャーリーがマックに歩み寄り、荷物を運ぶのに手を貸した。三角巾は外しているが、まだ肩が痛むらしいことは傍目《はため》にも明らかだ。顔をしかめたりうめき声をあげたりはしないものの、チャーリーは彼の苦痛を直感的に察したらしい。

「君はこの船の船長をどのくらい務めているのかな?」ベイリー神父が訊ねた。

チャーリーはマリアたちを見回し、全員が船に乗り込んだことを確認した。「ええとね、私は船長じゃないの」そう言いながら船尾の係留ロープを外す。「船長は彼。出航前に準備がすべて整っているかを確認しているところ。いつも忙しくしているの」

女性が甲高い口笛を吹いた。

こぢんまりとした操舵室の扉の中から、小さな動物が飛び出してきた。後ろ足で甲板を蹴ってジャンプし、前足でしっかりと着地する。小型のサルはロープを外し終えて背中を伸ばしたチャーリーの肩に飛び乗った。

全員が新しい旅の仲間の登場を喜んだ――一人の乗客を除いて。

ジョーがうめき声をあげ、サルからいちばん離れたところまで後ずさりした。

午前十時五十五分

〈この女性とサルはどういう関係なんだ?〉

コワルスキは顔をしかめた。過去にこの種の小動物とは思い出したくもない経験がある。バーコとは仲よくなれたものの、少なくともあのゴリラは体の大きさが同じくらいあったし、手話も理解していた——それでも、あの子供のゴリラと親しくなるのには時間がかかった。その一方で、このちっこいやつは薄気味悪いったらない。しなびたリンゴのような小さな顔は人間の老人みたいだし、ビー玉のような真ん丸で黒い目をしている。

〈勘弁してくれ〉

コワルスキは後ずさりしたが、ほかのみんなはサルに近づいた。

「こちらはアギー」チャーリーが紹介した。「地元のベルベル語の方言のシルハ語でライオンを意味する『アギラッセ』を略した言い方」チャーリーがサルに向かってうなり声をあげながら顔をしかめると、アギーもそれを真似て鋭い歯と長い牙を見せた。

コワルスキはぞっとして震えた。

「ほらね」チャーリーが大きな笑みを浮かべた。「とても強そうでしょ。本物のバーバリーライオンね」

霊長類の研究に関しては経験豊富なマリアが、サルをじっくりと観察した。茶色の体毛は腹部が黄色っぽい色になっている。「でも、本当はバーバリーマカクなんでしょう？この地域に生息しているサルで、確か絶滅危惧《きぐ》種のはず」

「まさにあなたの言う通り。アギーは親をなくしたの。密猟者に殺されてしまって。その時は生まれてまだ四カ月もたっていなかった。保護センターに連れてこられた時には片腕の骨が折れていたし」

「今は何歳なの？」

「あと少しで一歳。だから、群れに戻れるまでに成長するにはまだかなり時間がかかるということ」

「それはいつ頃なの？　オスだったら四歳くらい？」

「性的に成熟するのはそのくらいだけれど、野生に戻す訓練を始めるのはその半分の年齢でと考えている」

二人の女性はアギーについての細かい話を続けながら操舵室に向かった。経験を積んだ川船の操舵手というだけでなく、チャーリーは動物学が専門の学生でもあり、今はちょうど夏休み中とのことだ。ただし、船に関して詳しいのは明らかで、その点はコワルスキも評価できた。

間もなくクルーザーは桟橋を離れ、船外モーターの音を響かせながら川の上流を目指した。

やがてマリアがコワルスキのところに戻ってきた。チャーリーには狭い水路での船の操縦に専念してもらわなければならない。「可愛いわね、そう思うでしょ？」マリアが笑いながら言った。

「チャーリーのことかい？　もちろん。びっくりするような美人だな」

マリアがコワルスキの肩を拳で殴った。「アギーのこと」

コワルスキは目を丸くして操舵室を指差した。「君があいつのことをサルと呼ぶのが聞こえたんだが、あいつにはないじゃないか――」自分の尻に手を向ける。

「しっぽのこと？」

「しっぽがなければ、サルじゃなくて類人猿のはずだろう？　アフリカでは俺がバーコのことをサルと呼ぶたびに訂正していたじゃないか」

「マカクにはしっぽがあるの。ただし、退化してしまっていて、長さはほんの一センチくらい」

コワルスキは体を震わせた。「何だかそっちの方が気味悪いや」

マリアがため息をつき、首を左右に振った。マックとベイリー神父は船縁《ふなべり》に沿って置かれたベンチに腰掛けている。グレイとセイチャンはチャーリーと一緒に小さな操舵室にいる。扉が開いているので、コワルスキにも三人の会話が途切れ途切れに聞こえてきたが、話題のほとんどは川についてのようだ。

コワルスキの頭にはその内容の半分も入ってこなかった。山々の連なりをぼんやりと眺める。川の流れや連続する滝に削られたぎざぎざの稜線がそびえている。深い森に覆われた峡谷、湖や池のきらめき、太陽に照らされた緑色の牧草地も垣間見える。

聞こえてきた話によると、スース川はこの山岳地帯に源を発していて、その全長は数百キロにも及ぶが、川の流れは百五十キロほど上流のアウルズダムによってせき止められ、流量を調節されているという。

そのことについてのチャーリーの見解も聞こえた。「一九八〇年代の終わりにダムが建設される前の川はもっと勢いが激しかったし、もっと気紛れだった。冬の嵐の後や春の雪融けの時期には決まって氾濫《はんらん》した一方で、夏の終わりには細々とした流れになって農民たちが灌漑《かんがい》用の水を確保するのにも苦労したくらい。だから、アウルズが川の激しい気性をなだめてくれたのは確かだけれど、手なずけられた川を見るのは少し悲しい気分ね」

ふと気づくと、コワルスキはその意見にうなずいていた。自然は荒々しいままで、人の手を加えるのは最小限にとどめるのが望ましい。〈川は本来の姿にしておくのがいい〉そう思うものの、洪水で家が流されたり、水不足で田畑が乾き切ってしまったりする危険が自分の身近にあるわけでもない。

チャーリーが大きく手を振り、北のオートアトラス山脈と南のアンティアトラス山脈の間に広がる肥沃な盆地全体を指し示した。「ずっと昔、何千年も前のことだけれど、スース川はこのあたり一帯を満たしていた。川というよりも湾に近かったという話」

操舵室でグレイがセイチャンと顔を見合わせた。

船尾にいるコワルスキにも、グレイが何を考えているのかがわかった。

午前十一時十七分

〈海の民にとって格好の港だったはずだ〉

クルーザーが大きなエンジン音を立てながら上流に向かう間、グレイはこの盆地一帯が雪融け水と海水に没している様子を想像した。多数の船から成る艦隊がここに錨《いかり》を下ろし、地中海への攻撃に乗り出すために待機している姿を思い浮かべる。

広い湾ができていたことに加えて、山間部から流れ落ちる支流もそれぞれ、かつては立派な大河だったに違いない。スース川に細い川が注ぐ地点を通過する時、その上流に目を向ける。見上げるような高さの石灰岩の断崖に挟まれた渓谷が形成されている。傾斜の急な両側の断崖は現在の流れからかなり離れているので、遠い昔に今よりもはるかに幅が広く、流れも速かった川によって削られたことがわかる。

グレイは手に持ったタブレット端末を確認した。画面にはスース川水系の詳細な地図が表示されている。黄金の地図に埋め込まれていたルビーに最も近い山間部に通じているのがどの支流なのか、グレイはすでに当たりをつけていた。画面をチャーリーの方に向ける。

「この支流がどこなのかわかるか？」

チャーリーがタブレット端末を片手でつかんだ。

彼女の向こう側では、セイチャンがアギーにオリーブの実を与えていた。サルはセイチャンの肩に飛び乗ってオリーブを受け取ると、丁寧に皮をむいてから種のまわりの果肉をかじり始めた。

笑みこそ浮かべないものの、セイチャンは愉快そうに眺めている。すぐにオリーブを食べ終わって種を吐き出すと、アギーは肩から下りてセイチャンの胸にしがみついた。片方の乳房に鼻をくっつけてにおいを嗅いでいる。今朝、セイチャンはポンプで母乳を出したばかりなので、かすかににおいが残っているのかもしれない。

セイチャンの顔つきが叱りつけるようなしかめっ面に変わる。「それはだめ」サルを抱え上げ、チャーリーの肩に戻す。「今日はこの店で飲み物を出す予定はないから」

チャーリーはタブレット端末をグレイに返し、深く傷ついたような表情を浮かべるアギーを軽く抱き締めた。「心配しないで。もう少ししたらちゃんとした食べ物をあげるからね」そう声をかけてから、セイチャンの方を見る。「ごめんなさい。この子はまだ半分赤ん坊みたいなものだから。マカクは群れ全体で子供を育てるの。複数のメスが一匹の赤ん坊に乳をあげることもあるくらい」

「この乳母は違うから」セイチャンが言った。

アギーは拒絶されたことを察したのか、チャーリーの首に顔をうずめた。

チャーリーがグレイの方を向いた。「あなたが印を付けた川だけれど、場所ならわかる。

それほど遠くはなくて、あと三キロくらいの距離ね。山間部のかなり奥から流れ出ていて、私の船で行けるのは渓谷の一・五キロくらいの地点まで。雪融け水が多ければもう少し先まで行けるかもしれない」

グレイはうなずいた。

〈それで十分なことを願うしかないな〉

グレイは操舵室を出るとプルマン指揮官に連絡を入れ、状況を伝えた。また、前回衛星が上空を通過した時の地中レーダーのデータも改めて確認した。これから向かう渓谷のあたりを拡大する。この周辺の山間部の大部分と同じように、そこに隣接する山々や山塊にもかなりの数の空洞がある。グレイは有望そうな地点を何カ所か選んだものの、結局のところ、確かめる方法は一つしかない。

〈その場に行ってこの目で見ること〉

グレイは川の流れを見つめながら、この盆地全体が水没している様子を再び思い浮かべた。巨大な湾が誕生し、内陸部の山々は海岸沿いの山脈になる。地図上で印を付けた水路も当時はもっと大きかったとしたら、海からでも容易にアクセスできたはずだ。

ようやくセイチャンが呼びかけ、戻ってくるように合図した。

グレイは再び操舵室に入った。前方に目を向けると、緑色をした幅の広いスース川に流れ込む支流が見える。「あれがそうなのか?」グレイは訊ねた。

チャーリーがうなずき、手際よくクルーザーを方向転換させると、船首を水路の入口に向けた。川幅が狭い支流は、ゆったりとしたスース川よりも流れが速い。船外モーターがいちだんと大きな音を立てた。船の動きが不安定になったが、すぐに真っ直ぐ進み始める。その直後、船は支流に乗り入れた。

グレイは行く手の地形をじっくり観察しようと身を乗り出した。両岸の断崖までは川岸から距離があり、かつての水路は今よりもはるかに川幅が広かったことを示している。川沿いに連なる農地の先には、思いのほか密生したスギの森が日陰の多い渓谷の底を覆うように広がっていた。

「この支流には名前があるわけ？」セイチャンが訊ねた。

チャーリーが肩をすくめた。「どの地図にも名前は載っていないけれど、私たちベルベル人は何千年も前からここで暮らしてきた。このあたりのすべての山や盆地や岩に対して、古くからの名前を持っている」そう言って前方を顎でしゃくる。「この川は『アッシフ・アズバル』と呼ばれている」

「どういう意味なの？」

「大ざっぱに訳すと、『悲しみの川』という感じ」チャーリーが振り返った。「何世紀も前から、この上流で人が行方不明になるという噂があって、呪われた場所だと見なされている。今ではこっちに来る人はほとんどいない」

セイチャンがグレイに視線を向けた。その表情から、何を考えているのかが簡単に読み取れる。

〈地獄への入口を探しているわけだから……ちょうどいい川を選んだことになる〉

30

六月二十六日　中央ヨーロッパ夏時間午前十一時二十分
ジブラルタル海峡

いまだにモーニングスター号の船内に閉じ込められたままのエレナは、半円状に広がる図書室の窓の前に立ち、景色を眺めていた。海面から四百メートル以上の高さにまで突き出た石灰岩の一枚岩に目を奪われる。船がその近くを通過する時には、ガラスの向こうに見えるのはジブラルタルの岩だけになった。

「あれがヘラクレスの柱の一方だよ」すぐ横に立っているモンシニョール・ローが説明した。「どうしてそんな名前になったのかは容易にわかるはずだ。とてつもない大きさだからね」

大型クルーズ船が高速で進むと、岩の西側が視界に入ってきた。造船所、桟橋、さらにはジブラルタルの小さな市街地が、石灰岩の断崖の下に身を寄せるように集まり、小さな湾に面している。エレナはさらに西の方角へと視線を向けた。あと五十キロほどで海峡を通過する。

〈残りは一時間もない〉

そこからスペインの南岸に位置するカディスまでも、ほぼ同じ距離だ――つまり、エレナに残された時間も少なくなりつつある。

モンシニョール・ローもそのことを指摘した。「彼らは間もなくもっと詳しい情報を欲しがるはずだ。カディスからウエルバまでの海岸線は百キロ近くある」

エレナは図書室いっぱいに散らばった本やメモや地図の方を振り返った。心臓の鼓動が激しくなる。昨夜は伝説上の王国タルテッソス――古代世界の多くがタルタロスだと信じていた場所が、イベリア半島南岸のその部分のどこかにあると主張して、拉致犯人たちを言いくるめることができた。今日は捜索範囲をもっと絞り込むための助けになる情報を求められることだろう。最低でも、調査を行なううえで有望そうな地点を何カ所かあげるように要求するはずだ。

〈でも、いったいどこが？〉

エレナは見込みのありそうな答えを思いつくための時間がもっとあるだろうと期待していた。残念ながら、モーニングスター号は秘密を隠し持っていた――隠していた場所は船体の下だ。エレナは窓の外に目を向けた。図書室のこの部分は甲板上から海に張り出した形状になっているため、青海原に白波を立てる水中翼が見える。

昨夜、ここに向かうようにという意見を受け入れた拉致犯人たちは、クルーズ船が持つエンジンの性能をフルに発揮させた。チュニジアの沿岸を高速で離れる船は、それ以前のアフリカまでの三時間の航海では見せなかった秘密を明らかにした――クルーズ船は水中翼を備えていて、エレナをこの船まで運んできた水中翼船の大型版だったのだ。最高速度に達したモーニングスター号は二枚の水中翼で海面から船体を浮かせ、あたかも銀色の矢のごとく地中海を疾走した。

ただし、エンジン全開で飛ばしても、クルーズ船がジブラルタル海峡まで到着するのに十六時間以上を要した。エレナはもっと時間がかかることを期待していた。自分自身のためだけではなく、ジョーのチームが何千年も前からの謎を解明するためにも、時間を少しでも稼がなければならなかった。

〈でも、結局のところ、そうすることに何らかの違いがあるのだろうか〉

ジョーたちの方に進展があったのかどうかはまったくわからない。彼らを助けるためには、この船の連中にできるだけ長い時間、スペイン南部を捜索させる必要がある。当てのない調査に送り出さなければならないが、そのためにはある程度の説得力がある地点を示し、正しい方向に目を向けさせないようにしないといけない。

今もエレナは南の方角に視線を向け、モロッコの西海岸まで見えればいいのにと思いながら目を凝らした。黄金の地図が作動した時、そのすぐ近くにいたエレナは、燃える川がジブラルタル海峡を抜け、北ではなく南に曲がり始めたことに気づいていた。

黄金の地図のモロッコの海岸近くで見つけた小さなルビーを思い浮かべる。地質学の記録によると、そこに火山は存在しない。同時に、その場所は迷路のようなプレートの境界線上に位置していた。

プレートテクトニクスとの関係は、彼女自身もよくわかっていない。

しかし、一つだけはっきりと断言できることがあった。タルタロスを探して地中海を横断する第一回目の航海に出た時、フナイン船長はイベリア半島南部を訪れたに違いない。実際にタルテッソスという豊かな王国を発見したかもしれない。少なくとも、彼がその国を探そうとすらしなかったとは考えにくい。あらゆる歴史がその方角を指し示していたのだから。それに彼が実際にタルテッソスを発見したとすれば、パイエケス人——その高度な文明が何と呼ばれていたにせよ、彼らの本当の所在地へと導く情報をそこで入手したとも考えられる。フナイン船長がタルテッソスで学んだかもしれないことについても、エレナは推測できた。王国にまつわる話から、そこが青銅の一大生産地だったことは確かだろう。機械仕掛けの装置を製造するために必要な青銅をパイエケス人に供給したのは、タルテッソスの人々だったとは考えられないだろうか？　そのお返しとして、パイエケス人はタルテッソスの人々に知識と技術を提供したのではないだろうか？　タルテッソスの王国がアトランティスのように進化していると記述されたのは、もしかするとそれが理由だったのでは？

エレナの頭の中では様々な考えが渦巻き、そのせいで敵の注意を間違った方向へと導くことに意識を集中できなかった。虚実を区別ができなくなるまで織り交ぜ、一つ一つ積み重ねて築かなければならないのに。

〈もし納得させることができなければ……〉

エレナの脳裏にラビ・ファインの体が床に崩れ落ち、血の海が広がっていく光景がよみがえった。モンシニョール・ローを見つめ、父の脅しの言葉を思い出す。〈この次の死は短時間で訪れる慈悲にあふれたものではないだろう〉

そのことを意識すると、エレナは窓から離れて本の山のもとに戻った。この中のどこかに、必要としている答えがあるはずだ。

ローがため息をつきながら近くにやってきた。「何かを解き明かさないことには、拉致犯人たちがしびれを切らすのではないかと危惧している。スペインの沿岸部を何日も捜索しているうちにきっとそうなるぞ」

「どうせ時間を無駄にするだけなんだから、いい気味だわ」エレナはきつい口調で言い放った。

ローがいぶかしげな表情でエレナの顔を見た。「どういう意味だね？」

エレナは手を振って質問を打ち消した。「何でもない。いらいらしているだけ」

モンシニョールはうなずき、腰に左右の手を当てた。「それなら、まずはどこから始めようか？」

「まったく手がかりがないの」

〈どうしても手がかりが欲しいところなのに〉

午前十一時三十一分

四十八代目のムーサーは自らが享受する特権を楽しんでいた――大使として得られるものだけでなく、アポカリプティの高位の者だからこそ得られるものも。目の前のテーブルには、遅めの朝食の残りが広がっている。三角形にカットしたトーストに載せたベルーガキャビア、黒トリュフのスライスをまぶした卵。皿や食器はどれも銀または金でできている。

長年にわたって、彼はトルコ政府の公職を利用し、国からも、軍からも、アメリカと貿易する業者からも、莫大《ばくだい》な金額を搾取してきた。世界中に底なしの資金源を持つアポカリプティからの金までも使い込み、個人的な金銭欲を満たす一方で、大義に仕える自らの軍を築き上げた。

フィラトはダイニングテーブルの向かい側に座る男も同じことをしていると知っていた。カーギル上院議員も彼なりの野望を抱いている。上院議員はアポカリプティの金を自らの選挙運動資金に横流ししてきた――もちろん、足がつかないように処理してからだ。フィラトはカーギルに対して組織の金を出し惜しむようなことはしなかったし、相手の野望を不満に思いもしなかった。この男が大統領に就任した暁には、フィラト自身の大使としての地位は安泰になるし、アポカリプティのためにもなるはずだ。

カーギルがシラーのワインのグラスを空け、パテックフィリップのゴールドの腕時計で時刻を確認した。「通信室に戻らないといけない。ＥＵ首脳会議の午前中の休憩時間がそろそろ終わる頃だ。正午から旧東側諸国の経済発展に関する小委員会に参加する予定になっているのでね」

フィラトは立ち上がり、クルーズ船の最上階のフロアを独り占めするスイートルームの扉に向かって手を振った。「わかっているよ」

「スペイン沿岸部の捜索に関してだが、ここに滞在できるのもせいぜいあと一日かもしれない。どこかのタイミングでハンブルクに戻り、対面での会談にいくつか出席しなければならないのだ」上院議員は肩をすくめた。「まあ、エレナのやる気を出させるために、できることはすべてやったわけだし」

フィラトは短く頭を下げた。「それに我々の方も、彼女にやる気を出し続けてもらうための道具は揃っている」

「ただし、娘に危害が及ぶような真似は慎んでもらいたい」口調からはうかがえなかった脅しの色がカーギルの目に浮かんだ。「そのことについても理解してもらえているのだな？」

フィラトはいらっとしたものの、再び頭を下げただけだった。「もちろんだとも」

だが、心の中では怒りに震えていた。気持ちを落ち着かせるために、あの女にかけようと計画している各種の拷問を思い浮かべる。その最終手段は、女を一晩カディールと二人きりにすることだ。しかし、まずは上院議員の娘が知っていることをすべて聞き出さなければならない。拷問にかけた後は死体を船の外に放り投げれば、海が犯罪行為を洗い流してくれる。自殺したと説明すればすむ話だ。

この不信心者に何ができるというのだ？

二人はお互いを見つめた。どちらも相手の心の内が読めているかのように。

扉をノックする音で膠着《こうちゃく》状態が終わった。フィラトの指示を受け、執事が歩み寄って扉を開く。入ってきたのはネヒールで、別の人物も一緒だ。

ネヒールが連れてきた男はずかずかと部屋に入ってきた。怒りのせいか顔を紅潮させている。

〈この男がここで何をしている？　今度は何があったんだ？〉

フィラトが問いただすよりも早く、男が吐き捨てるように言った。「エレナ・カーギルは嘘をついている。今までずっと、君たちを欺いていたのだ」

午後零時十八分

エレナは何か異変が起きたのだと察していた。

二十分前、モンシニョール・ローがカディールによって図書室から手荒に引きずり出された。それっきり、二人とも戻ってこない。すると今度はガラス扉の向こうにネヒールが姿を現した。うれしくて仕方がないといった様子の笑みを浮かべていて、それに気づいたエレナの心臓の鼓動が大きくなった。図書室の扉のロックが解除されると同時に、船が前方に揺れ、エレナの体も船首方向に投げ出されたが、どうにか踏みとどまった。

〈えっ？〉

エレナは窓の外を見た。モーニングスター号は減速を続けていて、二枚の水中翼も海中に沈み、船体が急速に下がっていく。

〈どうして止まろうとしているの？〉

だが、エレナにはその答えがわかっていた。

ネヒールが部屋に入ってきた。「ついてこい」

エレナには選択の余地がなかった。武装した二人の付き添いが外の通路で待っているからなおさらだ。エレナは眼鏡を外し、図書室から出た。通路を進む間も手足の震えが止まらない。喉《のど》もからからだ。

ネヒールに連れられて中央階段に進み、船の最深部へと下っていく。階段を離れる頃には、エレナは息苦しさを覚えていた。あたかも鉄のベルトが巻き付いているかのように、緊張で胸が締め付けられる。途中でネヒールの仲間の息子たちや娘たちとすれ違ったが、誰一人として目線を合わせようとしなかった。

開いたままになっている鋼鉄製のハッチの手前にようやくたどり着いた。ネヒールがハッチをさらに大きく開き、先に入れと合図する。ここに至ってもなお、エレナは指示を拒みたかった。燃える石炭のにおいがする。銃で押されるままにハッチをくぐり抜けた先には、地獄の一部を運び込んできたかのような部屋があった。

壁は全面が黒い鋼板でできている。床も同じで、複数の排水用の溝が付いているのは掃除のしやすさを考えてのことだろう。あらゆる種類の刃物が――カエルの解剖に使うような小型のものから、手足を切断可能なほど大型のものまで、片側の壁の前に並んでいた。別の壁には鋲《びょう》の付いた鞭《むち》や鎖、さらにはその用途を想像すらしたくないような道具が吊るしてあった。

部屋の奥にはかまどが口を開けていて、その中では山積みの石炭がガスの炎で赤々と輝いていた。部屋に入るエレナを出迎えたのは、炎の轟音と耐えがたいほどの高温だ。炎の前には鋼鉄製のX字型の器具が、かまどの方に少し傾けた角度で設置されている。

十字架を模したその器具に吊るされているのは、モンシニョール・ローだった。Xのそれぞれの先端に、レザーのストラップで両手首と両足首が固定されている。猿ぐつわを嚙まされているうえに、シャツも剝ぎ取られて瘦《や》せた上半身がむき出しになり、落ち窪んだ胸から脇腹にかけてがあらわになっていた。皮膚には恐怖による汗がすでに玉のように浮かんでいる。すがるように彼女を見つめるその目には、同時に哀れみも浮かんでいて、まるでこれから苦しむことになるのは彼女の方だと語りかけているかのようだ。

十字架の向こうではカディールが前かがみになり、長い火かき棒で石炭をかき混ぜている。その両側には父とフィラト大使が立っていた。

エレナには自分がここに連れてこられた理由も、彼らが何を望んでいるのかも、彼らがモンシニョール・ローに何をするつもりなのかも、わかっていた。

父はどこか悲しげな、それでいて強い決意の込められた表情を浮かべていた。「おまえのせいで我々はこうせざるをえなくなった。そのことはわかっているはずだ。外部の確かな情報筋から、おまえが我々に必ずしも正直な話を伝えていなかったことが明らかになったのだ」

エレナは息をのみ、言うべき言葉を探そうとした。「何……いったい何を……？」

フィラトがアラビア語で何事か吐き捨て、カディールに合図を送った。巨漢が火かき棒を手にしたまま向き直った。その先端は深紅の輝きを発している。カディールが鋼鉄製の十字架を回り込み、こちら側にやってきた。

「パパ、やめて」エレナは訴えた。

父はその訴えを無視した。

カディールはもったいぶる様子を見せなかったし、じらすこともなかった。機械を思わせる冷静さで火かき棒の先端を司祭の右乳首に押し当てる。肉の焼ける音とともに煙が上がった。猿ぐつわを噛まされたローが悲鳴をあげた。大きく背中をのけぞらせている。

「やめて！」エレナは叫んだ。「お願いだから、やめて」

カディールが火かき棒を離すと、それと一緒に皮膚も剝がれた。ローの姿勢が元に戻り、手足を固定されたまま力なく十字架に吊るされている。その頰《ほお》には涙が、腹部には血が流れた。

「私はずっと嘘をついていた」エレナは嗚咽《おえつ》をこらえながら認めた。

抜け殻のような、空っぽになってしまったかのような気分だ。あまりにも怖いし、あまりにも罪悪感が強すぎて、これ以上は作り話をこしらえることなどできない。そうしようと考えることすらできない。

フィラトが顔をしかめながら歩み寄った。「それならば、フナインが本当はどこに向かったのか、どこでタルタロスを発見したのか、教えたまえ」続いてモンシニョール・ローを指差す。「さもなければ、今度は彼の左目だ。その次は舌」

ローが顔を上に向けた。苦しそうに息をしている。それでもなお、かすかに首を左右に振り、しゃべってはいけないと伝えている。

エレナは司祭の意図を無視して、言われた通りにした。途中で何度か言葉に詰まりながらも、すべてを説明した。地図を作動させたことについて、炎の道筋が明かしたことについて、モロッコの沿岸部にルビーを見つけたことについて。

説明を終える頃には、エレナは床にひざまずいていて、涙が頬を流れ落ちていた。

父がエレナの肩を優しく叩いた。エレナはその手を払いのけた。

フィラトがネヒールの方を向いた。「ヘリコプターの準備に取りかかれ。おまえに同行する攻撃チーム用の二機目のヘリは私が手配する。この場所を発見して封鎖するのだ。我々はモーニングスター号で後を追い、日没までには現地に到着する」

エレナにはほとんど何も聞こえていなかった。男たちがやってきてモンシニョール・ローの手足を自由にし、猿ぐつわも外す。司祭は立っているのもやっとの状態だ。エレナは立ち上がり、モンシニョールに手を貸そうとふらつく足で歩み寄った。

「ごめんなさい」エレナはうめくように言った。「本当にごめんなさい」

まだ苦しそうにあえぎながらも、モンシニョール・ローは顔を上げ、フィラトの方に目を向けた。

「私が言った通り、彼女は嘘をついていたわけだ」

第五部　タルタロスの門

そして彼は名高いヘパイストスに急いで土と水をこねるように命じ、そこに人間の声と力を与えさせ、体は愛らしい女性の形に、顔は不死の女神に似せて作らせた……そして彼はこの女性をパンドラと呼んだ。なぜなら、オリュンポスに住む神々は皆、彼女に贈り物を与えたが、それはパンを食べる人間には災いだったからだ。

――ヘシオドスの『仕事と日』より、紀元前七〇〇年

31

六月二十六日　西ヨーロッパ夏時間午後三時三十三分
モロッコ　オートアトラス山脈

〈失われた都市はこのあたりのどこかにあるはずだ〉

クルーザーの操舵室内で、グレイはタブレット端末の画面に表示された衛星からのスキャン画像を凝視していた。この三時間のうちに、チームは地中レーダーが広大な地下空洞を検知した水路沿いの四地点で停止した。だが、調査は行き止まりにぶつかるばかりだった。文字通りの意味でそうだった。いずれも深い洞窟にすぎず、しばらく歩くと行く手はふさがれていたのだ。

疑いの念が頭をもたげ始める。

だが、自分の直感を信じ、不安を押さえつける。

グレイは顔の前に手をかざして周囲の景色を見回した。

船外モーターの単調なエンジン音が切り立った石灰岩の断崖にこだましている。岩の壁が渓谷の両側にそびえていて、紫や白、様々な色合いの赤い地層が連なり、最上部には歯の欠けたのこぎりのような形の岩が張り出している。

その下の川の両側、川岸と断崖の間には、スギとアルジェリアオークの鬱蒼《うっそう》とした森が広がっていた。山間部に分け入るにつれて、川筋はいっそう曲線が多くなり、急流になっているところもある。水の色はもはやスース川本流のよどんだ緑ではなく、雪融け水と湧水から成る透き通るような青に変わっていた。

チャーリーは相変わらず巧みにクルーザーを操り、狭くなる一方の水路をさかのぼっているが、今では集中力が必要になっていた。おしゃべりがすっかり影を潜めている。マカクのアギーまでもが大人しくなっていた。時折、この子ザルの野生の仲間たちの鳴き声がクルーザーにも届いた。そのたびにアギーは小さな耳をぴくりと動かすものの、チャーリーにしがみついて離れようとしない。

新しい音が割り込んできた。腹に響く音が一定のリズムを刻んでいる。一機のヘリコプターが頭上を通過した。渓谷の真上を横切り、北に向かっていく。グレイはその機体を目で追った。これで三機目だ。

「山をいくつか越えた先に人気の観光スポットがある」チャーリーが眉間にしわを寄せながら説明した。「『パラダイスヴァレー』っていう名前。とても美しいところね。正確には、以前は美しかったところ、だけれど。今ではこの地域の多くと同じように、汚染が進む一方なの」

ヘリコプターの音に驚いたのか、前方の浅瀬から一羽のトキが飛び立ち、木々の梢《こずえ》の上に姿を消した。

チャーリーの目は鳥の動きを追っていた。「かつてこの山間部は野生動物であふれていた」どこか寂しそうな声だ。「その多くが絶滅した。アトラスヒグマ、キタアフリカゾウ、オーロックス。絶滅危惧種の数も多い」チャーリーがアギーの頭を指でかいてやった。「大学で学位を取得して、将来それが繰り返されるのを防ぐ手伝いをしたいと思っている。でも、この地域に影響を及ぼしているのは観光業だけじゃない。この山間部全域で採掘を始める鉱山の数もどんどん増えている」

「何を採掘しているんだ？」グレイは地層がむき出しになった断崖に再び目を向けながら訊ねた。

「ここには豊富な資源が埋まっている」チャーリーが顔をしかめた。「鉄、鉛、銅、銀」

まわりの景色を見つめながら、グレイはほかにも何か埋まっているものがあるのだろうかと考えた。

セイチャンがまさにその件と関連のある質問を投げかけた。「ウランは？　あるいは、そのほかの放射性元素は？」

　奇妙な問いかけに、チャーリーが川から注意を離した。その目に疑いの色が浮かび、眼差しが険しくなる。「あなたたちがここに来たのはそのためなの？　大手鉱業会社の現地調査員ということ？　さっき船を止めた時、荷物からガイガーカウンターのようなものを取り出すのが見えたんだけれど」

　この眼光鋭いガイドの観察力を侮ってはいけないようだ。今回の捜索の準備として、グレイがペインターに要求したのは武器だけではなかった。箱の中には銃や弾薬とともに、小型のガイガーカウンターも入っている。

　グレイは怒りの表情を浮かべるチャーリーの顔に手のひらを向け、なだめようとした。

「そうじゃない。本当だ。俺たちは鉱業会社のために働いているわけじゃない。だが、どうしてそんな反応を示すんだ？」

「失礼。だったら謝らないといけないわね」チャーリーが川に視線を戻した。「これまでずっと、モロッコの主要輸出品の一つはリン鉱石だった。でも、その鉱床への関心がここ数年で急激に高まっている」

「それはどうして？」セイチャンが訊ねた。

「なぜなら、モロッコのリン鉱石にはウランが含まれているから。それもかなりの濃度で。世界のリン鉱石の四分の三はこの山間部に埋まっている。しかも、その鉱床中に含まれるウランの濃度は、世界のほかの地域の二倍だと言われている」

セイチャンがグレイに視線を向け、片方の眉を吊り上げた。

グレイは古代のダウ船に積み込まれていた機械仕掛けの怪物の動力源に関するモンシニョール・ローの説を思い返した。ローはその物質――フナインとその兄たちの言葉を借りれば「メデイアの油」が、ギリシア火薬よりも強力なのではないかと考えていた。

その製法は歴史の経過の中で失われてしまったため、確かめることは不可能だが、ギリシア火薬はナフサ、酸化カルシウム、松脂、硫黄などを混合した揮発《きはつ》性の物質だと一般に考えられている。しかし、そのほかの主要な構成要素がリン酸カルシウムで、これはリン鉱石の主成分だ。

グレイは考えを巡らせた。〈古代の錬金術師がここのリン鉱石を使用したところ、モロッコの鉱床に多く含まれるウランもしくはほかの放射性物質のせいで、そうとは意図せずに本来の製法よりも強力なものを作ってしまったのだろうか？〉

船を引っかくような大きく耳障りな音で、グレイは川に注意を戻した。チャーリーが罰当たりな言葉を吐きながら、クルーザーを水中の岩から引き離そうと格闘している。

「ここから先は水深が浅すぎる」チャーリーが伝えた。「これ以上あなたたちを連れていくのは無理」

グレイはタブレット端末の画面を確認した。「調べておきたい地点がもう一カ所ある。八百メートルほど上流だ」前方を指差す。「次のカーブを曲がった先だ」

チャーリーが速度を落とした。「船をだめにする危険は冒せない」

「修理代はこちらが持つ」ペインターも了承するはずだと考え、グレイは約束した。

チャーリーはしばらくグレイのことをにらんでいたが、やがて少しだけ速度を上げた。

「あと一カ所だけだからね」

クルーザーはそれまでの半分の速度で上流を目指した。チャーリーは流れが白く泡立っている浅瀬を避け、なるべく水深のあるところを選びながら船をジグザグに進めている。それでも、透き通った水を通して川底の岩や砂をはっきりと確認できる。なおも上流に進むにつれて、川はますます浅くなった。だが、チャーリーはクルーザーの速度を落とさず、逆に加速させた。

グレイはチャーリーの方を見た。

決して水路から目を離さないものの、チャーリーはグレイの視線に気づいたらしい。「船体を引き上げている」チャーリーが説明した。「速度を上げれば上げるほど、この船は浮き上がる。そうすることで、川底との間に少しでも間隔を空けることができるわけ」

どうやら一センチでもいいから隙間が欲しいということのようだ。

グレイは操舵室の右舷側の手すりを握り締めた。

川がカーブしている地点に差しかかると、チャーリーはクルーザーを巧みに操りながら上流に進み続けた。グレイはタブレット端末の画面で座標を改めて確認してから、前方に顔を向けた。

「あそこだ」グレイは右手を指差した。水が濃い青色をしたやや深いところがあり、そこで別の流れが水路に合流している。

「了解」チャーリーが返した。

船長はクルーザーを高速で岸に近づけ、最後にもう一度、竜骨と岩のこすれる音を響かせた後、水深のある地点に滑り込ませた。

「うまいものね」セイチャンが言った。

チャーリーがエンジンを切ると、そのままゆっくりと進み続けたクルーザーは、船首部分をやわらかい砂にめり込ませて停止した。チャーリーはグレイの顔を見た。「ここが最後、いいわね？」

グレイは川の上流に目を向けた。川幅いっぱいを白く泡立った水が流れている。「もっと先まで進もうとは考えない方がよさそうだな」

次に細い流れの上流側に視線を移す。透き通った水がスギの森の端を抜け、黒い小石や明るい色をした砂の上を流れている。さらにその奥では、十階建てのビルに相当する高さの断崖から一本の滝が流れ落ちていた。

グレイは手を顔の前にかざしながら、滝の両側に模様を描く赤や黄土色の地層を見つめ、積み重なった石から情報をつかみ取ろうとした。

「ここがその場所なわけ？」セイチャンが訊ねた。

「レーダーのデータによれば、この先に広大な空洞がある。ただし、それがどこかに通じているのかどうかは不明だ。三十メートルほど奥に進むと、その先は真上にある山が邪魔をしているせいで、レーダーからでははっきりとは読み取れない」

「つまり、この目で調べるということね」

グレイはうなずいた。「荷物を持って出発だ」

グレイはチャーリーとアギーを船に残し、ほかの仲間たちを連れて上流を目指した。滝の流れ落ちる水音が次第に大きくなる。森の中には水しぶきが細かい霧となって浮かんでいる。断崖の真下にたどり着く頃には、服や装備に小さな水滴が付着し、きらきらと輝いていた。

砂に覆われた岸の先では、水が幅四メートルほどのカーテンとなってコバルトブルーの滝壺《たきつぼ》に落下していて、そこから川までの流れが続いている。午後の陽光が水しぶきを通して屈折し、虹ができていた。息を吸い込むたびに細かいミストが汚れを洗い流してくれるように感じるし、その冷たさも心地いい。滝の片側には小さなヤシの木立があり、その葉はしぶきがかかる方に傾いていた。

「きれいね」流れ落ちる滝を見つめながらマリアがつぶやいた。

コワルスキも低い声で同意を示した。「ひと泳ぎしたいところだな。体の汚れを落としたいぜ」

「ここに来たのはそのためじゃないぞ」グレイはタブレット端末の画面を確認した。「スキャンしたデータによると、空洞はこの断崖面のどこかにあるはずなんだが、入口らしきものは見当たらないな」

ベイリー神父が指差した。「滝の裏側はどうだろう。目の錯覚でなければ、あのあたりに洞窟があるように見えるのだが」

グレイもそれに気づいていた。「調べてみよう」

一行は滝壺に沿って進み、勢いよく流れ落ちる滝の下に入った。たちまちのうちに全身が氷のように冷たい水でずぶ濡れになる。グレイは滑りやすい岩に気をつけながら、急いで滝をくぐり抜け、その奥の洞窟に向かった。

すぐ後ろで、コワルスキがびしょ濡れになった犬のように体を揺すった。「ううっ。冷水シャワーにしても冷たすぎるぞ」

全員が洞窟内に集まった。滝を通して太陽の光が差し込んでいる。

グレイは奥の壁まで歩くと、その場で体を三百六十度回転させ、周囲を見回した。洞窟は高さがあるが、奥行きはそれほどない。

〈ここも行き止まりか〉

グレイはマックの方を見た。「何か反応は？」

ガイガーカウンターを持つ気候学者は、顔をしかめながらため息をついた。「環境放射線がいくらかあるが、ほかの四地点で検出された量と変わらない」

「ここには何もないということね」セイチャンが言った。

マリアが歩み寄った。「さっきの川のもっと上流はどうなの？　船では行けなくても、歩けばいいじゃない」

グレイは首を横に振った。「当てずっぽうで探すわけにはいかない。ここから先はレーダーでのスキャンでも見込みのありそうな地点はないし、北の方角は山が密集して急峻《きゅうしゅん》になっているから、なおさら望み薄だろう」

ベイリー神父がいらだった様子で長いため息を漏らした。「それなら、いったんスース川まで戻り、ここの東や西にある別の支流を調べなければならないな。黄金の地図のルビーがそこまで正確にはめ込んであったとは思えない。大ざっぱな場所を示していたのではないだろうか」

コワルスキが肩をすくめた。「少なくとも、ここがふさわしい名前だったのは間違いないな。『悲しみの川』なんだろ？　俺は今、悲しくて仕方がないよ」

グレイもそれには反論できず、滝の方を指し示した。

「戻ろう」

午後四時四分

ほかの人たちが細い流れを下っていく中、マックは滝壺の近くにとどまっていた。太陽の光が差し込むところに立っているのは、滝でずぶ濡れになって冷えた体を温めるためだ。手を顔の前にかざして光を遮りながら、マックは断崖面を見つめた。

気候学者のマックは、変わりつつある気候が地形にどのような影響を及ぼすかについての理解をより深めようと風景や岩や森を調べるのに慣れていたし、氷期が終わった時や次の氷期が始まった時に残された痕跡《こんせき》を読み取るための鋭い観察眼を持っていた。

マックが一緒に来ていないことに気づき、マリアが戻ってきた。「どうかしたの、マック？」

マックは滝のいちばん上を指差した。「断崖の端が長年にわたたって流れ落ちる水で扇形に削られているのがわかるかい？　岩を伝って落ちる目の前の滝の水量によるものにしては、幅が広すぎる」

「それはチャーリーが話してくれたことと合っているんじゃない？　かつてこのあたりは今よりもはるかに水が多かったんでしょ。スース川は湾に近かったし、その支流も流量が豊かだったって」

マックは滝から数歩後ずさりし、マリアにもそうするように指示した。「見てごらん」断崖の上を指差し、北の方角に指先を動かす。「崖の上端を目で追っていくと、何が見える?」

二人の話し声を聞き、ほかの人たちも戻ってきた。

「二人とも、何を見ているんだ?」グレイが訊ねた。

ようやくマリアにもそれが見えたようだ。「断崖に沿ってほかにも扇形に削られた跡がある」

マックはうなずいた。「はるか昔は、この滝がもっと大きかっただけじゃなくて、滝の数ももっと多かったんだ。だが、時の経過とともに干上がってしまった。俺が数えたところでは、全部で五本の滝があったんだと思う」

マックは以前のここの姿を頭に思い浮かべた。五本の力強い滝が今よりも大きな川に流れ落ち、その川が広い湾に注いでいる。このあたり一帯には数多くの虹がかかっていたに違いない。水しぶきに覆われた断崖には緑が生い茂り、たくさんの鳥が巣を作っていたことだろう。森の木々ももっと高さがあり、その間をゾウやライオンが闊歩《かっぽ》していたかもしれない。

ベイリー神父の声でマックは我に返った。「五本の川……」司祭がつぶやいている。

マックは声の方を見た。「それが何か?」

　ベイリーは滝から顔をそむけ、クルーザーとチャーリーが待つ川の方を指差した。

「チャーリーはあの支流を『悲しみの川』と呼んだ。だが、同じような名前を持つ川がほかにもある。さっきも気づいていたのだが、その時はそれほど重要なことだとは思わなかった。上流で人が行方不明になるという歴史があると聞いたこともあって、そんな連想をしただけなのだろうと考えていた。しかし、以前はほかにも四本の川がこのあたりを流れていたとなると、引っかかることがある」

　グレイが問い詰めた。「何のことだ？」

「かつて向こうの支流と同じ名前で呼ばれていた川で、神話に出てくるアケロンだ。悲しみと苦悩と嘆きの川として知られる」司祭が一行に向き直った。「アケロンはタルタロスを流れてハデスの中心に通じている五本の川のうちの一つだ。その五本の川とは、アケロン、レーテー、プレゲトン、コキュトス、そしてステュクス」

　グレイが大きく息を吸い込みながら前に歩み出ると、顔を上に向けた。「その話の関連性はともかくとしても、マックの鋭い観察眼がほかにも四つの捜索箇所を提供してくれた。五本の滝がかつて渓谷のこの一帯を流れ落ちていたとして、俺が地下都市への入口を設けるとしたら、そのうちの一つしかない」

　グレイは断崖沿いの扇形の窪みのうち、中央のものを指差した。

　セイチャンもグレイの隣に立った。「見たところ、いちばん幅が広いし、奥行きもありそうね」

マックは左右に二本ずつの滝を従えて流れ落ちる巨大な滝を思い浮かべた。

グレイが痛めていない方のマックの肩をポンと叩いた。「俺たちが行かなければならないのはそこだ」

32

六月二十六日　西ヨーロッパ夏時間午後四時四十二分
モロッコ　マラケシュ

エレナはヘリコプターの後部から遠ざかるマラケシュの街並みを見つめていた。機体は市内での給油を終えて離陸したところだ。高度が上昇すると、南に六十キロほどのところにある雪を頂いた山のきらめきが目に留まる。オートアトラス山脈中で最高峰のツブカル山で、標高は四千メートル以上ある。

ヘリコプターが旋回してその山から離れていく。もう一機のヘリコプター——同機種のユーロコプターEC155がすぐ後ろを追う。どちらのヘリコプターも同じ山脈の南西方向に針路を取っていて、急峻な山々が大西洋と接しているあたりを目指している。

〈せいぜいあと一時間、もしかするとそんなにかからないかもしれない〉

エレナはその間に何らかの計画を思いつかなければならなかった。

座席の背もたれに寄りかかる。ユーロコプターの機内には十二人が乗り込んでいて、そのほとんどがムーサーの息子たちや娘たちだ。その一人のネヒールは通路を挟んでエレナとは反対側の座席にいて、カディールは妹の向かい側で窮屈そうに背中を丸めている。一方、エレナの真向かいでシートベルトを締めて座っているのは裏切り者のモンシニョール・ローで、機体の動きに合わせて頭を前後に揺らしながら居眠りをしていた。彼がヘリコプターに乗り込んだ時、瞳孔《どうこう》が開いていたので、おそらくモルヒネを大量に投与されたのだろう。薄手のシャツを通して見えるふくらみは、傷口に貼った厚い絆創膏だ。

エレナにはヘリコプターに乗らないという選択肢はなかったが、出発前のフィラト大使とローとの会話から推測する限りでは、司祭は同行を強く希望したようだ。裏切りの結果をしっかり見届けようということなのだろう。バヌー・ムーサーの地図にルビーで示された地点を特定するうえで、まだ力になれることがあると信じているに違いない。

ヘリコプターがクルーズ船のヘリパッドから離陸する前に、姿を見かけなかったのが父だった。最後に別れの挨拶を交わすことはできなかった。恥ずかしさのあまり娘と顔を合わせられなかったのか、それとも単にEU首脳会議の事情によるものだったのか。エレナは再び父と会えるのだろうかと思った。そう考えると、反射的に胸の痛みを覚えた。エレナは今もなお、三十年間にわたって身近にいた男性と、この二日間のうちに正体が明らかになった人物をなかなか結びつけられずにいた。そんな過去をすぐに捨て去ることは難しい。

〈もしかすると、また会うことになるかもしれない〉

　エレナはモーニングスター号がジブラルタル海峡から南に針路を取り、二枚の水中翼を駆使してモロッコの沿岸を高速で移動している姿を思い浮かべた。あの山間部に隠されていた何かが発見されるならば、フィラトも父もその瞬間に間近にいる機会を逃したくないと考えるはずだ。

　ヘリコプターがエアポケットに入って激しく上下に揺れたため、モンシニョール・ローが目を覚ました。顔をしかめながら背筋を伸ばしている。そのどこかうつろな視線が、険しい表情でにらみつけるエレナに留まる。

「そんなに思い悩むのはやめたまえ、お嬢さん」どこか舌足らずな口調だ。「君は神の子羊のこの汚れた世界への再臨を主導する我々の手助けをするのだ。タルタロスの門を打ち破ることは、アルマゲドンの幕開けを意味する。地獄の武器と放射線を帯びた業火《ごうか》が世界各地の紛争地帯に向けて解き放たれ、各地が次々に不安定となり、立て続けに戦争が起き、ついには海までもが炎に包まれる。その時点でようやく、世界から悪が一掃され、主の王座はその帰還を前にして清められる。主の訪れとともに、真の永続的な平和が初めて我々にもたらされるのだ」

　エレナは顔をしかめた。「今のことをカステル・ガンドルフォで亡くなった人たちに言えるの？　ラビ・ファインに言えるの？」

「彼らは殉教者たちだ」ローは手を振ってエレナの懸念を打ち消した。「ハワードは自身の行ないを理解していたし、犠牲の尊さも理解していた。我々が拉致されたとアメリカ人たちに信じ込ませ、同時に君の同情を買うために、彼は自ら自分の耳を撃ちもしたのだから」

エレナは急にめまいを覚え、座席の背もたれに体を預けた。〈ラビ・ファインまでもが……〉二人の司祭が大学時代からの知り合いだとは聞いていたが、ラビもこの企みに一枚嚙んでいたとは思いもよらなかった。だが、そうだと察するべきだった。父の話を思い返す。アポカリプティはあらゆる宗教の信者のほか、特定の教えを信じていない者たちの中にもメンバーがいるということだった。

ローの話は続いている。「君のお父さんは後先を考えず――理性よりも怒りに駆られ、あまりにも性急にハワードの命を奪った。だが、我々の信念の強さを示す効果的なやり方でもあった」

冷酷な物言いに啞然《あぜん》として、エレナは顔をそむけた。図書室でのミスが頭によみがえる。疲労困憊していたエレナは、つい口を滑らせた。スペインの沿岸部のどこを捜索すればいいのかとモンシニョールから問い詰められた時、愚かな発言をしてしまったのだ。〈どうせ時間を無駄にするだけなんだから、いい気味だわ〉その言葉が裏切り者に手の内を明かすことになった。タルテッソスの王国の捜索は策略だと教えたも同然だった。その直後、ローは用を足すために図書室を出た――トイレのために部屋を離れるのがかなり頻繁だったが、高齢だから仕方がないと、エレナはまったく気にしなかった。ところが、モンシニョールが戻ってから十五分もたたないうちに、カディールが彼を図書室から引きずり出したのだった。

〈その二つの出来事を関連づけようともしなかった〉

「だが、犠牲について理解していたのはハワードだけではなかった」ローが自分の胸に視線を落とすと、言葉が熱のこもった調子に変わった。「頑《かたく》なな性格の君は、お父さんが銃を使って伝えようとした教訓を学ばなかった。その後もなお、君は嘘をついた。だから、次は私が君の計略の罰を受けたということだ」

ローの視線が再びエレナをとらえた。ただし、今度はモルヒネでどんよりとした目の奥に、熱い炎が燃えている。「しかし、犠牲は必要不可欠だ。私はそのことを十分に承知している。ダイダロスの鍵をカステル・ガンドルフォに持ってくるよう、アメリカ人を説き伏せたのは私だ。鍵が我々の役に立つかどうか、確かめるためだった。だが、役に立たないことがわかり、アメリカ人たちからもそれ以上の見解が得られなかったため、私は自らの命を惜しむことなく空爆を要請したのだ」

エレナはモンシニョールの声からあふれる熱い思いがいっそう強くなっていることに気

づいた。口から泡を飛ばしながらしゃべっている。瞳の輝きは狂信者のそれを思わせる。鎮痛剤がこれまで長年にわたって隠し続けてきた思いを解き放ち、同時に口数を多くしているのだろう。

「アメリカ人たちが機転を利かせてカステル・ガンドルフォの地下室から脱出した時には、彼らに対する私の信頼は一時的ながらも高まった。警備がいっそう厳重になったカステル・ガンドルフォから彼らを引き離す必要があったため、私はサルデーニャ島に向かい、仲間のラビ・ファインに会わせた。もう一度だけ、アメリカ人たちを試したいと考えたのだ。我々の知っていることを提供し、何らかの新たな見解を導き出してくれるかどうか、確かめてみた。だが、悲しいかな、またしても何もわからなかった」

「だからあなたは彼らを抹殺したうえで、ダ・ヴィンチの地図を確保しようと試みた」

「あと、オリジナルのダイダロスの鍵もだ。当然だと思わないかね？」

「それに失敗すると、今度はフィラトのクルーズ船にやってきて、私を同じペテンにかけようとした」

「そうだ。しかし、君の方がはるかに賢かった」その眼差しが鋭くなり、瞳には熱に浮かされたような炎が燃えている。「君も今にわかるだろう。間もなく私のこれまでの数々の犠牲が、それにふさわしい実を結ぶことになる。主の再臨とともに、我が苦痛は我が勲章となるだろう」

エレナは相手の目に浮かぶ狂信的な炎から目をそらした。モンシニョールのアポカリプティの一員としての経歴は、フィラトや父よりもはるかに長いのではないかと想像する。自らをマフディーの再来あるいはダヴィデ王の生まれ変わりと信じている二人でさえも、向かい側に座る男性が持つ異常なまでの熱意を持ち合わせていない。

〈しかも、私はそんな彼らに伝説の武器と未知のエネルギー源の在《あ》り処《か》を教えてしまった。それらが間違った人間の手に渡れば、聖戦の口火を切ることになってしまう〉

エレナは一つの期待にすがった。

ジョーと仲間たちが青銅製のピンを使ってダ・ヴィンチの地図の解読に成功し、すでにその場所を厳重な管理下に置いていることを祈るばかりだ。

〈期待を裏切らないでね、ジョー〉

33

六月二十六日　西ヨーロッパ夏時間午後五時二分
モロッコ　オートアトラス山脈

「こっちだ！」コワルスキは仲間たちに呼びかけた。

崖下に沿って広がっていた一団がまわりに集まってくる。

左右の拳を腰に当てた姿勢で、コワルスキは目の前にそびえる断崖面を眺めた。岩の層は新聞紙の山が斜めになって散らかっているみたいで、波形にうねっているところもあれば、途中でちぎれているところもある。一行は流れ落ちる滝にいちばん近い干上がった滝の跡の調査を終え、その隣に移動していた。かつて断崖を落下していた五本の川の真ん中に当たる場所だ。

断崖の上端にできた扇形の窪みの大きさから判断すると、昔はここが巨大な瀑布《ばくふ》だったのは間違いない。窪みの幅は優に三十メートル以上ある。

「何を見つけたんだ?」グレイが訊ねた。

コワルスキは断崖の下から五メートルほどの地点を指差した。「あの部分的に残った岩棚の上にいくつもの岩が転がっているだろ。その左側を見てくれ。断崖面に裂け目があるように思うんだが」

グレイが目を凝らした。

セイチャンも顔の前に手をかざして見つめている。「彼の言う通りね。調べてくる」

誰かが反論するよりも早く、セイチャンが断崖をよじ登り始めた。岩棚の下の地層は不規則に張り出していて、斜めに傾いた巨大な段が連なっているため、階段代わりに使って裂け目まで到達できる。

「あれくらいなら俺でもできたのに」コワルスキは不満そうにつぶやいた。

セイチャンが岩棚まで到達し、裂け目の中に姿を消した。グレイは落ち着かない様子で崖の下を行ったり来たりしている。

マックが断崖を見上げた。「はるか昔、この一帯が本当に水没していたのなら、水面はあの岩棚のあたりにまで達していたに違いない。岩棚の上と比べると、下の岩石層は色合いが少し違っているのがわかるはずだ。灰色がかった白い色をしている。それに下の地層は上よりも粒が細かい。はるか昔に干上がってしまった水によって削られたためだと思う」

コワルスキはそんな光景を想像しようとした。頭上を船が航行し、あの岩棚に停泊する様子を思い浮かべる。

〈今の話の通りかもしれない〉

隙間の奥から戻ってきたセイチャンが、全員の期待を打ち砕いた。「ここも行き止まり」

グレイが小声で悪態をついた。

セイチャンが手招きをした。「でも、みんなもここまで登って、中を見る方がいいと思う」

グレイが口に両手を添えて叫んだ。「何を見つけたんだ?」

「自分の目で見て」セイチャンは背を向け、再び裂け目の中に姿を消した。

グレイがほかの人たちを見た。

コワルスキは肩をすくめた。「日なたの暑さから逃れるのもいいんじゃないか」

話が決まると、全員が階段状の壁面をよじ登った。上までたどり着くと、岩棚は下から見た時に受けた印象よりも大きく、幅は二十メートルくらいある。その表面のほとんどは積み重なった岩に埋もれていて、おそらく昔の崖崩れによるものだろう。真上に目を向けると、断崖の縁のかなりの部分が欠けていて、そこが崩れ落ちたものと思われる。

グレイを先頭に積み重なった岩の外れに向かう。コワルスキの言っていた「裂け目」とは、崩れた岩と石灰岩の断崖面の間の開口部だった。その上には大きな岩が不安定な状態で挟まっていて、この狭い入口を守っていた。

グレイが最初に入り、コワルスキが続いた。固唾をのみながら、大きな体を丸めて岩の下をくぐる。隙間を通り抜けると、急ぎ足でその奥にある広々とした洞窟に向かった。左右は岩棚と同じくらい、奥行きはその二倍ある。セイチャンはすでに懐中電灯を取り出し、アーチ状の天井や弧を描く壁面に光を当てていた。きめの粗い岩は濃い茶色をしている。ここは大昔に壁面が浸食されてできた洞窟だろう。

ほかの人たちもコワルスキの後ろから中に入ってきた。

ベイリー神父が顔をしかめ、引っかかった状態で止まっている大きな岩を振り返った。

「ダモクレスの剣の下をくぐった気分だ」

マックがにやにやと笑った。「あれは落石による岩が不安定ながらも釣り合いが取れている状態だ。危険かもしれないが、あそこの岩の重なりは何百年以上もずっとあの形のままなんだろうから、すぐに崩れるようなことはないよ」

「何を見せたかったんだ?」グレイが訊ねた。またしても調査が行き止まりにぶつかったかもしれないので、明らかに落胆している様子だ。

「こっち」セイチャンが答えた。

そのまま洞窟の奥の方に向かっていく。左側には土器の壺が並んでいて、それぞれ腰くらいの高さがあり、ほこりをかぶった栓で密閉されている。

「向こうにはもっとある」セイチャンが反対側に懐中電灯の光を向けると、そちらにも多くの壺が置いてあった。

マックが大きく顔をしかめながら、前かがみになってそのうちの一つに近づいた。「グリーンランドのダウ船の船内で見た壺の小型版みたいな感じだな」

「これはアンフォラだ」ベイリーが言った。「古代ギリシアやローマの保存容器で、ワインやオリーブオイル用に使われていた」

「あるいは、それよりもずっとやばいもの用だったのかも」マックが姿勢を戻しながらつぶやいた。

司祭がコワルスキを見た。「フナイン船長が航海日誌の中でこれのことを『パンドラの壺』と呼んでいた、君はそう言っていなかったか?」

「エレナがそんな話をしていたな」

ベイリーがほかの人たちの方を向いた。「神話によると、パンドラは人間の女性ではなく、神であるヘパイストスが人工的に作り出した存在だとされる」

「その神様による青銅製の奴隷と同じだな」鍛冶場でヘパイストスに仕えていたという機械仕掛けの女性たちに関するエレナの話を思い出し、コワルスキはつぶやいた。

「オリュンポスの神々はそれぞれが壺に災いを入れた」ベイリーが説明した。「そして壺をパンドラに託し、人間のもとに届けさせた。トロイの木馬の小型版みたいなものだが、中には死や疫病や悲嘆が詰まっていた」

「ダウ船の船倉にあったものの説明にぴったりだ」マックが指摘した。

マリアが眉をひそめた。「でも、パンドラの壺じゃなくて、パンドラの箱だと思っていたんだけれど」

「ああ、それは古代ギリシア語の誤訳が原因なのだよ」ベイリーが解説した。「もともとのギリシア語の単語は『ピトス』で、保存用の密閉された壺を意味した。しかし、十六世紀になってその訳語として『箱』を意味するラテン語の『ピュクシス』が用いられ、それ以降は訂正されることがなかったのだ」

「箱だろうと壺だろうと」コワルスキは指摘した。「どうやら俺たちは正しい場所、またはそれに近いところにいるみたいだぞ」

「そうかもしれないな」グレイが応じた。「しかし、あの壺の中身を調べないことには」

「あの呪われた壺を開けるつもりなのか」マックが質問した。

グレイが壺に歩み寄った。「確かめる方法はそれしかない」

マックが阻止しようとした。「やめろ――」

グレイはマックの脇をすり抜けて脚を突き出し、壺の一つをかかとで蹴りつけた。かなりの力で蹴ったにもかかわらず、衝撃で壺が揺れ、細い亀裂が入っただけに終わった。

「マックの警告に従うべきかもしれない」ベイリーが言った。

グレイは二人を無視して、今度は亀裂の真ん中を蹴った。壺が真っ二つに割れる。黒い油が床にこぼれた。あたかも巣穴から何匹ものヘビが這《は》い出てきたかのように、全員があわてて液体から距離を置く。

石油に似た強いにおいが洞窟内を満たした。

マックが液体を指差した。「グリーンランドの壺から流れ出てきたものと同じだ」

「でも、それだけみたいね」ただ一人、液体に再び近づいたセイチャンが指摘した。

コワルスキも彼女に続いた。「確かにそうだ。青銅製のカニもいないし、燃える緑色の液体もない」

全員がいっせいに洞窟の反対側にある壺の方を向いた。互いに顔を見合わせながら、そちら側に近づいていく。

ベイリー神父だけが途中で立ち止まり、床の中央に置かれた厚さ六十センチほどの石板を調べ始めた。その中央にあるボウル状の窪みを手のひらでなぞっている。「生贄《いけにえ》のための祭壇のようだな」神父がつぶやいた。

コワルスキはさっさとそこから離れた。

もう片方の側にあるいくつもの壺に向かう間、誰一人として口を開かない。

マックが持つ携帯用ガイガーカウンターからガリガリという音が鳴り始めた。壺に近づくと音がいっそう激しくなる。

コワルスキはグレイの腕をつかんだ。「こっちのやつは壊さないようにしようぜ」

午後五時二十四分

〈金庫破りは慎重に進めることが第一〉

セイチャンは熱したナイフの先端部分を壺の栓の縁に沿って動かした。壺の口と栓の隙間を密閉している蠟《ろう》が、熱によってやわらかくなる。セイチャンは溶けたかけらをナイフでかき出してから、刃先をマリアに向けた。

マリアが親指でライターの火をつけた。

セイチャンはナイフの先端を炎に近づけ、再び過熱した。

「男たちときたら」マリアが口を開いた。「いつも壊すことばかり考えているんだから。あなたがジャックをもう少し常識のある男性に育ててくれるといいんだけれど」

「最善を尽くすつもり」セイチャンも息子がそうなってくれることを願いながら答えた。「でも、彼のDNAの半分はグレイのものを受け継いでいるから、どうなることやら」

セイチャンは作業を再開し、さらに多くの蠟を取り除いた。

その背後では彼女の細かい作業に退屈したのか、それとも何もしないで立っていることに耐えられなくなったのか、男性たちが床に置かれた石板を調べるベイリー神父のまわりに集まっていた。

「これは何だと思う?」グレイが片膝を突いて訊ねた。

「生贄のための祭壇、もしくは儀式のための場所のようなものかもしれないと思ったのだが」司祭が答えた。「改めて考えると、もしかすると……」

「もしかすると、何だ?」グレイが問い詰めた。

作業を続けるセイチャンが厚さのある蠟の塊を溶かすと、栓がぐらぐらと揺れた。「うまくいったみたい」セイチャンは男性たちの方を振り返って知らせた。

グレイがほかの人たちとともに戻ってくると、壺に近づくようマックに合図した。「君の意見は?」

気候学者がガイガーカウンターで調べた。「数値はまだ安定している。安全な範囲内だが、ここにいつまでもいたいとは思わないな」

グレイがセイチャンに向かってうなずいた。「おまえに任せる」

セイチャンは栓を両手でつかんだ。前後に動かしたりひねったりしながら、残った蠟を取り除く――そして真上に引っ張った。

背後から息をのむ声が聞こえた。ガイガーカウンターの音も激しさを増す。

全員が壺を満たした緑色の液体から後ずさりした。液体はかすかに薄気味悪い輝きを発している。セイチャンは腰を落とした姿勢になり、有毒な液体の中から恐ろしい何かが飛び出してきたり這い出してきたりした場合に備えて身構えた。数呼吸待ったものの、壺の中からは何も出てこない。

「液体が入っているだけのようだ」グレイが言った。「向こう側の壺と同じだ」

ベイリーが身を乗り出した。「フナイン船長は航海日誌の中で、タルタロスへの一回目の航海の時には、食料があまり残っていなかったせいで入口までしか行かなかったと記していた。だが、その入口で彼は『メデイアの油』の壺を確保し、故郷に持ち帰った」

〈ふーん……〉

セイチャンはほかの人たちから離れた。

「中身を空気にさらしたままにしておくのは賢明ではないように思う」神父が警告した。「フナインがこれを『メデイアの油』と名づけたのには理由があるはずだ。魔女メデイアの神話によると、彼女の油は消すことのできない火の秘密を握っていて、贈り物として彼女にそれを与えたタイタンのプロメテウスから、密閉した黄金の容器で保存するように教えられていたという」

「ここにある壺と似ていなくもない」グレイが言った。

「だが、そのうちの一つはもう密閉されていないぞ」マックが指摘した。

ベイリーは説明を続けた。「伝えられるところでは、彼女の油はギリシア火薬の伝説と同じように、水に引火し、水で消すことはできなかった」続いてアンフォラを指差す。「ここは十分に乾燥していると思うが、長時間にわたって空気にさらすと、これだけの数の壺があることだし……」

「ドカーン」コワルスキが補足した。

「彼の言う通りかもしれない」マックも同意見のようだ。「グリーンランドではカニがかなり短時間で引火したが、あそこの空気はかなり湿気があったし、まわりは氷だらけだった」

「それなら、とりあえずは壺の栓を閉めておこう」グレイが提案した。「空気中の湿気にさらすのは最小限にとどめる方がよさそうだ」

「だめ」セイチャンは警告した。「まだだめ」

洞窟の奥まで来ていたセイチャンは、濃い茶色の壁の曲線を手のひらでさすった。表面はざらざらしているが、あまりにも形が一様すぎる。ほかのみんなはそれに気づいていない。謎の壺と祭壇に注意を奪われてしまっているからだ。

セイチャンは鋼鉄製のダガーナイフを持ち上げ、持ち手の部分を壁に叩きつけた。

鐘の音を思わせる響きが彼女の発見を知らせる。

セイチャンはほかの人たちの方に向き直った。「私たちがいるのは天然の洞窟じゃなくて、青銅でできた部屋の中。長い年月の間に黒ずんで変色してしまっただけ」ナイフの刃先で壺を指差す。「フナインが魔法の油をそこから盗んだのだとしたら、ここがタルタロスの入口に違いない」

　全員がすぐにセイチャンのまわりに集まり、手のひらで黒ずんだ壁に触れて確かめた。

「間違いないな」グレイが拳で壁を叩きながら言った。ほかの人たちも同じように壁を鳴らし、その通りなのを確認している。「しかも、奥の壁だけではない。この洞窟全体が青銅でできている。全面が青銅で覆われているんだ」

　コワルスキが何よりも答えが必要とされている質問を投げかけた。「ノックするのはこれくらいで十分だ。中に入るにはどうすればいいんだ?」

　ベイリー神父は祭壇のところに戻っていた。「たぶん……わかったと思う」全員に向き直る。「これはテストだ」

午後五時三十分

〈しかも、どうやら制限時間があるらしい〉

　グレイは栓の開いた土器の壺を見つめた。壺の封印が破られたので、光を発する油にいつ引火してもおかしくない。グレイはベイリーの方を見た。「何を考えているんだ?」

　司祭は祭壇の傍らで片膝を突き、中央の窪みを手のひらでさすっていた。「祭壇そのものは天然の石だが、浅いボウルのような窪みは壁と同じ黒ずんだ青銅だ」

「だけど、それがここにある入口を開くこととどう関係しているわけ？」セイチャンが訊ねた。

「アレクサンドリアのヘロンだよ」ベイリーが理由を説明するかのような口調で断言した。

誰にも意味がわからなかった。

「彼は一世紀の有能な技術者だ。あらゆる種類の装置を設計して、その中には硬貨を投入すると作動する世界初の自動販売機もあった。風力によるパイプオルガンも彼の発明だ。そうした装置に関する本を何冊も著していた。科学的な知識の収集家で、機械的な発明品を好んでいたバヌー・ムーサーの兄弟たちは、きっと何百年もたってから彼の本を読んだはずだ。ダ・ヴィンチもヘロンの名前をあげている」

「そのことと今の俺たちの状況にどんな関係があるんだ？」グレイは中からぼんやりと光を発している壺を一瞥しながら問いかけた。

〈さっさと説明してくれ〉

「ヘロンの発明品の一つが、最古の蒸気機関とも言うべき仕組みを利用して、神殿の扉を自動的に開く方法だった。扉を閉ざした神殿の前の階段から司祭が集まった人たちに向かって語りかけ、それに続いて建物の前に設置された炉に火をつける。激しい炎が燃え上がると、炉の下に隠された水が熱せられる。それによって発生する蒸気がピストンとホイールとロープを動かし、神殿の扉がまるで魔法のごとく、ひとりでに開くという構造になっていたのだ」

「言い換えれば、種も仕掛けもあったわけだな」コワルスキが言った。

ベイリーが石板の窪みを、続いて壁面を指差した。「ここもそれと同じだ」

「どうしてそうだと断言できるの？」マリアが訊ねた。

「ホメロスの記述によると、パイエケス人の宮殿はすべて青銅でできていて、街の門は開いた時に『燃える黄金のように輝いた』とされる」

グレイは理解しつつあった。「この祭壇の窪みに火をつけ、あの燃料――」消すことのできない黄金の炎の秘密を保管している光る壺を指差す。「あれを加えて燃え上がらせたら、ここの青銅はあたかも金でできているかのように光り輝くはずだ」

ベイリーがうなずいた。「だから私はこれがテストだと考えている。パイエケス人は我々に道具と燃料を与えた。中に入ることを許されるためには、我々はあの壺の中身の特性を理解していると証明する必要があるのだ」

「だけど、何をすればいいんだ？」コワルスキが訊ねた。「あのメデイアの油をボウルに注いで、水を加えればいいのか？」

「そうだと思う」ベイリーが答えた。

グレイは首を横に振った。「いいや、それでは硬貨の片面だけを見ているのと同じことだ」洞窟のもう片方の側にある壊れた壺と、そのまわりにこぼれた黒っぽい液体を指差す。「あれがもう片方の面だ。そうでなければ、あれをここに置いてあるはずがない」

「君の言う通りかもしれない」ベイリーが認めた。「だが、あの物質は何だろうか？」

その答えは意外な人物が教えてくれた。「エレナはわかっていたみたいだった」コワルスキが反応した。「プロのメンテナンスの血の比較、とか何とか言っていたぜ」

〈まさかそんなはずはない〉

グレイの予想通りだった。

「『プロメテウスの血の秘薬』のことかね？」ベイリーが聞き返した。

コワルスキは肩をすくめた。「ああ、そうかも」

司祭は前に向き直った。「メデイアがプロメテウスから燃える油のことを学んだ時の話の中には、プロメテウスの血という名前の黒い秘薬の製法についても教わったと書いてある。プロメテウスの血がこぼれたところに育った植物の樹液からできているという。青銅でできたコルキスの雄牛の炎から身を守るようにと、彼女はそれをイアソンに与えたのだ」

「耐火性のある塗り薬みたいなものだな」マックが言った。「グリーンランドでは、黒い油が例の怪物たちの動力源となっている炎を消した。保管用の壺の中の油はある種の保存料、あるいは絶縁体みたいな働きをしていて、怪物が解き放たれて湿気を含んだ空気にさらされるまでの間、活性化しないようにしていたんじゃないかな」

セイチャンが眉をひそめた。「だけど、今の話が門を開けることとどう関係するわけ？」

グレイは祭壇まで戻り、その両側にある壺を交互に見た。〈メデイアは炎とそれを消す手段の両方を生み出した〉マックに視線を向ける。〈いや、消すだけではなく、緑色の油を活性化させることなく保存する方法も〉

グレイはベイリー神父を見た。「祭壇のあの窪みはたまたまあの大きさになっているとは思えない。その下に複雑な仕掛けが存在するのだとしたら、青銅製のボウルを正しい温度で熱しないといけないに違いない」

「おそらくそうだろう」

「燃料を正しい分量だけ窪みに注ぐことになっているはずだ。たぶん、縁までいっぱいに満たすんだろう」

「計量カップみたいなものだな」コワルスキが付け加えた。

「しかし、どうやって油を壺からボウルまで移せばいいんだ？」グレイは自問自答した。

「大きなスプーンやバケツのようなものはないし」

「手を使うのだよ」ベイリーがはっとして顔を上げた。「プロメテウスの血の壺もここに置いてあるのはそのためだ。手にそれを塗れば、緑色の油が手のひらの湿気で引火するのを防いでくれる。手で少しずつすくいながら、ボウルを満たせばいいのだ」

司祭が周囲を見回した。自説を検証してくれる志願者を探しているのだろう。

コワルスキがうめいた。「俺がやるよ。シグマの爆発物担当だからな。だけど、もし俺の手が吹き飛んだら、あんたに責任を取ってもらうぞ、神父さん」

大男が割れた壺に近づいた。壺の下半分には黒い油がまだ残っている。コワルスキは手首まで油に浸し、液体をたっぷり塗りたくった。続いて輝きを発する壺の方に急ぐ。

「気をつけて」マリアが声をかけた。

「俺が気をつけたってしょうがないよ」コワルスキが返した。「この黒い液体が放射線からも守ってくれることを願っていてくれ」

「そうかもしれないな」ベイリーが小声でつぶやいた。「戦闘の前にプロメテウスの血を飲むと、あらゆることから守ってくれると言われていて、矢や槍《やり》にも効き目があったという。アルゴナウタイのイアソンは、そのおかげで助かったのだ」

「俺が神話に登場するスーパーヒーローのように見えるか?」コワルスキが顔をしかめた。

それでも、大男は深呼吸をしてから両手を光る緑色の油に突っ込んだ。今にも炎が噴き出すとでも思っているのか、顔をそむけている。しかし、何も起きない。コワルスキは大きく息を吐き出し、左右の手のひらで液体をすくった。腕を持ち上げて壺から出すと、指や手の甲に付着したしずくの落下が止まるまで待つ。

「それで次は?」コワルスキが訊ねた。

「窪みのところまで慎重に持ってきてほしい」ベイリーが指示した。

コワルスキが光る液体をボウルまで運ぶ間、全員が息を殺して見つめた。大男が前かがみになり、液体を窪みに注ごうとする。

「待て！」グレイは制止した。「まだだ！」

前かがみの姿勢のまま、コワルスキがグレイをにらみつけた。「何だよ？」不機嫌そうに問いただす。

グレイは小走りに割れた壺のところまで行くと、黒い油を左右の手のひらですくい上げた。急いで戻り、窪みの表面に液体をまんべんなく塗りつける。「ここまでする必要があるのかどうかはわからないが、かつてこの場所は今よりもはるかに湿度が高かったはずだから、青銅製のボウルに付着した湿気にメディアの油が触れるのを防がなければならなかったとも考えられる」

「なるほど」ベイリーが言った。「後悔するよりも安全を期する方がいい」

塗り終えたグレイが離れると、コワルスキはまだにらんでいた。「もうこいつを注いでもいいか？」

グレイは手で合図して全員を下がらせた。「やってくれ」

コワルスキは腰が引けた格好で左右の手のひらを離し、光る油をボウルに注いだ。誰一人として動こうとしない。

何も起きないことを確認してから、グレイはコワルスキに向かって手を振った。「もう一度」

さらにコワルスキが何往復かして、グレイも手伝ううちに、緑色の油がボウルを縁いっぱいまで満たした。作業を終えると、グレイは少量の黒い油を栓の開いた壺まで運び、光る油の表面にどろっとした黒い液体を注いだ。空気中の湿気に対するバリアのような効果を果たしてくれるのではないかと期待してのことだ。そのうえで栓を元に戻す。

これでいいと判断すると、グレイはほかの人たちを洞窟の反対側に移動させ、バックパックから水の入ったプラスチックボトルを取り出した。「準備はいいか?」

仲間たちからうなずきが返ってくる。コワルスキは肩をすくめただけだ。

グレイは祭壇の窪みに正対した。二メートルほど離れたところでプラスチックボトルを強く握り、水を押し出す。弧を描いた水がボウルに飛び込んだ。

一瞬のうちに反応が起きた。

ボウルにたまった油が大量の煙と爆発音とともに燃え上がった。黄金の炎が渦を巻いて天井の高さにまで届き、黒ずんだ青銅のドームの表面を伝っていく。噴き上げる炎から発するまばゆい閃光《せんこう》と溶鉱炉の中にいるかのような熱を防ごうと、全員が顔の前に手をかざした。

一分近い長さに感じたが、実際にはほんの数秒ほどだっただろうか。炎が弱まり、天井までは届かなくなったものの、依然としてボウルの中で激しく燃えている。

コワルスキが前に一歩、足を踏み出した。「派手な花火だったな」そう言うと炎の奥を指差す。「だけど、別に何も――」

大きな鐘の音が鳴り響いた。あまりにも大きな音に、全員が思わず首をすくめた。ボウルの奥の壁に垂直の亀裂が入った。遠くでギアが動いているかのようなきしむ音とともに、裂け目の両側の壁がゆっくりと左右に開き、グレイたちをその奥の暗闇に招き入れる。

「うまくいったのね」マリアの声はかすれている。

「そうだな」コワルスキが答えたが、あまりうれしそうではない。「俺たちは地獄の門を開いたのさ」

34

六月二十六日　西ヨーロッパ夏時間午後五時五十三分
モロッコ　オートアトラス山脈

ネヒールはユーロコプターの機内から双眼鏡で眼下の渓谷を観察していた。チームがスース川の上空に到達したのは五分前のことだった。一分たりとも時間を無駄にしたくはなかった――ずっと前から、この時を待ち望んでいたのだ。ネヒールは大きなスース川に流れ込むある一本の支流に沿って飛行するよう、すぐに指示を出した。黄金の地図に埋め込まれていたルビーに通じる可能性が最も高い道筋だとして、モンシニョール・ローが選んだ川だ。

ヘリコプターが山間部に向かうにつれて、ネヒールの心臓の鼓動が大きくなった。生まれたばかりのフリー――〈私の可愛い天使〉――を抱いていた時のことを思い返す。自分の手から奪われる前のことだ。出産直後でまだ痛みが残っていて、全身が汗まみれだったが、赤ん坊を胸に抱いた時の喜びはどれほど大きかったことか。まるで燃えているかのようなフリの体の熱が、心の奥深くにまで伝わってきた。目を閉じると、自分の腕から引き離される天使の泣き叫ぶ声がよみがえる――その泣き声もナイフの鋭い刃《やいば》によって永遠に聞こえなくなる。その同じナイフが、ネヒールの顔にも一生消えない傷を残すことになった。だが、ネヒールの心を何よりも苦しめたのはその傷跡ではなかった。

目を開き、心に誓う。

〈もう一度、あなたをこの手で抱き締めるからね、フリ……あと、私の息子も〉

ヘルメットに内蔵された無線の専用チャンネルを通して、操縦士の声が聞こえてきた。

「前方に船が見えます。川岸に乗り上げるようにして止まっています」

ネヒールは集中力を高めた。

〈あいつらなのか？〉

ヘリコプターが上空を旋回する。双眼鏡を通して、ネヒールは小さな操舵室を備えたアルミ製のクルーザーの姿を確認した。船尾には女性が一人いて、顔の前に手をかざして空を見上げていたが、すぐに船外モーターに注意を戻した。船にはほかに誰も乗っていないようだ。

「あれは地元の人間だ」ネヒールは応答した。「そのまま進め」

ネヒールは眼下の景色の捜索を続けた。機内の反対側では、モンシニョール・ローも同じ作業をしている。二人が探しているのは古代に人が暮らしていた痕跡だ。崩れた城壁、壊れた塔、建物の基礎の一部。失われた文明が存在していたことを示す可能性のあるものならば何でもかまわない。渓谷に沿って空から場所の当たりをつけた後、地上でより徹底的な調査を進める計画だった。この地域一帯をスキャンした地中レーダーのデータにアクセスして、見込みの高そうな捜索地点をあらかじめ調べてみたのだが、候補地の数があまりにも多すぎた。空から捜索すれば調査箇所を絞り込めるのではないか、そう期待しているところだ。

機内での騒ぎに気づき、ネヒールの注意が過ぎゆく景色からそれた。

双眼鏡を下ろし、正面に座る兄の向こう側の操縦席に視線を向ける。副操縦士が体をひねって機内の方を振り返り、興奮した様子で腕を大きく動かしながら引き返すように合図している。無線を通して伝わってきた言葉からも、興奮がありありとうかがえた。

ネヒールの心臓の鼓動もさらに高まる。

「着陸地点を見つけろ」ネヒールは命令した。川岸に停泊していたさっきの小型クルーザーを思い浮かべる。「もう一機にも戻るように伝えるんだ。あのアルミ製の船の南側に着陸させせろ」

敵を二つのチームで挟み撃ちにする狙いだ。

ネヒールはエレナの方を見た。女の顔に浮かぶ怯《おび》えた表情に喜びを覚える。

〈終わりを迎える時がやってきた〉

午後五時五十五分

ネヒールと操縦席の乗員との興奮した様子のやり取りを聞きながら、エレナは何かが大きく変化したことを悟った。だが、低いエンジン音が会話の声をかき消してしまっているる。それでも、機内に向き直ったネヒールの瞳に浮かぶ残忍な輝きから、よくない変化なのは間違いない。

そのことに気づいたのはエレナだけではなかった。

向かい側に座るモンシニョール・ローも窓の外の景色から顔をそむけ、ネヒールに声をかけた。「どうかしたのかね？」

ネヒールの視線はエレナに向けられたままだ。「たった今、信号をキャッチした！」女が叫び返した。「アメリカ人たちはすでにここにいる！」

〈信号？〉

ローの体がぴくっと反応した。「どうやって？　どこにいるというのだ？」

ネヒールはヘリコプターの後方を指差した。「どうやらやつらは何かを発見したらしい」

エレナは座席の背もたれに寄りかかった。口の中がからからに乾いていく。機内の真向かいに座るローを見つめる。裏切り者はモンシニョールだけではなかったようだ。ジョーのグループの中にもスパイがいる。

35

六月二十六日　西ヨーロッパ夏時間午後五時五十八分
モロッコ　オートアトラス山脈

コワルスキはズボンのチャックを引き上げ、洞窟の中に戻った。すぐ後ろからマックとベイリー神父も続く。

〈すっきりしたぜ……〉

「お待たせ」仲間たちに伝える。

セイチャンと一緒に装備の用意をしていたマリアが、懐中電灯がきちんとつくか確認しながら、あきれた様子で首を左右に振った。「男の人って梯子よりも高いところに登ると必ずおしっこをしたくなるんだから」

コワルスキはその言葉にむっとした。「チャーリーの小さな船にはトイレが付いていなかったじゃないか。我慢をするにも限界ってものがある」

洞窟の奥ではグレイが開いた門の前に立ち、懐中電灯の光を地獄の内部に向けていた。「これを見てくれ」呼びかける声が響いた。

一行は荷物をまとめ、懐中電灯を手に取ると、グレイのもとに向かった。背後の祭壇ではまだ黄金の炎が高く燃えているが、各自が照らす懐中電灯の光は入口の先の両側にあるものをよりはっきりと浮かび上がらせた。

全員が入口をくぐり、よく見ようと近づく。コワルスキの背丈の二倍はありそうな巨大な青銅製の彫像が二体、そこに鎮座していた。床に尻を着けた姿勢で座り、大皿くらいの大きさの前足には銀色の草刈り鎌のような鉤爪《かぎづめ》が付いている。上に目を向けると、突き出た鼻先が胸にくっつきそうになるほど頭を垂れていて、まるで眠っているかのようにも見える。だが、黒いダイヤモンドのような目は開いたままで、下に集まった人間たちをじっと見つめていた。

獣を目覚めさせまいとするかのように、ベイリーが小声でつぶやいた。「『左右に立つ金と銀のマスチフ犬……』」

コワルスキはその一文に聞き覚えがあった。エレナが読み上げていた『オデュッセイア』の一節だ。「パイエケス人の門を見張っていた犬」

「これがその犬に違いない」祭壇でまだ燃える炎を反射して輝く神父の目には畏怖の念が浮かんでいる。「この犬にまつわる話が古代ギリシア人の耳に届き、ある世代から次の世代へと伝わり、ついにはホメロスの叙事詩の一部となったのだろう」

「そうだとすると、ほかに何が実在しているんだろうか」グレイの声からは興奮と不安の両方が感じられる。

「確かめる方法は一つしかないだろ」コワルスキが懐中電灯を前に向けると、山の奥に通じるトンネルが大きくカーブしている。通路はエイブラムスの戦車が余裕で通れるくらいの大きさがある。

その先に進む前に、グレイが黒ずんだ青銅の部屋の方を振り返った。「誰かにここに残ってもらう方がよさそうだ。火が消えたら、門がまたひとりでに閉まってしまうかもしれない」

〈地獄に閉じ込められるっていうのか？　確かに、そいつは勘弁してもらいたいな〉

「私が残る」セイチャンが志願した。

グレイが反論したそうな表情を見せた。ほかの人たちを見回す。だが、グレイは状況を理解しているようだし、それはコワルスキも同じだった。見張りを任せられる人が必要で、それは信頼の置ける人でなければならない。この先に地獄が待っているかもしれないのだからなおさらだ――しかも、それは本物の地獄かもしれないのだ。

グレイがようやくうなずいた。「行くぞ」

一行は暗いトンネルを歩き始めた。

マリアがコワルスキの隣ににじり寄り、そっと手を握った。「あなたはいつも面白い場所に連れていってくれるのね」

「そうかな？」

マリアは前方を見ながらうなずいた。「今度は地獄への旅行だもの」

「喜んでくれて何よりだよ」コワルスキは手を握り返した。「でも、ちゃんと帰りの切符が手配できているといいんだけどな」

午後六時四分

チャーリーはクルーザーの船尾に立ち、ヘリコプターが頭上を通過しながら水路に沿って飛行するのを眺めた。夏の週末だから、ツアー会社は灼熱《しゃくねつ》のアガディールから北のパラダイスヴァレー近くの冷たい川や泉まで、客を運ぶのに忙しいのだろう。

そう思いながらも、チャーリーは違和感を覚えた。今のヘリコプターはついさっき通過したばかりの二機のうちの一機とよく似ている。

〈そうだとしたら、どうしてこんなにすぐ戻ってきたの？〉

機内で問題でも発生したのだろうか？　通過する機体を目で追ううちに、エンジン音が変化したことに気づく。大きく旋回しながら高度を下げつつあり、下流の草地のどれかに着陸しようとしているかのような動きだ。

〈緊急事態が起きているのだとしたら、助けを必要としているかどうか、確認しにいくべきかもしれない〉

チャーリーは腕時計に目を落とした。ほかの人たちが船を降りてから、ずいぶんと時間がたっている。いつ戻ってくるつもりなのか、まったくわからない。彼らが崖をよじ登り、洞窟のようなところに入っていくのは見えた。どのくらいの深さがあるのかは知る由もない。

ヘリコプターのもとまで駆けつける時間はありそうだが、戻ってくる乗客たちを迎えようにも、船を操って再びあの難所を乗り越えられるかどうかは心もとない。

それよりも大きな問題は、まだ何かしっくりこないものを感じていたことだった。本当に緊急事態が発生したのであれば、どうしてもう一機のヘリコプターは戻ってこないのだろうか？

〈絶対に何かがおかしい〉

チャーリーは双眼鏡を取ってこようと操舵室に入った。あのヘリコプターが着陸するところを、しっかりと見ておく必要がありそうだ。

オリーブの種が散らかった小さなベッドの上で、アギーがチャーリーに向かって甲高い鳴き声を発した。

「大丈夫よ、心配しないで」

チャーリーはフックに吊るしてあった双眼鏡をつかんだ。船尾に戻るため振り返ろうとした時、船首の先の森の中での動きに目が留まる。

チャーリーはとっさに身を低くして、双眼鏡でそのあたりをのぞいた。

複数の濃い影がスギの森の中を移動中で、まだ距離はあるものの、船の方に接近しつつある。全員がライフル銃を構えている。少なくとも九人、もしくは十人。

「くそっ《メルド》」チャーリーは悪態をついた。

泥棒だろうか？　人殺し？　それとも、奴隷を売買するやつらか？

全身に冷たい恐怖が行き渡るのを感じながら、チャーリーは素早く考えを巡らせた。ほかの人たちに知らせなければならない。でも、どうやって？　チャーリーは腰のホルスターの拳銃に手を伸ばした。空に向かって発砲すれば、乗客たちに合図を送れるが、それだと自分が武装していることを敵に教えることにもなる。

〈やめておこう〉

武器の数でも人数でも、圧倒的に不利なのだから。

その代わりにホルスターから拳銃を取り出し、室内を見回すと、アギーのベッドの下に突っ込んだ。サルはすでに異変を察知したようで、チャーリーの肩に飛び移った。チャーリーはアギーの身を案じた。おそらくすぐに撃ち殺されてしまうだろう。チャーリーはアギーを操舵室の側面の開いた窓まで連れていった。武装した男たちが近づいてくる方角とは反対側の窓だ。

　チャーリーはアギーを手で持ち上げ、窓の外に押し出した。アギーは窓枠にしがみつき、必死に彼女のもとに戻ろうとする。

「だめ」チャーリーはサルを叱り、指差した。「隠れて。森の中に」

　小さな顔が恐怖に歪んだ。

〈どうしたらいいんだろう?〉

　その時、案が浮かんだ。チャーリーはアギーが赤ん坊の頃から育てていて、哺乳瓶でミルクを与えてきた。アギーは「ミルク」という単語をよく知っている。食事の時間になったら自分でミルクのボトルを取ってくるように教え込んでもいた。

　チャーリーはセイチャンという名前の女性のことを思い浮かべた。アギーはさっき、あの女性に興味津々《しんしん》だった。チャーリーは窓から少し後ずさりし、手のひらで片方の乳房を押さえてから、崖の方を指差した。「ママを見つけてきて。あなたのミルクを持っているから」

「ミルク」という単語が望み通りの効果をもたらした。アギーの顔に浮かんだ恐怖が期待に変わる。

「そうよ」チャーリーはアギーをそっと窓から引き離し、川岸の砂の方に押した。「ミルクのボトルを取っておいで」

アギーはチャーリーと断崖を交互に見た。どうやらためらっているらしく、彼女のもとを離れる恐怖と、いつも安心と愛を約束してくれる温かい食事への期待の間で心が揺れている。

「さあ、行きなさい」

アギーは小さな鳴き声をあげ、岸に飛び移った。たちまち森の中に姿を消す。チャーリーはマカクが鋭い嗅覚《きゅうかく》の持ち主なのを知っていた。あとはアギーがにおいを頼りに、ほかの人たちのもとまでたどり着けるように祈るばかりだ。

チャーリーは森の奥を見つめた。船の反対側から近づく足音が聞こえる。

〈逃げて、私の小さなライオンさん〉

午後六時九分

セイチャンはまだ燃え続ける祭壇のまわりをゆっくりと歩いていた。仲間たちは大きなトンネルの奥に姿を消した。各自が持っている懐中電灯の光も、カーブを曲がると一つ、また一つと見えなくなっていった。

〈どれくらい時間がかかるんだろうか？〉

一周してトンネルの入口に近づくたびに、セイチャンは耳をそばだて、何らかの問題が発生した気配はないか、聞き取ろうとした。銃声、叫び声、爆発音。しかし、聞こえるのは背後で火が燃える低い音だけだった。まわりを岩に囲まれた空間内でその音が反響し、罠《わな》にかかった獲物が吠《ほ》えているかのようだ。少なくとも、火の勢いは弱まりつつある。青銅製のボウルの中の油が次第に少なくなり、それに合わせて炎の高さもセイチャンの肩の位置くらいになっていた。

祭壇のまわりをもう一周する。

落ちてきた岩が積み重なったあたりにやってきた時、隙間の向こうから物音が聞こえ、セイチャンはそちらに意識を集中させた。外から爪で必死に石を引っかいているような音だ。マックの説明にあった青銅製のカニのことが頭に浮かぶ。

セイチャンはうずくまり、シグ・ザウエルＰ３２０を構えた。

岩の向こうから小さな影が視界に飛び込んできた。かなりの速さで壁を飛び跳ねながら真っ直ぐに向かってくる。セイチャンが拳銃を下ろすと、茶色をした子供のマカクが駆け寄ってきて飛びついた。セイチャンはアギーを両腕で抱きかかえた。

サルは息を切らしながら目を丸くしていて、その視線は隙間から差し込む太陽の光の方にせわしなく動いている。

「いったいここで何をしているの？」セイチャンはささやいた。

毛むくじゃらの腕が一本、セイチャンの喉に巻き付いた。サルはなおもよじ登り、セイチャンの肩にしっかりとしがみつく。安心感を得ようとしているらしい。セイチャンはアギーを肩に乗せたまま太陽の光が差し込む隙間に向かい、警戒しながら外の様子をうかがた。アギーが自分の意志でここまで来るはずはない。

この高さからは接岸したクルーザーがよく見える——ただし、チャーリーには来訪者がいた。黒い戦闘服の一団が船を取り囲んでいた。南側の森を抜けてさらに大勢が近づいてくる。

〈全部で二十人から三十人〉

地元のこそ泥や強盗団ではない。

〈やつらに見つかった〉

敵がどんな手段で居場所を突き止めたのか、考えている時間はない。もっと大切な任務がある。ボートの船尾にいる何者かが、セイチャンの隠れているあたりを指差した。クルーザーを降りた一団が森の中に入り、断崖に向かって歩き始めた。

セイチャンは青銅でできた洞窟に引き返した。高い位置にいるという優位を考慮に入れたとしても、あれだけの人数の戦闘員をシグ・ザウエル一挺《ちょう》とダガーナイフ数本で食い止めるのは不可能だ。向こうはアサルトライフルを携帯しているし、おそらく手榴弾《しゅりゅう》も用意しているだろう。立てこもったところで簡単に吹き飛ばされてしまう。そうなると、ほかの仲間たちを守るための選択肢は一つだけだ。

セイチャンは開いたままの門を見つめた。

〈あの門を閉じないと〉

炎の熱が門の開閉に関係しているというグレイの説が正しいことを期待するしかない。

セイチャンは拳銃をホルスターに戻した。アギーが肩から落ちないように気をつけながら、急いで壊れた壺のところに向かう。セイチャンはいちばん大きな破片を持ち上げた。その中にはまだ大量の黒い油が残っている。かなりの重さがあるが、アドレナリンが全身の血管を巡り、気持ちを高めていく。

セイチャンは破片を両手で抱えて祭壇まで運ぶと、真っ黒な油をボウルに注いだ。液体が炎の下に広がり、渦を巻いたかと思うと、すぐに火が消える。それと同時に、洞窟内は暗闇に包まれた。

「さあ、坊や、行くわよ」

セイチャンは青銅でできた門を目指し、走り抜けた。二頭の大きな番犬の彫像の間で急ブレーキをかけ、洞窟の方を振り返る。門が閉まるのを待つが、開いたまま動こうとしない。

〈グレイの考えが間違っていたのか?〉

セイチャンは歯を食いしばり、ほかの人たちの後を追うべきか、それともここに残って入口を守るべきか、判断を下そうとした。すぐに決心が固まる。

〈残る方がいい〉

ここで銃撃戦になれば、グレイにも危険が伝わる。つまり、わざわざトンネルの奥に走る必要はない。だが、彼女が残ると決心した本当の理由はそれではなかった。いちばんふさわしい相手に信頼を置くことに決めたのだ。

〈グレイの考えは間違っていない〉

セイチャンは崩れた岩の隙間から差し込む太陽光線がかすかに照らす暗い洞窟内を見つめた。ただし、光源はそれだけではなかった。石の祭壇に設置された青銅製のボウルが赤みを帯びたオレンジ色に輝いている。かなりの高温だ――まだこの門を開け続けておくのに十分な熱なのだろう。

セイチャンは真実を悟った。

〈あれが冷えるまでは、ここを守り抜かなければならない〉

温度が下がれば、この門は閉まる。

セイチャンは入口の脇に移動し、シグ・ザウエルをホルスターから取り出した。

〈私はそれまで持ちこたえられるのか?〉

アギーが耳もとで小さな鳴き声をあげ、間違いを指摘した。
確かにそうだ。
いい、
〈私たちはそれまで持ちこたえられるのか？〉

36

六月二十六日　西ヨーロッパ夏時間午後六時十分
モロッコ　オートアトラス山脈

グレイは真っ暗な地獄の手前に立っていた。

大きなトンネルは巨大な地下空間を見下ろす幅の広いテラスに通じていた。ほぼ楕円《だえん》形の空間は幅が四、五百メートル、奥行きはその二倍くらいだろうか。その広さの全貌《ぜんぼう》を把握することは難しい。懐中電灯の光をもってしても、はるか遠くにある向かい側の壁がぼんやりと見えるかどうかだ。

「すごい」マリアが小声でつぶやいた。

コワルスキもうなり声で同意を示した。

五人はそれぞれ思い思いの方角に光を向けた。

ここは自然にできた地下空間のようだが、石灰岩の表面ははるか昔に人の手で滑らかに磨き上げられている。そのまっさらなキャンバスには浅浮き彫りの装飾が果てしなく施されていた。壁には高く伸びるスギの森が描かれ、枝から枝に飛び移るサルの姿もある。深い森の奥には大型の動物も身を潜めているが、その存在は目を表す青銅の円盤でかろうじて確認できる程度だ。上に目を向けると天井のあちらこちらに雲が彫ってあり、翼を広げたタカや海鳥が飛び交っている。頭上には黒い太陽とその光線も描かれていて、太陽の表面は大きな丸い青銅のプレートをはめ込んで表現してあった。

しかし、そうした芸術作品も、地上の光景と比べると明らかに見劣りする。

石でできた手すりの手前に立つと、眼下に広がる壮大な都市を一望できる。街はテラスから下に向かって層状に広がっていて、楕円形の空間を一周している段一つにつき何百軒もの家が連なっている。ほとんどは平屋建てで、正方形のものと円形のものが入り混じっている。高い建物の中には、子供が積み木で作ったかのように斜めに傾いているものもある。それよりも高さのある建造物は、塔のような形をしていて、先端部分が少し広がっているものが多い。

グレイはその建造物の形状に見覚えがあった。二日前に見たばかりだ。いちばん近くにある塔の黒っぽい表面に懐中電灯の光を当てる。「サルデーニャ島にあったヌラーゲの砦《とりで》の形とほぼ同じだ。古代ギリシア人はこれをダイダレイアと呼んでいた」

〈これはダイダロスがこの地の出身で、自らの知識をより広く古代世界に分け与えたとい

う説を裏付けるものなのだろうか？〉

「だけど、建造物はどれも石を積み上げてできているわけじゃない」マックが指摘した。「壁も滑らかじゃないか。それにこの黒っぽい表面は漆喰《しっくい》じゃない。天井も同じ材質でできている。黒く変色した金属だ」

グレイはうなずいた。街の色がほぼ均一なことにはすでに気づいていた。濃い茶色はほぼ黒に近く、あたかも地獄の業火がこの場所で荒れ狂ってすべての表面を焼き払い、灰で覆い尽くしてしまったかのようだ。

だが、ここの建造物に木が使用されているとは考えられない。

「すべて青銅製だ」グレイは断言した。

コワルスキがトンネルの方を指差した。「向こうと同じだな」

グレイの方を見たマックは目を見開いていて、瞳は懐中電灯の光を反射して輝いていた。あまりの驚きに声がかすれている。「街全体が青銅でできている」

「少なくとも、表面は青銅のプレートで覆われているということだ」グレイは仲間たちの興奮を静め、集中力を取り戻させようとした。「それに街全体と言っても、目に見える範囲では、という意味だ」

層状に連なる段の壁面にも真っ暗なトンネルの入口がいくつも見えることから、この空間は街の中心部にすぎず、地下にはもっと大きな迷路が張り巡らされているのだろう。ダイダロスの名にふさわしい迷宮と言えそうだ。街の最上段にはほかよりも大きな開口部がほぼ等間隔に五つあり、青銅製の扉でふさがれている。そこから街の中心に向かって幅の広い階段が延びていて、街中を抜けて下った先は中央にある石の窪みに通じていた。階段の両側には何百体もの青銅製の彫像が並び、この場所を見張っている。

それらが何を守っているのかは明らかだった。

グレイは懐中電灯の光を奥に向けた。そこにはこの街で最大の建造物がある。青銅製の高い壁が半円状に突き出ていて、その両側に螺旋形を描いてそびえる優雅な尖塔は、その高さが天井との中間あたりにまで達している。中央の門はひときわ明るく輝いていて、黒っぽく変色したところがほとんど見られない。

〈金だ〉

マックもグレイが光を向けている方角に目を留めた。「あれが宮殿なんじゃないかな」

「この場所を捜索するにしても、どこから手をつければいいの？」マリアが質問した。

「このまま帰ろうぜ」コワルスキが提案した。「俺たちは地獄の門を開いた。この場所を見つけた。さっさとここを後にして、ペインターに何を発見したのか知らせればいいじゃないか」

グレイはその意見を真剣に考慮した。ここに隠されている謎については、まだほんの一部をあばいただけにすぎないが、これ以上の調査は専門家の手に委《ゆだ》ねるのが最善の策なのかもしれない。

ベイリー神父もその案を支持した。「コワルスキ君の言うことを聞くべきかもしれない」

ベイリーはテラスと街の最上段を結ぶ幅広い傾斜路があるところに移動していた。だが、神父は暗闇に包まれた大都市に背を向け、懐中電灯の光を傾斜路の入口の向かい側の壁に向けている。光線が映し出したのは石灰岩に刻まれた何本もの線で、まるで古代の落書きを見ているかのようだ。

「アラビア語だ」そう言うと、ベイリーが向き直った。「この地から逃れた者たちが書き残したメッセージだろう」

「フナインと彼の部下たちだ」グレイは壁の前の神父の隣に並んだ。「読めるか？」

「だいたいのところは。アラビア語は学んだのだが、この文字は千年以上も前に書かれたものだからな」

マリアも近づいてきた。「何て書いてあるの？」

ベイリーはアラビア文字を指でなぞるかのように、懐中電灯の光を動かした。「『ここにタルタロスが眠る。静かに歩き、慎重に足を踏み出すこと。永遠の眠りに就いているべきものを目覚めさせてはならぬ。親愛なる旅人たちよ、長居は禁物だ。空気中に漂う疫病は、パンドラが残した災いそのもの。それが以前ここで暮らしていた者たちを狂気へと導き、平和な善人たちを怒りの征服者に変貌させてしまった』」

グレイはフナインの記述がある種の放射線障害を指しているのではないかと考えた。快く知識を分け与えたダイダロスや、オデュッセウスが故郷に帰還するのを助けたメデイアといった善良なパイエケス人が、文明の破壊者となった理由はそこにあったのだろうか？彼らは海の民として行く先々で破壊の爪痕《つめあと》を残し、どこへともなく姿を消してしまった。

ベイリーの翻訳作業は続いている。「『向こう見ずにもプロメテウスの贈り物に手を出したせいで、タルタロスの人々は心が歪み、子供たちは異形の者として生まれた。やがて彼らは邪悪な存在と恐ろしい災いを青銅でできた門の奥に封印し、ここを逃れ、二度とこの場所のことを口にしなかった。その結果、腐敗したタルタロスは神話と伝説上の存在と化した』」

グレイは街の方を振り返った。ここに記されていることを学ぶために、フナインと部下たちはかなりの時間を費やしてこの場所を捜索し、都市の歴史に関する古文書を読んだに違いない。

ベイリーの説明からもそのことが明らかになった。「『私の無謀な侵入の教訓に耳を傾けよ。我々は愚かにもタルタロスを目覚めさせ、炎の守護者たちをざわつかせ、そのせいで大いなる苦しみを味わった。街を再び暗い眠りに引き戻すことで、わずかに残った仲間たちを救うことができた。私の悲劇の足跡をたどるのであれば、同じものを求めるがいい。それがあるのは宮殿の裏、そこではハデスの炎が燃え、タイタンたちが立ちはだかる。ただし、カロンが渡し賃を要求するであろう』」

ベイリーが読むのをやめ、補足した。「カロンというのはステュクス川の年老いた渡し守で、死者の魂をハデスに運んでいた」

「だけど、『渡し賃』というのは何のことだ？」コワルスキが訊ねた。

「神話ではカロンは硬貨を要求したのだが、それだけではなかったようだな」ベイリーは壁に向き直り、解読を進めた。「『最も勇敢な者が有毒な湖を渡らなければならぬ。その者は仲間たちのために自らの命を捨てることになろう。我々はそうしてタルタロスを眠りに就かせた。自らを犠牲にしたアブド・アル＝カディールに、アラーの永遠の恵みがあらんことを。彼のことをしのびながら、私は兄たち――バヌー・ムーサーを自称する我々の知識を使い、終焉《しゅうえん》を構築した。親愛なる旅人たちよ、もしタルタロスを目覚めさせたのならば、それは最後の目覚めとなり、次の眠りは永遠のものになるであろう。ここに謹んで警告する』」

「それに続いて、フナイン・イブン・ムーサー・イブン・シャキールの署名がある」ベイリーはため息をつき、壁から後ずさりした。「船長は残った最後の船でここを後にした。大量の積荷は、発見の証拠として、そしておそらくは世界に対する警告のためだろう」

「その後、嵐のせいで船は針路をそれてしまった」グレイは説明を引き継いだ。「危険極まりない積荷をより広い世界に持ち帰るようなリスクを冒す価値があるのか、フナインには考え直す時間ができたんだ」

「嵐がアラーの思し召しによるものだと信じたのかもしれない」ベイリーが補足した。「神の導きによって罰を受け、まるでオデュッセウスのように遭難したのは、世界の安全を守るためなのだろうかと自問せずにはいられなかったのだ」

マックが壁を指差した。「だけど、船長が最後に書いたのはどういうことだろう？　何のことを言っているんだ？」

グレイは壁に刻まれた文字を見上げた。「フナインがこの街の仕掛けにある種の安全装置みたいなものを組み込んだかのように聞こえる。仕掛けを遮断するだけにとどまらず、完全に破壊するようになっているんだ。再びここに立ち入ろうとする者が現れた場合に備えて」

コワルスキがトンネルの方を指差した。「だったら、立ち入るのはやめようぜ」

グレイは高まる一方の好奇心を抑えつけて同意した。「引き返すべきだ」

ほっとした様子で大きく息を吐き出しながら、コワルスキが暗い都市に向かって顔をしかめた。「手遅れじゃなけりゃいいんだがな」

37

六月二十六日　西ヨーロッパ夏時間午後六時十五分
モロッコ　オートアトラス山脈

エレナはまたしても船内に監禁されていた。

彼女が立っているのは、川の浅瀬に乗り上げたアルミ製のクルーザーの小さな操舵室の中だった。狭い室内にはもう一人の囚人がいた。川船の船長の若い女性で、つなぎの服にカウボーイハットという格好だ。見知らぬ女性は腕組みをしていて、顔にはしかめっ面を浮かべている。

二人の見張り役のカディールは船尾側の扉の外に立っていた。黒のケブラーの防弾着姿で、ヘルメットをかぶり、手にしている大型のアサルトライフルの銃身の下にはグレネードランチャーが備わっている。背中にストラップで留めてあるのは鉈《なた》だ。

そのほかにムーサーの二人の兵士――息子と娘が一人ずつ、船首の両側の川岸にいて、二人ともサブマシンガンで武装していた。どちらも近くにある断崖の方を見つめているばかりで、襲撃の本隊から外されたことに落胆している様子だ。

エレナは操舵室の船首側の窓を通して、ネヒールの率いる二十人以上の兵士たちが断崖を目指して進むのを見つめた。囚人の見張り役として残された三人を除いて、部隊の全員が攻撃に参加している。

そのほかにもう一人。

モンシニョール・ローが操舵室の入口に立っていた。片手に船のキーを握っていて、もう一人の囚人――チャーリー・イゼムという名前の女性は、キーから目を離そうとしない。ローは船長の注視を無視して、断崖面に視線を向けていた。後方に取り残され、発見に立ち会えないことに対して、不満を抱いているのだろう。

エレナはローをにらみつけ、答えを要求した。「どうしてほかの人たちがここにいるとわかったの？　誰があなたたちに合図を送ったの？」

ローがため息をつきながら室内に顔を向けた。「実を言うと、我々がここにいられるのは君のおかげなのだよ、ドクター・カーギル」

「私の？」

「君はジョセフ・コワルスキが逃げるのに手を貸した」

「意味がわからないんだけれど、それが何の――？」

「こんなこともあろうかと、彼の脚にこっそり追跡装置を仕掛けておいたという話だ。医療班が太腿の火傷の手当てをした時に」ローが薄手のシャツの下の絆創膏にそっと触れた。「私にもよくわかるが、あれほどの痛みだから、彼は注射で機器を埋め込まれたことに気づかなかったはずだ。たぶん、抗生物質か鎮痛剤だと思ったのではないかな」

エレナはジョーの太腿に巻かれていた包帯を思い浮かべた。包帯の間に青銅製のピンを隠した時には、我ながら名案だと思った。しかし、ジョーの負傷を秘密保持に利用しようと目論んだのは、エレナだけではなかったようだ。

「君の友人が海に潜った時、機器の通信が遮断され、信号が途絶えた。その後、彼は電波の届く距離の外に出てしまったと思われる。そのため、我々はしばらく彼を見失っていたのだ」ローが再び断崖の方に顔を向けた。「さっきまでは」

エレナは操舵室の壁にもたれかかった。

〈ジョーが逃げなかったら……〉

チャーリーの言葉が沈黙を破った。「あなたは司祭なんでしょ?」船長が問いかけた。「それなのに、どうしてあの連中に手を貸しているの?」

ローは船長の女性に向かって眉をひそめ、視線を上下に動かした。わざわざ答えるのに値する相手なのかどうか、見極めようとしているのだろう。「私は君が言うようなただの司祭ではない。トマス派として神に仕えている。我々は『求めよ、さらば与えられん』との教義を強く信じる者たちの集まりだ。つまり、我々は座視することを拒む。我々のグループは神が我々のために選びたもうた道筋を積極的に求めていて、私もそうしたにすぎないのだ」

「世界を終わらせるために」エレナは言った。

「キリストの再臨に備えて、炎の土台を築くためだ」ローが訂正した。「これまで私は人間による恐ろしい所業を幾度も目にしてきた。同じ人間に対して。この惑星に対して。考古学者として、歴史家として、そしてキリスト教会において最も機密が重視される図書館の館長として、私は何十年間にもわたって人類の堕落を見守り、記録してきた。それが悪化の一途をたどるのを目の当たりにしてきた。終末は近い。君たちは感じないかね？　狂気。残虐な行為。私は座視してただ待つことなどごめんだ。キリストの公正な復活をこの目で見届けるまでは死ねない。世界から不浄と腐敗が一掃されるまでは」

　チャーリーが腕を組み直した。「なるほど。つまり、老い先が短いからもう待てなくなった。それが答えね」

　エレナは噴き出しそうになるのをこらえるために、口を手で押さえなければならなかった。モンシニョールの顔に浮かぶ当惑の表情に喜びを覚える。その顔つきがすぐに怒りへと変わったかと思うと、ローは不機嫌そうな声を漏らして顔をそむけた。

　チャーリーが小声でつぶやいた。「あきらめて神様が助けてくれるのを待つよりも、人類のために戦う方がよさそうね」その視線がエレナに向けられる。「そうでしょ？《ネスパ》」

エレナはうなずいた。〈まったくその通り〉

しかし、同じ思いを抱く者たちばかりではなかった。

断崖の方に顔を向けたエレナは、いくつもの小さな黒い人影が岩をよじ登っていることに気づいた。ジョーと仲間たちが隠れ場所を見つけられますようにと祈る。たとえそのためには地獄の門の先にまで足を踏み入れなければならないとしても。

なぜなら、エレナにははっきりと断言できることが一つあったからだ。

〈もう時間がない〉

午後六時十八分

セイチャンは片側の青銅製の門の陰にうずくまっていた。巨大な犬の彫像の前足のあたりだ。洞窟内にある祭壇の窪みは、燃えるようなバラ色からくすんだ赤に変わっていた。それでも、タルタロスへの入口の門は微動だにしない。手で押して閉じようとしたものの、どこかに隠されたギアによってロックがかかっているらしかった。

岩をこする足音が聞こえ、セイチャンはここで最後の抵抗を試みなければならないと覚悟を決めた。銃撃戦が始まったら、まずはほかの人たちが安全な場所にたどり着けるまで、できるだけ時間を稼ぐ必要がある。

〈それに私は一人じゃない〉

細いながらも力強い二本の腕が喉に巻き付いていた。肩にしがみついたままのアギーは、危険を察知しているのだろう。少なくとも、セイチャンの不安を感じ取っているのは確かだった。セイチャンの心臓は早鐘を打ち、全身の皮膚にはうっすらと汗がにじんでいる。一分前のこと、セイチャンはサルをトンネルの奥に行かせようとしたが、何度やってもアギーはすぐに戻ってきて、そばを離れようとしなかった。

〈それなら仕方がない〉

暗い洞窟に目が慣れてきたため、岩の隙間から差し込む太陽光線が目にしみるほどのまぶしさに感じられる。その光の間を影が一つ移動し、より大きな岩の隙間に近づいている。

そして、もう一つの影も。

〈さあ、始まりだ〉

セイチャンは銃口を前に向けると、青銅製の門に肩を押し当て、狙いを安定させた。その時、体に震動が伝わるのを感じた。発信源は門だ。手の中の武器がかすかに揺れている。

セイチャンは背筋を伸ばし、門から離れた。

うめくようなギアの音とともに、両側の二つの門が動き始めた。

〈やっとだ〉

セイチャンは入口から後ずさりしたが、すぐに門の閉まる速さが遅すぎることに気づいた。この持ち場を離れれば、侵入してきた敵はたちまちここをすり抜けてしまうだろう。セイチャンはその場に踏みとどまり、再び拳銃を構えた。忍び寄る影が積み重なった岩の隙間に達すると、セイチャンは発砲した。

撃ったのは一発だけだ。

ただし、開口部を狙ったわけではない。

セイチャンはメデイアの油が詰まった壺の一つを目がけて撃った。大きな銃声は侵入者を洞窟の入口から押し戻すことに成功した。しかし、セイチャンの期待とは裏腹に、銃弾では壺に保管された危険な内容物に引火しなかった。壺が粉々に砕け、かすかな光を発する油が洞窟の床にこぼれただけだ。

〈それなら、第二の計画だ〉

アギーがいっそうきつくしがみつき、息苦しくなる。セイチャンは閉まる門に挟まれないよう、トンネルの奥に後ずさりした――その結果、洞窟の入口が視界から消えることになってしまう。

相手が洞窟内に向かってライフルを乱射した。銃弾が青銅の壁に当たり、金属音を立てながらあちこちに跳ね返っている。セイチャンは姿勢を低くした。狙いも定めずに応戦し、引き金を二回引く。敵を足止めすることだけが目的だ。

セイチャンはなおも待ち続けた。左右の門の間にはまだ十メートルほどの距離があり、腹立たしいまでの緩慢な動きで閉まりつつある。

〈急いで〉

その時、二つの人影が視界に飛び込んできた。洞窟の奥を目指していて、セイチャンを挟み撃ちにしようと目論んでいるのだろう。このままでは隠れる場所がなくなってしまう。セイチャンは二人に向かって発砲したりはしなかった。その代わりに水の入ったボトルをつかみ、歯を使ってキャップを開けると、門の向こうの洞窟内に向かって手榴弾のように放り投げた。空中を回転しながら飛ぶボトルの先は、うっすらと輝くメデイアの油がたまっている。

セイチャンはボトルの落下を見届けることなく、アギーを胸に抱きかかえ、トンネルの奥に走った。

後方の世界が黄金の炎の閃光とともに爆発する。

高温の爆風を背中に浴び、セイチャンは前に吹き飛ばされた。宙を舞いながらも、アギーをきつく抱き締め、体を横にひねる。肩から着地すると、その勢いに任せてトンネルの床を転がり、身を挺《てい》して子ザルを守る。

ようやく回転が止まると、セイチャンはすぐに後ろを振り返った。

門はまだ開いたままで、その向こうには轟音とともに燃え盛る黄金の炎と黒煙が見える。しかし、セイチャンが見つめる間にも、門は少しずつ閉まっていて、隙間が徐々に狭くなりつつあり、燃える洞窟の光景がかき消されていく。

それでも、まだ動きが遅すぎる。

午後六時二十四分

ネヒールは異なる岩の層が積み重なった断崖の途中でうずくまり、喉が焼けるような熱気を含んでいない空気を探し求めた。頭上の洞窟からは激しい炎が噴き出している。岩棚から大きな岩が転がり落ち、断崖面を落下していく。あと三十センチずれていたら、ネヒールは岩の直撃を受けていただろう。破片が顔に当たる。岩は大量の炎や煙とともに洞窟から吐き出されたほかの岩の上に落下した。

下に目を向けると、四人の部下がいくつもの岩の下敷きになっていた。ほかに三人が爆発の発生時には洞窟内にいたから、まず助からなかっただろう。

ネヒールは顔を上に向けた。

すでに炎の勢いは弱まりつつある。

頭上の炎よりも熱い怒りに押されて、ネヒールは上を目指した。岩棚に到達すると、洞窟の内部をのぞき込む。目玉が焼けそうなほどの熱さだ。竜の吐息のような熱気が、燃える肉と油のにおいを伴って襲いかかる。

複数の燃える水たまりに照らされた洞窟の向かい側での動きに気づき、ネヒールは痛みをこらえながら目を凝らした。

奥にある左右の門の隙間が小さくなっていく。

そして、完全に閉じた。

ネヒールは熱気から逃れて後ずさりすると、ひんやりとした岩に頬を押し当てた。〈あと一歩のところで〉わめき散らしたくなるのをこらえ、深呼吸を四回、繰り返す。そうしてからヘルメットの無線を口元に近づけた。頭に浮かんだ必要な物資は、輸送用ヘリコプターの後部に積み込んである。

「ロケットランチャーを持ってこい」

38

六月二十六日　西ヨーロッパ夏時間午後六時三十三分
モロッコ　オートアトラス山脈

グレイは暗いテラスでセイチャンと短いハグを交わし、安堵《あんど》のため息をついた。「本当に大丈夫なんだな？」

セイチャンがうなずき、肩にしがみついたサルの位置をずらした。「私も、この子も」

ほかの人たちもまわりに集まってくる。

数分前、グレイたちのところにも銃声が届いた。一発目の銃声が聞こえた直後、グレイは仲間たちにテラスから動かないように指示を与えるとともに、武器の用意をさせた。さらなる銃声がとどろくと、グレイはすぐさまトンネルに駆け込んだ。次の瞬間、すさまじい爆発音とともにカーブしたトンネルが明るく浮かび上がり、それに続いて熱風が襲いかかった。パニックに駆られて心臓の鼓動が速まる中、グレイはトンネルのカーブを曲がった。遠くに見える細い筋の間からまばゆい炎の明かりが漏れていた。街に通じる入口の門が閉まりつつあることに気づき、グレイは光を目指して走ったが、すぐに門は完全に密閉され、トンネル内を暗闇が支配した。

その瞬間、絶望がグレイの心を包み込み、足が前に進まなくなった。しかし、すぐに懐中電灯の光が点灯し、床から起き上がる人影が見えたのだった。

〈よかった〉

グレイはテラスでセイチャンの手を取り、仲間たちの方を向いた。暗い都市まで戻る間に、セイチャンから何が起きたのか、それに対して何をしたのかの説明を受けていた。

「これからどうする？」マックが両手でシグ・ザウエルＰ３２０を握ったまま訊ねた。

ほかの人たちも同じ武器を手にしているが、コワルスキだけは違った。シグ・ザウエル用の弾薬の入ったダッフルバッグを片方の肩に掛けているが、手にしているのは軍用散弾銃のＡＡ-12だ。大型のドラムマガジンに装弾されている三十二発の弾はイギリスのＦＲＡＧ《フラグ》-12で、爆発力の高いこのスラッグ弾は対人用および装甲用として使用できる。

戦う準備は万端だ。

グレイはトンネルの方を指し示した。「セイチャンが門を閉じて時間を稼いでくれた。しかし、どれだけの余裕ができたのかはわからない。その時間を利用してここから脱出する別の方法を、言い換えれば裏口を探す必要がある」

ベイリーがうなずいた。「パイエケス人のことだから、万が一にも表側の門に不具合が発生した場合でも、閉じ込められてしまわないような対策を施していたはずだ。きっと別の出口がある」

「でも、それはどこなの？」マリアが訊ねた。腕を大きく振り、真っ暗な大都市全体を指し示している。「この場所を中心とした迷路がどこまで広がっているかなんて、誰にもわからない。何キロにもわたっているかもしれないし」

グレイは首を横に振った。「別の出口があるとすれば、あそこだろう」広大な空間の向かい側にそびえる宮殿を指差す。「ここの高貴な身分の者たちは、すぐ近くに自分たち専用の出口を持っていたに違いない」

マックは顔をしかめながらも同意した。「理にかなっているな。それにフナインも街の安全装置があっちにあると書いていなかったか？」

「『宮殿の裏、そこではハデスの炎が燃え、タイタンたちが立ちはだかる』」ベイリーがフナインの警告を引用した。

コワルスキだけが不安を口にした。「ちょっと待ってくれよ、みんな。本気でそんな場所に行きたいと思っているのか？」

グレイはコワルスキを無視して移動を開始すると、テラスから傾斜路を下り、最上段の街並みに入った。この高さでは青銅製の建造物が無秩序に広がり、折れ曲がった路地や狭くて曲がりくねった道から成る迷路を形成している。しかし、傾斜路を下りたところからそれほど遠くない地点に、この街のメインストリートとでも言うべき幅の広い階段のうちの一つがあった。

グレイは仲間たちとともに急いでそこに向かった。

石灰岩でできた階段を下った先の向かい側にも、同じような階段がある。グレイは反対側に見える階段の真ん中あたりを指差した。そこに位置しているのは宮殿の黄金の扉だ。

「まず下ってから、向こうを上る」グレイは伝えた。「一キロもないはずだ。だが、急がないといけない」

「宮殿の中に入れなかったらどうする?」マックが訊ねた。階段の上にあるトンネルの入口が青銅製の扉でふさがれていることはすでに知っている。「ほかもすべて、ここのように通れなくなっていたら?」

「その時はその時で何とかするしかない」グレイは答えた。「行くぞ」

グレイは懐中電灯を手に、先頭に立って暗い階段を下った。階段は幅二十メートルの大通りで、同じようなほかの四つの階段とともに街を区分けしている。石灰岩の段に浅い窪みのようなものがあるのは、この階段を何世紀にもわたって使用したパイエケス人たちのサンダルに踏まれているうちに、少しずつ削られていったためだろう。

グレイはこの大都市が活気にあふれ、人々でにぎわっている姿を想像しようとした。子供たちがこの階段を駆け上がったり駆け下りたりしている。店主たちが声を張り上げて品物を売っている。長い航海を終えて故郷に帰ってきた船乗りたちが笑い声をあげている。

だが、ベイリーがこの街の暗い側面を指摘した。「この数多くの彫像を見たまえ」

神父は階段の両側の暗がりの中にたたずむ青銅製の作品の列に懐中電灯の光を当てた。一つ一つがグレイの身長の二倍、あるいはそれ以上の高さがある。宮殿までたどり着くことに意識を集中させていたため、グレイはこれらの巨像にほとんど注意を払っていなかった。

ベイリーがそのうちの一体に光を向けた。人間の彫像で、台座の上に片膝を突き、青銅製の棍棒《こんぼう》にもたれかかっている。その真横に来た時、グレイは彫像の顔を見上げた。目には瞳の代わりに大きな黒い宝石をはめ込んであるが、グレイを見下ろす青銅製の目は一つだけしかない。

「キュクロプスだよ」ベイリーが息を切らしながら教えた。「あと、あっちも見るといい」

懐中電灯の光が階段の反対側に動くと、上半身が裸の巨体が現れた。太い脚には蹄《ひづめ》が付いていて、角の生えた頭は雄牛そのものだ。

「ミノタウロス」グレイは気づいた。

マックがうめき声を漏らし、その彫像から距離を置いた。グリーンランドでこれと似た怪物に遭遇したことを思い出したのだろう。

「まるで古代ギリシアとローマの万神殿《パンテオン》のようだ」階段を急ぎ足で移動しながら、ベイリーが次々に現れる彫像を説明していく。「あの巨大な青銅製のワシは、ゼウスがプロメテウスに責め苦を与えるために放った鳥を表しているのだろう。それに壺を抱えているあの巨大な女性の彫像を見たまえ。パンドラ本人かもしれない。今にも飛びかかろうという構えの二頭の猟犬もいるではないか。ヘパイストスがミノス王のために作ったライラプスに違いない」

子ザルのアギーを肩に乗せたセイチャンが肘でグレイをつついた。彼女の懐中電灯の光が照らす先にある二体の巨人像は、大きさがほかの彫像の二倍はある。階段の左右に立つ巨人は、それぞれ巨大な手で青銅製の岩を抱えている。巨人の冷たい視線の下を通り抜けた時、グレイは彫像の目が同心円で表現されていることに気づいた。頭部も上に突き出た形をしている。グレイとセイチャンは青銅でできたこの顔と同じものを見たことがあった

――ただし、その時は石像版だったが。

〈サルデーニャ島のモンテプラマの巨人〉

コワルスキも思い出したらしく、二体の巨人像の間を通り抜けながら小声でささやいた。「エレナはヘパイストスが石を投げる巨人を造ったと言っていたな。そいつらは人間を生きたまま焼き殺すとも」

ベイリーが近くに寄った。「君が話しているのはタロスのことだろう。クレタ島の守護

神だ」

コワルスキが肩をすくめた。「確かそんな感じだったな」

ベイリーが説明を続けた。「タロスは魔女のメデイアによって倒された。彼女は秘薬を用い、タロスの炎によるクレタ島の保護に終止符を打ったのだ」神父は周囲を見回し、街を貫くほかの四つの階段に視線を向けた。いずれもその両側に彫像が連なっている。「まるで古代ギリシアの歴史がここによみがえったかのようだ」

コワルスキが司祭をにらんだ。「そうじゃないことを願いたいものだな、神父さん。アラブ人の船長の言葉を肝に銘じて、この場所を目覚めさせない方がいいと思うぞ」

午後六時四十八分

石段を下りる間、マリアはジョーのそばに寄り添っていた。「こんなことが可能だと思う？」ほかの人たちに問いかける。「パイエケス人は自分たちだけでこれだけのものを造れたの？」

表情から判断すると、グレイは怪しいと思っているようだ。

だが、ベイリー神父の顔には疑いが微塵《みじん》も浮かんでいなかった。「古代の機械仕掛けの人形や装置の歴史に関しては、多くの記録に目を通したことがある。ヘレニズム時代には人の手によるそうした創作物についての物語がいくらでもある。ヘパイストスが製作したもの、ダイダロスが設計したもの」

「でも、それってただの神話なんでしょ？」マリアは訊ねた。

「もちろん、大部分はそうだ。しかし、史実に基づいた記述も数多く残されている。ギリシア人の職人や技術者、数学者たちは、信じられないような自動式の機械を考案した。魔法のようにひとりでに開く神殿の扉を発明したアレクサンドリアのヘロンだけではない。ほかにも数え切れないほどの人たちがいた。名前の知られている者もいれば、悠久の歴史の中に埋もれてしまった者もいる。ビザンチウムのフィロンは自動式の召使いを製作した。水を飲む機械仕掛けの馬を造った者もいた。古代オリンピアの競技場も、門がひとりでに開いたほか、青銅製のワシが空高く舞い、同じく青銅製のイルカが水中を泳いでいたと言われている」

グレイはまだ納得していなさそうな表情を浮かべていた。

ベイリーがなおも持論を展開した。「古代ギリシア人は多くの人たちが考えるよりもはるかに進んでいた。水力学や空気力学の仕組みを理解していたし、カリパスやクレーン、複雑なギアやウィンチ、ジンバルやポンプを発明した。海の民だったパイエケス人は、おそらくそうした知識を収集し、ほかから隔絶されたこの地で、世界の果てに当たるこの場所で、誰にも邪魔されることなくその知識を発展させていったのだ。彼らは手を加え、実験を繰り返し、実際に製作し、検証を重ねたことだろう。やがて彼らは――それが偶然によるものなのか、それとも意図したことなのかはわからないが、強力な燃えるエネルギー源を発見した。そのことが技術的な大躍進の後押しになったのかもしれない」

「けれども、やがて一線を越えてしまった」マックが暗く不気味な都市を顎でしゃくった。六人はようやく階段の終わりに近づきつつあった。

「まあ、何かを学んだんだろうな」ジョーが言った。「そいつは間違いないぜ」

マリアは今の話を考えてみた。遺伝や人類に関するこれまでの研究から、知識がある文化から別の文化に受け継がれてきた例があることは知っている。世界のどこかで発明の盛んだった時期が終わりを迎えると、別の場所がそれを引き継ぐ。西洋においては、発明の火は古代ギリシア人からローマ人に手渡された。ローマ帝国が衰退すると、火はアラブ世界に移り、イスラム黄金時代が花開いた。その輝きが色あせると、ヨーロッパが再び火の運び手の役割を担った。

果たしてこの海の民は、自分たちだけでこれほどまでの大躍進を成し遂げることが可能だったのだろうか？

それとも、ほかの何者かの手が関与していたのだろうか？

マリアは三年前にもシグマとのスリルに満ちた冒険を経験した。その時にジョーと出会い、バーコが重要な役割を果たした。当時、シグマは古代の謎めいた教師たちの存在を知ることになった。シュメール人の記録で「ウォッチャーズ」と呼ばれている人たちで、この謎の一団についてはユダヤの文書の中でも言及されている。

マリアは暗い都市を見回した。

〈この場所も、そうしたウォッチャーズの影響を裏付けるものなのだろうか？〉

いずれにしても——独力で学んだにせよ、未知の教師の導きがあったにせよ、パイエケス人が奇跡を生み出したのは確かだ。

素晴らしいことでもあり、同時に恐ろしいことでもある。

長い階段を下り切った先には、石灰岩をきれいに削った広大な窪みができていた。水の干上がった湖のようで、幅は五百メートル弱、奥行きもその半分くらいある。ほかの階段もここで終わっていた。水のない窪みの周囲には青銅製の巨大な魚の彫像が数百体も並んでいて、うろこは黒ずんだ色をしている。魚はどれも大きな湾曲した尾を持ち、斜めの角度に設置されており、鼻先を上に向けて口は開いた形になっていた。

マリアは魚の口から水が高々と噴き出る様子を想像した。何百もの噴水が大きな弧を描き、それが巨大な屋内の湖の水面に反射する。真上の天井に埋め込まれている青銅の円盤は、太陽を模しているのだろう。

マリアはあの冷たい太陽の下でピクニックを楽しむ住民たちの姿を思い浮かべた。子供たちが湖に入って水しぶきをあげ、噴水の水を浴びながらはしゃいでいる様子を、親たちが見守っている。穏やかな水面をボートが行き来していたかもしれない。

素敵な光景だ。

けれども、やはり恐ろしくもある。

湖を挟んで宮殿の真向かいには、水のない窪みを見下ろすかのように青銅製の彫像がそびえていた。三階建てのビルに匹敵する高さがあり、湖岸に設置されているが、鉤爪を持つ二本の前足は乾いた湖底に食い込んでいて、あたかも湖に入ろうとしているかのようだ。何百体もの青銅製の魚たちの巨大な母親を思わせる水陸両生の怪物で、湖の上にまで伸びた六本の長い首の先端にはワニのような頭が付いている。

マリアは大きく開いた口の中を見上げた。サメを思わせる鋭い歯が並んでいる。

〈もしかすると、子供たちはこの湖で遊びたがらなかったかもしれない〉

しかも、危険はそれだけではなかった。

ジョーが武器の先端を湖の中央に向けた。排水用の大きな穴がぽっかりと口を開けていて、湖底から地中深くに延びている。「ひょっとしたら、あっちが本当の地獄の入口なのかもしれないぜ」

窪みの表面は滑らかで傾斜が急なため、誰も穴を近くで見ようとは思わなかった。

〈それに私たちには時間があまり残されていない〉

グレイが急ぐように促した。彼が指差す先を見ると、湖の端を回り込んだところに、街の宮殿に通じる狭い階段がある。懐中電灯の光を反射して段がきらきらと輝いていた。

「あれも金でできているみたいだな」マックが指摘した。

「どうやらここの王様たちはレッドカーペットでは満足できなかったらしい」ジョーがつぶやいた。

一行は足早に湖を回り込んで階段を目指した――その時、雷鳴のような轟音が広大な空間内にこだました。全員がその場で足を止め、顔を見合わせる。アギーだけはセイチャンの肩で甲高い鳴き声を発した後、彼女の首に顔を押しつけた。

ジョーが首を左右に振った。「お客さんが来たみたいだぜ」

39

六月二十六日　西ヨーロッパ夏時間午後六時五十二分
モロッコ　オートアトラス山脈

クルーザーの船内にいたエレナは、百メートルほど離れたところでのロケット弾の爆発音に首をすくめた。急峻な石灰岩の断崖に両側を挟まれているため、とてつもなく大きな音に聞こえる。顔を上げると、洞窟の入口から粉塵《ふんじん》と煙が噴き出ていた。

その下に目を向けると、黒い人影が森を出て、断崖に向かって走っていく。

その前に何が起きたのかについては、エレナにも伝わっていた。洞窟の中に青銅製の門が隠されていて、ネヒールは門が閉じる前にそこを通り抜けられなかったらしい。その後、二人の男が南側に駐機しているヘリコプターから戻ってきた。一人は長い筒状のロケットランチャーを担いでいて、もう一人は二発のロケット弾を抱えていた。

兵士たちが断崖をよじ登り、薄れつつある煙の奥に消える様子を、エレナはクルーザーの操舵室から見つめた。しばらくたっても誰も戻ってこない。どうやら二発目のロケット弾を撃つ必要はなくなったらしい。

〈うまくいったんだ〉

門を吹き飛ばして入口を突破することに成功したに違いない。

エレナはジョーたちのことを案じながら顔をそむけた。だが、そこで視線の先に見えたことがまったく理解できなかった。チャーリーが小さなベッドの下から拳銃を取り出し、振り向きざまに構えた。モンシニョール・ローもカディールも、意識は断崖の方に向いている。チャーリーが近づき、発砲した。

一発目はモンシニョールの脚に命中した。入口のすぐ外にいた痩せ細った体が倒れる。モンシニョールが崩れ落ちると同時に、二発目がカディールの頭に――ヘルメットで守られた頭に当たった。銃弾は跳ね返ったものの、衝撃で大男の体が傾き、船尾から川に落下する。

チャーリーがエレナの腕をつかんだ。「一緒に来て」

二人は甲板に走り出ると、川岸にいちばん近い船縁に向かった。そちら側で見張りに就いていたモーセの息子が、頭を突き出して甲板をのぞき込んだ。囚人が急に武器を手にしたとは考えてもいなかったのだろう。チャーリーに抜かりはなく、あらかじめ敵の居場所を正確に把握していた。一メートルの距離から男の顔面を撃ち抜く。相手の体が後方に吹き飛び、砂の上で仰向《あおむ》けにひっくり返る。

二人は同時に手すりを飛び越えた。チャーリーが低い姿勢で船の前方に走り、上向きの弧を描く船首の下の隙間から発砲する。反対側から悲鳴があがった。

チャーリーがクルーザーの船首を回り込んだ。エレナも急いでその後を追う。低い姿勢で走るエレナの目に、こちら側を見張っていたモーセの娘との距離を詰めるチャーリーの姿が映った。女はうつ伏せに倒れていて、撃たれた片方の足首は血まみれた。それでも、砂の上を這いながら、倒れた時に落としたサブマシンガンをつかもうとしている。

チャーリーは大股で近づき、落ち着いて狙いを定めると、ヘルメットの少し下、後頭部の付け根あたりを撃ち抜いた。女は一度だけ体を震わせ、そのまま動かなくなった。

「武器を確保して」そう指示してから、チャーリーが拳銃で周囲を警戒しながら森に向かって移動する。

エレナは言われた通りにした。指示に従ってサブマシンガンのストラップをつかもうとした時、そのすぐ近くの砂が吹き飛び、あわてて手を引っ込める。ライフルの発砲音が鳴り響き、後ずさりする。

〈カディールだ……〉

チャーリーがクルーザーの船尾に向かって発砲したため、巨漢は隠れざるをえなくなった。その隙に二人は深いスギの森までたどり着いた。枝をかき分けながら走り、木々の間に身を隠そうとする。

その時、エレナの右側の世界が爆発した。

針葉や枝や樹皮が吹き飛び、二人のもとに降り注ぐ。

エレナはカディールの武器の銃身の下にグレネードランチャーが付いていたことを思い出した。

チャーリーがエレナの腕をつかみ、反対側に引っ張った——今度はそちら側でも爆発が起きる。二人はあわてて身をかわした。カディールは森に向かってやみくもに撃っているだけかもしれないが、たとえたまたまであろうと、一発でも直撃を受ければそれでおしまいだ。

「走って！」チャーリーが叫んだ。

「どこに？」

「ここから離れるの！」

〈その通りね〉

今の二人にとって必要な計画はそれだけだ。

エレナとチャーリーは森の奥に向かって逃げた。

午後六時五十四分

暗いトンネルを三十メートルほど奥に進んだところで、ネヒールは後方からこだまするこもった爆発音を何度か耳にした。太陽の光が差し込む洞窟の方を振り返ると、まだ煙でかすんでいる。ロケット弾で吹き飛ばされた片方の門が、トンネルの入口のあたりに倒れていた。

残った二十二人の息子たちと娘たちも、トンネル内にいる。

ネヒールは一人もしくは二人を調査のために引き返させるべきだろうかと考えた。だが、耳を澄ましても、それ以上の爆発音は聞こえない。問題ないと判断し、ネヒールはトンネルの先に向き直ると、部下たちに続くよう合図した。ここに隠れているアメリカ人どもを皆殺しにするまでは、残った兵士たち全員の力が必要だ。

外で本当に何らかの問題が発生したとしても、全幅の信頼を寄せるカディールが守ってくれる――これまでずっとそうしてくれたように。

その思いに安心感を覚えながら、ネヒールはライフルを構え、部下たちとともに走った。武器に装着した懐中電灯の強い光線が、前方の暗闇を貫いている。

その時、新たな物音が聞こえ、ネヒールは走る速度を落とした。

爆発音ではない。今度のは――腹の底に響くような低くて不気味な震動音で、四方から聞こえてくる。両脚にも音が伝わる。小さな揺れが両腕の産毛を震わせる。

〈この音の原因はいったい何だ？〉

ネヒールは片手を上げ、部下たちに止まるよう合図した。

再び後ろを振り返る。太陽が差し込む洞窟を見つめるものの、トンネルがカーブしているために視界から外れかけている。それでも、倒れた青銅製の門は見える。強行突破した結果の残骸を確認できる。

〈あれは間違いだったかもしれない〉

第六部　鎖を解かれたプロメテウス

新たな予兆が汝《なんじ》にも聞こえるであろう。
決して吠えないゼウスの犬に気をつけよ、
鋭いくちばしのグリフォンにも、
馬に乗る一つ目のアリマスポイ人にも。
彼らは黄金の流れる川のまわりに暮らす。
プルートの港の渡し船と入り江のあるところ。
汝、そこに近づくべからず。

——アイスキュロスの『縛られたプロメテウス』より、紀元前四三〇年

40

六月二十六日　西ヨーロッパ夏時間午後六時五十五分
モロッコ　オートアトラス山脈

「無断で立ち入った俺たちを許してくれ」コワルスキはつぶやいた。

一行が中央の大きな窪みを回り込み、宮殿に通じる黄金の階段にたどり着く頃、街全体がガタガタと揺れ始めた。

「あいつらが入口を強引に突破した時」グレイが言った。「ある種の防犯装置のようなものを作動させてしまったに違いない」

「見ろ！」マックが左手側を指差した。指先は街の最上段の層に向いている。

いちばん近くにある幅の広い階段の上で、トンネルの入口をふさいでいた青銅製の扉が上に開き始めた。上昇する扉の隙間から真っ黒な水が噴出する。コワルスキは体をぐるりと一回転させた。五つある階段状の通路のすべてで、同じことが起きている。

青銅製の扉が開くにつれて、流れ込む水が白く泡立つ濁流となって階段を下り、通路はダムの余水路に一変した。流れは海水のにおいを伴っていて、塩分を含んだ水しぶきが目に入るとしみる。

「離れろ!」グレイが叫び、宮殿に通じる狭い黄金の階段を上るように促した。

左右のいちばん近い二本の濁流が階段の下まで達し、轟音とともに空っぽの湖に流れ込んでいく。ほかの三カ所でも同じことが起きていた。渦巻く水が次第に窪みを満たし始めた。

しかし、激流の目的はそれだけではなかった。

ベイリーがグレイの腕をつかみ、すぐ近くの余水路に沿って懐中電灯の光を動かしている。コワルスキは目を凝らした。新たに誕生した川岸沿いで、一列に並んだ何かが動いていた。激流の力で勢いよく回転している。

「青銅製の水車だ」ベイリーが言った。「彫像の陰に隠れていたのだ」

グレイが眉をひそめたが、もっと高いところまで上るように合図し、宮殿を目指して走った。

「何のために回っているの?」マリアが訊ねた。

街の最上段からの炎がその質問に答えた。何百本もの青銅製の松明《たいまつ》から金色の炎が噴き出し、さらにその数を増やしながら地下都市の最上段全体に広がっていく——続いて下にも移動し、街を一段ずつ照らし始めた。

「タルタロスの全域にメデイアの油を送り込んでいるに違いない」ベイリーが言った。「ガス灯に燃料を供給する管のようなものだ」

ただし、燃料を受け取ったのは松明だけではなかった。

何かが動いたことに気づき、コワルスキは左に視線を向けた。水路脇の彫像のうちの一体が動いていた。黒ずんだ青銅のプレートがずれ、その継ぎ目から光る緑色の油が漏れる。彫像はもう油が満タンになり、あふれてしまっているかのようだ。やがて臨界点のようなものに達したのか、体内の油が火を噴き、そのあまりの激しさに全身が激しく揺れた。青銅の継ぎ目からも炎が顔をのぞかせた。強いエネルギーで彫像が直立した姿勢になる。ギアのきしむ音とともに首が回り、一つだけしかない目がコワルスキたちの方を向く。黒い宝石が内側の炎で照らされている。

〈キュクロプスだ……〉

だが、目覚めた怪物は一つ目の巨人だけではなかった。大きなワシが青銅製のとがった翼を持ち上げる。オオカミが顔を上げて青銅でできた太陽に向かって遠吠えすると、その口から炎が噴き出す。人間と同じくらいの大きさのコブラが青銅のうろこを揺すって鎌首をもたげ、体をくねらせると、うろこの隙間から炎が漏れる。首のフードを震わせながら口を開くと、シューッという威嚇《いかく》音こそ聞こえないものの、湾曲した牙から緑色の光る油が滴り落ちた。

街の至るところで彫像が目覚め、神話の怪物たちがよみがえっていた。

マックが姿勢を低くするよう合図した。「音を立てないように」そう注意してから、宮殿の壁を指差す。

すでに黄金の階段を半分ほど上っていたのだが、宮殿の扉はまだ信じられないほど遠くにあるように思える。周囲でタルタロスが目覚めつつあるので、なおさらそう感じられる。あちらこちらで松明が燃えている。怪物たちが濁流から岸に上がっても、水の流れとともに炎が水路を下っていく。青銅製の軍隊が前かがみの姿勢で歩きながら街の通りに分け入り、自分たちの眠りを妨げた侵入者を探している。

グレイが先頭に立って黄金の階段を上った。炎の守護神たちが両側から迫る。しかし、幸運とスピードの差のおかげで、コワルスキたちは無事に最上段までたどり着いた。宮殿は層状に連なる街の中段に位置している。青銅製の壁が階段に向かって半円状に突き出ていて、その両側には尖塔がそびえていた。真正面に見える黄金の扉は、階段を上り切ったところから二十メートルほどの距離だ。

「ここで待て」グレイが小声で指示した。

低い姿勢で二十メートルを一気に走り抜け、黄金の扉にぴたりと体をくっつける。片方の扉を、続いてもう片方の扉を試す。グレイの顔にいらだちが汗となってにじんだ。振り返ったグレイが首を左右に振った。

〈鍵がかかっている〉

「だから言ったじゃないか」マックがつぶやいた。さっきの不安が的中してしまった。

〈何とかしなければならない時がやってきたようだな〉

コワルスキは立ち上がり、AA-12軍用散弾銃を構えると、脇にどくようグレイに合図を送った――それと同時に、右側から何かが視界に入り込んできた。グレイは姿勢を落とし、その場にとどまった。

コワルスキも動きを止める。

黒っぽい色の怪物は巨大で、クマを表現したものなのだろうが、サイズは大型のごみ収集箱と同じくらいだ。四本の足の鉤爪を石灰岩に食い込ませている。鼻先は平らで、頭は丸く、耳は短い。宝石でできた目の奥では炎が燃えていた。

コワルスキは音を立てずにじっとしていた。マックが言っていたように、静かにしていれば気づかずに通り過ぎてくれるのではないかと期待してのことだ。それでも念のため、コワルスキは散弾銃の銃口の向きを変え、化け物に狙いを定めた。

クマの顔が動き、コワルスキの方を向く。

コワルスキはマックを恨んだ。

どうやら怪物の中には目が見えるやつもいるらしい――少なくとも、動きを検知する能力がある。

どっちにしても、見つかってしまったことに変わりはない。

クマがコワルスキに向かって吠えると、口から炎が噴き出す。その奥にはとがったプレートでできた歯が連なっていて、クマ用の罠を思わせる。

コワルスキは負けじと怪物に向かって吠え返した——同時に武器の引き金を引く。フルオートモードの散弾銃から立て続けに六発が発射される。装甲を貫通する威力のあるFRAG-12が怪物に命中し、青銅のプレートが吹き飛ぶと、赤々と燃える内部があらわになる。一発が喉から飛び込んで体内で炸裂し、内部の仕掛けを粉砕した。クマが前のめりになり、石の上に崩れ落ちた。

グレイが横に飛びのきながら黄金の扉を指差した。「中に入れてくれ！」続いてほかの人たちに手を振って合図を送る。「みんな、伏せろ！」

コワルスキは笑みを浮かべながら扉の方に向きを変え、大きなドラムマガジンを腰に添えて武器を安定させてから、再び立て続けに六発を黄金の扉に浴びせた。FRAG-12が金属製の扉に当たり、まばゆい輝きとともに爆発する。すさまじい音が鳴り響くたびに、みぞおちをぶん殴られたかのような衝撃が伝わる。

煙は晴れたが、扉に変化はない。

へこみができ、傷が付いたものの、閉まったままだ。

「後ろを見て！」マリアが叫んだ。

コワルスキは振り返った。

爆発音を聞かれてしまったのだ。

それまで街の中の各所で怪物たちが炎の帯を残しながら当てもなくさまよっていたが、今では全員がこちらを向き、移動を開始していた。すぐ近くでは二頭の燃える犬――ポニーと同じくらいの大きさの犬が、黄金の階段の途中に姿を現した。緑色の油が口からよだれのように垂れ、階段に落ちると炎となって燃え上がる。二頭は階段を上りながら、コワルスキたちに向かって近づいてくる。

右手側にも、左手側にも、動きがある。

煙と炎。

あらゆる方角から迫ってくる。

午後七時四分

ネヒールはタルタロスの燃える都市を見下ろすテラスまでたどり着いた。街の至るところで炎が躍っている。図体のでかい怪物が体内の炎を明るく輝かせ、煙をまとって通りを闊歩している。何本もの濁流が中心で渦を巻く大きな黒い湖に流れ込んでいる。

〈まさしく地獄だ〉

その時、連続する鋭い爆発音が聞こえ、ネヒールは地下空間の先にある黒ずんだ青銅製の宮殿と、そこの黄金の扉に目を向けた。炎の光に照らされて、その手前に数人の人影を確認できる。

〈やっと見つけた〉

赤く光る怪物たちが迫る中、やつらは黄金の扉の前で身動きが取れなくなっているらしい。敵が暗がりの残る街の奥に逃げ込み、姿を消すと厄介だと思い、ネヒールは副官の方を見た。

「アーマド、ランチャーを用意しろ」

男は走ってトンネルを引き返し、黒くて長い筒状の武器を抱えて戻ってきた。すでにロケット弾を装塡《そうてん》済みだ。ネヒールは武器を受け取り、肩で担いで片膝を突いた。ロケットランチャーの狙いを定め、サイトの照準線を敵の一団に合わせる。

ネヒールは殺戮の喜びを嚙みしめながら引き金を引いた――その直前、巨大な何かがテラスの前に立ちはだかり、ランチャーのサイトをふさいだ。狙いが外れたロケット弾は大きな発砲音とともに地下都市の上空高くに煙と炎の尾を引き、宮殿の先にある街の一角で炸裂した。

ネヒールは驚きのあまり尻もちをつき、その姿勢のまま後ずさりした。

目の前に現れた青銅製の壁は銃弾のようなとがった形状の頭を持つ巨人で、顔にはリング状の目が二つある。だが、怪物はネヒールを無視した。目が見えないのだろう。巨人はSUVほどの大きさのある青銅製の岩を頭の上に持ち上げた。

「ついてこい！」ネヒールは部下たちに向かって叫んだ。

テラス上で横に一回転してから立ち上がり、街の最上段に通じる傾斜路を目指して走る。すぐ後ろを続く部下たちの足音が聞こえる。

次の瞬間、何かがつぶれるような大きな音が鳴り響き、ネヒールの体は前方に投げ出された。

そのまま傾斜路に突っ込み、坂を転げ落ちる。下り切ったところで動きの止まったネヒールが上を振り返ると、壁から剝がれ落ちたテラスの一部が青銅製の巨人の足もとで粉々になっていた。テラスを破壊した巨人は、今度は手にした巨岩をトンネルに突っ込み始めた。叩きつけながら奥に押しやるうちに、唯一の出口が完全にふさがれた。

作業を終えて目的を達成すると、巨人は両膝を突き、壁に額を押し当てた姿勢で動かなくなった。

ネヒールは部下たちを呼び集めた。

五人が行方不明、もしくは死んだ。

ネヒールは地下空間の向かい側を見つめた。激しい怒りが灼熱の炎となって燃え上がる。

〈あいつらにも同じ苦しみを味わわせてやる〉

41

六月二十六日　西ヨーロッパ夏時間午後七時六分
モロッコ　オートアトラス山脈

ロケット弾が炸裂した後、グレイは全員を階段の最上段に集めた。迫りつつあった青銅製の燃える怪物軍団は、ロケット弾の爆発音と渦巻く煙に気を取られ、宮殿の扉の手前にいるグレイたちから離れていく。今もなお、着弾地点では塔が傾いて倒れ、金属と金属のぶつかり合う大音響がとどろいている。

ついさっきも、黄金の階段の途中にいた二頭の巨大な猟犬が、より騒々しい獲物を狙ってそちらの方角に飛び跳ねていったところだ。しかし、この猶予は一時的なものにすぎないだろう。

グレイは街中を見回した。中央の暗い湖は水がほぼいっぱいに満ちていて、湖面に炎が反射している。五本の広い階段からなおも水が流れ込むのに合わせて、水面がゆっくりと渦を巻いている。湖を見下ろす位置にいる六つの頭を持つ怪物も動き始めていた。ほかのより小型の怪物たちと比べて、目覚めるのが遅いようだ。長い首を前後に揺らし、目が赤い輝きを発している。サメのような歯を持ち、ワニを思わせる形状の口から火を噴いている。

高い位置から見下ろしていたグレイは、不意に自分が目にしているものの正体を悟った。あれが表しているのはカリュブディスとスキュラ——ホメロスの『オデュッセイア』に出てきた怪物たちだ。カリュブディスは海の魔物で、船を破壊する巨大な渦潮。スキュラはオデュッセウスの部下たちを殺した水陸両生の海の怪物だ。

だが、その二体の怪物は差し迫った危険には当たらない。

「あそこを見ろ」マックが小声で注意を促し、右手の方角を指差した。

そちら側からかなりの数の怪物たちがじりじりと近づいてくる。グレイたちは着弾地点に向かう炎の大群のちょうど通り道に位置していて、進退窮まった状態にある。

〈今にもあいつらに踏みつぶされてしまう〉

そのことを悟り、ほかに選択肢はないと覚悟すると、グレイはコワルスキの肩をつかみ、黄金の扉を指差した。「ここを抜けて中に入る必要がある。ドラムマガジンの予備はまだあるはずだな？」

大男がうなずいた。「ダッフルバッグにもう一つ入っている」

「それなら、今度は出し惜しみするな」狂犬病の犬をリードから外すことになりそうな気がするが、それに賭けるしかない。「俺たちを中に入れてくれ」

コワルスキの顔に不敵な笑みが浮かんだ。「みんな、伏せていろよ」大男が警告する。「俺様の花火大会の始まりだ」

グレイは階段に腹這いになり、ほかの仲間たちにもそうするよう合図した。

セイチャンだけがうずくまった姿勢でいた。弾薬の入ったダッフルバッグを開き、予備の拳銃二挺と黒の粘着テープを取り出している。

グレイは眉をひそめた。「いったい何を――？」

「少しだけ時間を稼いでくる」そう伝えると、セイチャンは右側に走り出した。自分たちに向かってロケット弾が発射された方角だ。

「待て」

「扉を開けておいて」セイチャンがグレイに呼びかけた。「すぐに戻るから」

その姿が暗がりに消えて見えなくなった。

今のやり取りに気づいたコワルスキが、グレイに問いかけるような視線を向けた。

グレイは扉を顎でしゃくった。「彼女の話が聞こえただろ。そいつを開けるんだ」

コワルスキは肩をすくめ、扉に正対した。武器をしっかりと構える。「当たって砕けろだ」

連続する発砲音がグレイの耳に、頭に、胸に、容赦なく襲いかかる。コワルスキの軍用散弾銃はフルオートモードなら一分当たり三百発を発砲可能だ。大男は弾を惜しむことなく、ドラムマガジンに残った二十発すべてを宮殿の扉に浴びせた。ＦＲＡＧ－12には高性能の混合爆薬Ａ５が一発当たり三・四グラム詰まっていて、装甲車や掩蔽壕《えんぺいごう》の扉をも貫通する威力がある。

〈それがここの扉にも当てはまるのを祈るだけだ〉

二十発が扉に向かって一気に発射されたため、コワルスキによる一斉射撃は数秒で終わった。銃声が鳴りやんでも、グレイの頭の中では音が鳴り続けていた。聞こえるのは鈍いうなり声のような耳鳴りだけだ。

煙が晴れると、猛攻撃の成果が明らかになった。宮殿の扉の片側が斜めに傾き、蝶番《ちょうつがい》の役割を果たす複雑な仕掛けから外れかかっている。二十発の弾の威力が扉を後方に押しやり、一部を破壊していた。まだ閉じた状態ながらも、傾いた側の扉の下に狭い隙間ができている。

〈あれで十分だ〉

グレイは大声で指示を出したりはしなかった。どうせほかの人たちも何も聞こえない状態のはずだ。立ち上がって低い姿勢で走り出すと、仲間たちもついてくる。壊れた扉まで到達したグレイは、下をくぐり抜けるよう合図した。マリアが真っ先に飛び込む。マックとベイリーも急いで続くが、二人ともパニックのせいで目を丸くしている。コワルスキが空っぽになったドラムマガジンを取り外し、燃える街中を目がけて放り投げた。グレイも大男の隣に並んだ。二人で暗がりを見つめる。

〈セイチャンはどこだ？〉

午後七時十分

小刻みに体を震わせるアギーが肩にしがみついた状態のまま、セイチャンは暗がりで片膝を突いていた。広い通りの端で燃える松明が、作業を進めるために必要な明かりを提供してくれる。

セイチャンは二挺のシグ・ザウエルのうちの一挺を、青銅でできた二階建ての家屋の壁に粘着テープで固定した。高さは地面から六十センチほどのところだ。同じ粘着テープをねじってロープ状にして、すでに通りを横断するように張ってある。テープのもう片方の端は道の反対側にある柱にしっかりと貼り付けておいた。さらにダガーナイフでテープの形を整え、拳銃の引き金部分に通してある。

作業の出来映えに満足すると、セイチャンは立ち上がった。うまくいくように祈っていることは二つ――通りに仕掛けたこの即席の罠が薄暗い中で見つからないこと、および発砲してきた敵が宮殿を目指してこの道を抜けようとすること。この通りと、すでに同様の罠を仕掛けたもう一本の通りが、目的地までの最短距離だと考えられる。

〈本当にそうならいいんだけれど〉

ここでの作業を終えると、セイチャンはできるだけ影の濃い部分を選びながら、軽いジョギングよりも速いペースで宮殿に引き返し始めた。

突然、首に回したアギーの腕の力が強まり、小さな爪が喉に食い込んだ。

次の瞬間、セイチャンの耳にも聞こえた。

後方から。

青銅製の足が石を踏みしめる音。

振り返ると、赤々と輝く巨大な何かが角を回り込み、大きな体から煙の尾を引きながらセイチャンに向かって突進してきた。

セイチャンは速度を上げたが、金属と石のぶつかる音が次第に大きくなり、距離が詰まってきている。もはや暗いところを選んで進むような余裕はない。炎と煙の間に突っ込むと、ゴールを目指して一直線に疾走した。宮殿の輝きがありえないほど遠くにあるように感じられる。

それでも、セイチャンは喉を鳴らしながら笑うジャックを思い浮かべた。

恐怖に震えるアギーの存在を感じる。

セイチャンは気力を振り絞り、みんなのことを思いながら懸命に走った。

午後七時十三分

グレイはコワルスキとともに宮殿の壊れた入口前に立っていた。手には拳銃をしっかりと握っている。さっきのコワルスキの乱射が気づかれずにすむはずはなかった。体内で炎を燃やす怪物たちが、四方八方から迫ってくる。

「そろそろここも限界だぞ」コワルスキが指摘した。

グレイは固唾をのんだ——その時、右手の方角から騒々しい足音が聞こえてきた。グレイは音の方角に体をひねった。

半円状に突き出した宮殿の壁の向こう側から、セイチャンが走り出てきた。目は血走っていて、息づかいも激しい。「行って！」セイチャンが二人に叫ぶ。

グレイとコワルスキが反応するよりも早く、その後ろから巨大な青銅製の馬が轟音を響かせて現れた。クライズデール種に負けない大きさで、金属の蹄で石の上に火花を散らしながらセイチャンを追いかけている。頭を下げて疾走する馬の首からは、たてがみの代わりに炎が一列になって噴き出ていて、後方に煙の帯が流れている。

恐ろしいと同時に美しくもあるその姿に、ほんの一瞬、グレイは目を奪われて呆然《ぼうぜん》とした。

コワルスキはそれほど感心しなかったようで、セイチャンに向かって大きく手を振った。「ここをくぐり抜けろ！」

二人のところまでたどり着くと、セイチャンは肩に乗せたアギーを手でつかみ、斜めに歪んだ扉の下の隙間に飛び込んだ。コワルスキもそのすぐ後に続く。

グレイは二人のために数秒でも時間を稼ごうと、馬に向かって発砲した。だが、銃弾は突進する巨体という青銅製の盾に当たってもむなしく跳ね返るだけで、まるでアブが馬にたかっているも同然だった。

馬の怪物が頭をさらに下げ、グレイを目がけてまっしぐらに駆けてくる。

その時、何かがグレイの両足首をしっかりとつかんだ。そのまま後ろに引っ張られたグレイはうつ伏せに倒れ、体が足を先にして扉の下を滑り抜けていく。馬が黄金の扉に頭から突っ込み、その勢いでさらに数センチほどずれた。すさまじい衝撃音とともにグレイのまわりに炎が降り注ぎ、頰に熱さを感じたものの、引きずられるままに宮殿内に入ることができた。

外では青銅製の馬が前足を高く蹴り上げ、蹄を扉に叩きつけたが、入口はどうにか持ちこたえた。グレイは怪物が中に入れなかった理由を理解した。宮殿内に引っ張り込まれた時に見えたのだが、扉は厚さが三十センチほどあった。しかも、おそらく純金製だろう。

グレイは立ち上がり、宮殿の玄関内に集まった仲間のもとに向かった。

コワルスキは片膝を突いていて、床に置いた弾薬用のダッフルバッグから予備のドラムマガジンを取り出し、すさまじい威力の武器に取り付けているところだ。

馬はなおも扉に体当たりを続けている。ベイリーが体をかがめて外をのぞいた。「ヒッポイ・カベイリコイ」小声でつぶやく。

それを聞きつけたコワルスキが神父に向かって顔をしかめた。

ベイリーが扉を顎でしゃくった。「双子の息子たちが乗る戦闘用馬車を引かせるために、ヘパイストスが造った四頭の青銅製の馬のうちの一頭だ」

馬が扉への攻撃を続けている間に、ほかの怪物たちが青銅製の足で石灰岩を踏みしめながら集まってくる音も聞こえてきた。入口の前での騒ぎに引き寄せられているのだろう。巨大な黄金の扉といえどもどこまで持ちこたえられるかわからないので、グレイはこの場を離れるように促した。

「別の出口を見つける必要がある」グレイは伝えた。「フナインはこの宮殿の奥に何かがあることをほのめかしていた。俺たちが目指すのもそこだ」

グレイは扉を後にして黒ずんだ青銅製の玄関を通り抜け、かなりの大きさがある広間に入った。三階までの吹き抜け構造になっていて、ドーム状の天井があり、貝殻の形をした巨大な金のシャンデリアが吊るされている。貝殻の端から小さな黄金の炎が噴き出ていた。壁にも青銅製の松明がいくつもあり、広間を照らしている。

部屋の向かい側には高さのある黄金の王座が二つ、壇の上に設置されていた。王座には海上を航行する船や、尾をくねらせて波間から高く飛び跳ねる大きな魚といった、海に関係のある形が彫ってある。その奥には壁を削って造った石の暖炉があり、大きく開けた口の奥では油を燃料とする炎が燃え盛っていた。

暖炉の左右にはアーチ状の天井を持つ通路があり、それぞれが地下都市の岩盤のさらに奥へと通じていた。

グレイは二本の通路を指差した。「あれを調べる必要がある」

「二手に分かれるのはあまりいい考えだとは……」コワルスキが反論した。

グレイはその意見を無視した。セイチャン、マリア、コワルスキを指差す。「君たち三人は左側の通路を調べてくれ。俺たちが右側を担当する。ただし、互いに目の届く範囲にいること。トンネルの奥には進むな。中を調査する時には――」グレイはコワルスキを一瞥した。「――全員で一緒にやる」

「そいつはいい考えだな」大男が反応した。

広間の奥に向かって半分ほど進んだ時、周囲から物音が聞こえてきた。部屋の両側の廊下や中二階からだ。金属と金属のこすれ合う音に加えて、何かがぶつかってガチャガチャと鳴っている。

「この中にいるのは俺たちだけじゃないぞ」マックがうめいた。

しかも、「この中」に限った話でもなかった。

後方の街中から拳銃の発砲音が鳴り響いた――その直後、さらなる銃声と、手榴弾の大きな炸裂音も続く。全員が不安そうに顔を見合わせた。

グレイはセイチャンに視線を向けた。

満足げな笑みを浮かべている。

〈さっきの作業は無駄にならなかったみたいだな〉

午後七時二十二分

ライフルを構えた姿勢のまま、ネヒールは味方の殺戮現場の中を走り抜けていた。あちこちから聞こえる悲鳴が、黒ずんだ壁にこだまする。タルタロスのこの片隅には、家屋や塔が迷路のように入り組んで並んでいるものの、どこもしっかりと扉が閉ざされ、鍵もかかっているため、身を隠せる場所がまったくない。ネヒールは建物の側面の壁にぴたりと体を寄せた。

　前方の石の上に広がる血の海が、松明の炎を浴びてゆらゆらと輝いている。背後の路地からモーセの娘のうちの一人が這い出ようとしている——だが、骨の砕ける音が鳴り響いたかと思うと、再び路地に引きずり込まれていく。そのすぐ脇から息子の一人が走り出てきた。正気を失った目をしていて、パニックに陥っているし、武器も手にしていない。十字路に差しかかった時、横から青銅製の雄牛が飛び出し、逃げる男の脇腹に体当たりした。二本の角で男を串刺しにしたまま、牛は十字路を直進し、大きな蹄の音と男の悲鳴だけを残して姿を消した。

　その一本向こう側の道で、手榴弾が次々と炸裂する。

　ネヒールは壁に貼り付いたまま動かずにいた。燃える守護神たちを引きつけるのが音で、殺戮に駆り立てるのが動きだということは、すでに学習済みだ。

だが、その教訓を学ぶのが遅すぎた。

　ネヒールは部下たちを率いて破壊されたテラスから街の中層階に移動する途中で、ロープをしっかりと渡さずに激流を横断しようとしたために、二人の部下を失った。そこからは街中を抜けて宮殿までできるだけ真っ直ぐに進めそうな道を選び、家屋と塔が連なる迷路に足を踏み入れた。

　その直後、息子たちのうちの一人が道に張られた即席の罠に足を引っかけた。拳銃の発砲音が響き、銃弾が男のすねを砕いた。男は驚きと痛みで悲鳴をあげながら倒れ込んだ。しかし、罠の本当の脅威はそれよりもはるかに危険だった。銃声と悲鳴が余計な注目を集める結果になったのだ。

誰かが倒れた仲間のもとに駆け寄るよりも早く、まるで恐ろしい形相のガーゴイルに命が宿ったかのように、翼を持つハルピュイアが近くの建物の上から飛来した。怪物は別の部下に襲いかかり、燃えるくちばしで体をずたずたに引き裂いた。どうにか怪物を追い払い、ライフルの銃弾を浴びせて撃ち落としたものの、新たな銃声は暗闇に潜むほかの恐ろしい怪物たちを呼び集めてしまった。部下たちが次々と死んでいった。すぐにそこらじゅうで銃声がとどろくようになり、その合間に苦痛の悲鳴が響きわたった。狭く曲がりくねった道と路地が、地獄さながらの狩り場と化したのだ。

あわてふためいた部下たちは散り散りになって逃げていった。

そして今、ネヒールは何をしなければならないのか理解していた。

〈街のこの階層から離れること〉

壁に背中をくっつけた体勢のまま、ネヒールは息を殺して通りを移動した。ライフルをしっかりと胸に抱える。使用してはいけないことは承知しているが、手放すつもりもない。次の十字路に差しかかると、ネヒールは曲がり角の先に顔を突き出した。それと同時に、背後で手榴弾が炸裂する。驚いたネヒールは前につんのめり、十字路の真ん中に足を踏み出してしまった。すぐにうずくまった体勢になって周囲を警戒するが、特に危険は見当たらない。

ほっとして息を吐き出すと、脇道に入り込む。少し進んだ先には踏みつけられて血まみれになった死体が転がっていた。暴走する雄牛に連れ去られた息子だ。ネヒールは怪物の気配がないか前方を警戒しながら、死体の横を通り過ぎた。

その時、後ろから伸びてきた腕が彼女をつかみ、暗がりの中で見落としていた狭い路地に引っ張り込んだ。素早く体を反転させると、そこにいたのは副官のアーマドだった。ほかに二人の息子たちも一緒だ。アーマドは人差し指を立て、唇に当てている。どうやら同じ教訓を学んだようだ。

アーマドは路地の奥に向かって手を振り、続いて下を指差した。

ネヒールと同じように、副官も唯一の望みは戦闘地帯から距離を取ることで、そのためには気づかれることなく街の下の階層に移動する必要があると認識しているようだ。ネヒールはうなずき、アーマドに先導させた。副官はあえて回り道をしながら進んでいき、時には横向きにならないと通れないような地点を抜けることもあった。だが、狭ければ狭いほどいい。大型のハンターたちが入り込めないような場所の方がありがたい。

ようやく一行は街の下の段に通じる梯子のような階段までたどり着いた。先に下りるよう、アーマドがネヒールに合図を送る。ネヒールは素直に従い、音を立てることなく、一つ下の階層の静かな暗がりを目指した。すぐにアーマドも続き、ほかの二人もその後を追う。梯子を下り切ったネヒールが見上げると同時に、最後尾の部下が背後から襲われ、体が宙に浮き上がった。

足をばたつかせて悲鳴をあげる部下をつかんでいるのは、背の高い青銅製の女だ。美しい顔立ちが街中の炎を反射している。女は抱え上げたモーセの息子を自分の方に向け、キスをしようとするかのように顔を近づけた。だが、唇を重ねるわけではなかった。黒ずんだ顔のまわりから、緑色の油と炎を吐き出しながら十数匹の青銅製のヘビが現れた。ヘビが部下の顔と首に嚙みつく。青銅製の女――メドゥーサは体を起こし、獲物を高々と持ち上げた。ヘビに嚙まれた傷口から炎が噴き出し、熱い毒が回るにつれて皮膚が黒く変色していく。

次の瞬間、部下の顔が破裂し、頭蓋骨から肉が剝がれ落ちた。

アーマドがネヒールの肩をつかみ、暗がりに引っ張り込んだ。すぐにその場を離れる。メドゥーサが獲物を投げ捨てたのだろう、背後で体と床のぶつかる鈍い音が響いた。

ネヒールは命を助けてくれたことを心の中でアラーに感謝しながら、暗がりの奥に逃れた。街のこの階層でなるべく暗い道を選んで進みながら、ネヒールと二人の部下は流血と恐怖の現場から離れていった。顔を上に向けると、光り輝く宮殿と黄金の扉を垣間見ることができる。

今ならネヒールも、敵があの扉を執拗《しつよう》なまでに攻撃していた理由を理解できる。

〈あいつらは別の出口を探していた〉

その目標が彼女を前に駆り立てた。ネヒールは絶対に生き延びるつもりでいた。だが、何よりも彼女を支え、心の中に荒れ狂う恐怖を押しとどめていたのは、それよりもはるかに大きな目標だった。街中にあった罠を思い出し、誰が仕掛けたのかを悟る。生き延びること以上に、今のネヒールには重要な任務があった。

〈復讐《ふくしゅう》〉

午後七時二十四分

黄金の王座の一方の陰に隠れたセイチャンは、何とかしてアギーを静かにさせようとしていた。マカクの両腕が喉にしっかりと巻き付いていても、それをやめさせようとはしない。首に顔を押し当てて小さな鳴き声をあげるアギーに対して、セイチャンは唇をサルの耳もとに添え、大人しくするようにささやきかけては、温かい息づかいで慰めた。

コワルスキの方がサルよりも厄介だった。「あんなの、絶対におかしいって」隣でぶつぶつとつぶやく大男の視線は、広間の方に向けられている。

マリアが肘でつついてコワルスキを静かにさせた。グレイはマック、ベイリー神父とともに、数メートル離れたもう一方の王座の陰にいる。

数分前、チームは二手に分かれ、すぐ後ろにある石造りの大きな暖炉の両側に位置する通路を調べた。セイチャンたちが左側の通路を懐中電灯で照らしたところ、その先には薄暗い小さな部屋があるだけで、あまり期待が持てそうになかった。

グレイたちの方は有望だったらしく、右側の通路に集まるようにとの合図が送られてきた。セイチャンたちがそちら側に向かおうとした時、王座のある広間に新たな客人たちが現れ、隠れることを余儀なくされたのだった。

大きな広間の中には、まわりの廊下や中二階から多種多様な青銅製の彫像が列を成して続々とやってくる。セイチャンが数えたところ、すでに数十体に達している。少し前に宮殿の奥から聞こえてきた何かがぶつかり合うようなガチャガチャという音は、彼らが王座の広間に向かってゆっくりと歩いている音だったのだ。

宮殿の外で暴れる青銅製の恐怖とは異なり、ここに集まっているのは人間と同じ大きさで、男性もいれば女性もいるが、その風貌《ふうぼう》ははるか昔に青銅が黒ずんでしまったために判然としない。それでも、丈の長いチュニックを着用して腰回りをベルトで留めている外見になるように、削ったりプレートを組み合わせたりしていることはわかる。女性は髪を三つ編みにして、花をあしらっている。男性のうちの数人は先端のとがった兜《かぶと》をかぶり、腕には盾を抱えている。この比較的小柄な一団は、過去に王族の一家に仕えていた人たちなのだろう。

セイチャンは目の前にいるのがパイエケス人を忠実に再現した姿なのだろうかと想像した。悲しいことにこれらの細かい作品は、街中の大きな彫像と比べると内部の仕掛けがより繊細だったに違いない。時間の経過をうまく耐え忍ぶことができなかった。足取りがぎこちなかったり、片足を引きずっていたりするものもあれば、腕が折れてぶら下がっているだけのものもある。

けれども、何よりも悲惨だったのは、そんな男性たちや女性たちではなかった。

数十体の中には青銅製の子供たちの姿もあり、同じように壊れてしまったのか、放置されて錆《さ》びついたおもちゃのようによろよろと歩いている。もしかするとこの機械仕掛けの人形たちは、かつては王族の子供たちの遊び相手だったのかもしれない。その中には黒っぽく変色した赤ん坊もいる――赤らんだ頰と太い手足を持つ小さな青銅製の天使たちが、広間の石の床をよちよちと歩いたり、這い回ったりしていた。

その一方で、この一団は見た目こそ害がなさそうなものの、危険な存在なのは明らかだった。多くは正常に作動していて、きびきびと動いている。体内では炎が赤々と燃えているため、高熱を帯びた青銅製の体表に触れれば火傷のおそれがある。しかも、街中の守護神たちと同じく、この一団も宮殿の扉の方から聞こえる騒々しい音に引き寄せられていた。扉に向かって一心に歩み続けていて、王国を守り抜こうとしている。おそらくコワルスキが宮殿の入口を破った時に作動したのだろう。

グレイは広間に残る数が少なくなり、そのほとんどが壊れた人形だけになるまで待っていた。それを確認してから、後に続くよう合図を送ってくる。グレイが姿勢を低くして向こう側の通路に駆け込み、その奥に姿を隠すと、手だけを突き出して大きく振り回し、早く来るように促した。

全員がなるべく音を立てないように注意しながら、通路の中に入った。

六人が揃うと、グレイが先頭に立ち、石灰岩をアーチ状に掘り抜いた通路の奥に進んだ。トンネルの壁には松明が連なっていて、その列はどこまでも続いているかのように見える。誰も口を開こうとしないため、聞こえるのは足音だけだ。

「こいつは間違いなくどこかに通じていそうだな」ようやくマックが小声でつぶやいた。

ベイリー神父も同意した。「フナインが記していたように、『宮殿の裏』に向かっているのだと思う」

セイチャンはここまで来ればもう大丈夫だろうと思い、喉を締め付けるアギーの両腕を緩めようとした。サルが甲高い鳴き声をあげて抵抗する。セイチャンは静かにするように言い聞かせ、背中をさすってやった。機嫌が悪い時のジャックも、こうするといつも大人しくなる。どうやらアギーにも効果があるみたいだった。

セイチャンがアギーをなだめようとしていることに気づき、マリアが両手を差し出した。「代わりに持とうか？」

セイチャンはその手をよけた。「私が面倒を見るから」

マリアは気を悪くした様子も見せず、うなずいた。

だが、グレイが片方の眉を吊り上げてセイチャンを見た。

セイチャンはその反応を無視した。いちいち説明する必要があるとも思えない。アギーを手放したくないという思いはある種の母性本能のせいで、ホルモンによって引き起こされる体の仕組みが彼女の行動をコントロールしているからなのかもしれなかった。その意味では、広間にいた青銅製の彫像のような機械人形と同じなのかもしれない。けれども、セイチャンにはそうではないとわかっていた。あのタイミングでアギーが来てくれなかったら、チャーリーがこの子を送り出してくれなかったら、全員が死んでいたかもしれなかったのだ。そのお礼として、セイチャンはアギーを守り抜き、育ての親のもとに返してやるつもりでいた――ただし、あの女性船長がまだ生きていればの話だが。

〈問題はそこだ〉

42

六月二十六日　西ヨーロッパ夏時間午後七時三十分
モロッコ　オートアトラス山脈

チャーリーは森の外れの手前でしゃがんでいた。まるで祈りを捧げるかのように、左右の手のひらで拳銃を挟みつけている。神の加護を必要としているのは確かだった。けれども、昔から〈天は自ら助くる者を助く〉と言われる。それが彼女の計画だった。

チャーリーは自らの手で道を切り開こうとしていた。

「気をつけてね」隣にうずくまるエレナがささやいた。

チャーリーはうなずいた。〈そうすることも計画のうち〉開けた草地の先には、青々とした草と低木の茂みの間にヘリコプターが駐機している。チャーリーはヘリコプターの操縦法など何一つ知らなかったし、ここまでやってきたのは乗り物を奪うためではなかった。この二十分ほど、チャーリーはエレナを連れて深い森の中を北に進み続けていた。その間に、武装した巨漢のカディールを振り切ることができた。

〈少なくとも、今のところは〉

だが、チャーリーはそんな幸運がいつまでも続くとはあてにしていなかったし、武装した集団が洞窟の調査から戻ってきて森の捜索を始めれば、すぐに発見されてしまうはずだということもわかっていた。拳銃には弾があと二発しか残っていないため、まず武器を確保してから、さらに北の山間部を目指すつもりでいた。はるか南のスース川に向かいたかったところなのだが、そちら側にはクルーザーを停泊させた水路があって行く手を遮っているため、思うように進めそうになかった。

いずれにしても、北に向かう方がよさそうだった。標高が高くなるにつれて森が深くなるので、身を隠せる場所も増える。もう一つ、二機のヘリコプターのうちの一機がこちら側に着陸したのを知っていたこともあった。

チャーリーは草地に置き去りにされたヘリコプターをじっと見つめた。あそこまでたどり着き、機内に武器が残っていないかを調べ、できれば無線を手に入れてから、先に進む必要がある。それでも、チャーリーはなおも三分間、何かが動く気配を警戒しながら待った。乾いた北風が草を揺らし、彼女の不安をあおる。ようやくチャーリーはもう十分だと判断した。

〈賭けに打って出るしかない〉

「隠れていて」チャーリーはエレナに注意を与えた。

エレナがうなずきを返し、木々が作り出す影の中に後ずさりした。

チャーリーはしゃがんだ姿勢から立ち上がり、岩や茂みをよけながら低い姿勢で草地を走った。脅威がないか、警戒して目を凝らす。機体の近くには何の動きも見られない。しかし、前方に意識が集中していたため、チャーリーは見落とした。

エレナが気づき、隠れている場所から大声で叫んだ。「左！」

チャーリーはその言葉を信じて丈の高い草むらに頭から飛び込み、地面を転がった。川の方角から銃声がとどろく。複数の銃弾がすぐ上の草を切り裂く。チャーリーの目は、川岸にある苔《こけ》むした岩の向こうから巨漢が現れたのをとらえた。カディールはチャーリーの行動を読み、川沿いを真っ直ぐ北上したに違いない。慎重さがかえってあだとなり、この待ち伏せを仕掛けるのに十分な時間を敵に与えてしまったのだ。

地面から露出した大きな岩までたどり着き、チャーリーはその陰に隠れた。

〈どうする？〉

考えを巡らせようとした瞬間、巨漢がエレナの叫び声がした方角に向かって発砲した。

チャーリーは脅威に当たらないと見なしたのだろう。たとえこっちの拳銃に十分な数の弾が残っていたとしても、勝負になりっこない。

〈しかも、残りは二発だけなのだから〉

ヘリコプターの方を見たチャーリーは、機体の下部に予備の燃料タンクが付いていることに気づいた。再び左右の手のひらで拳銃を挟む。

〈神様、私を見守っていてね〉

岩陰から飛び出したチャーリーはその燃料タンクを狙って発砲した。狙いは正確だった。吸入口のキャップから火花が散り、命中した金属音が銃声にかき消されることなく響きわたる。チャーリーはすぐヘリコプターに背を向け、森を目指して必死に走った。ハリウッド映画によくあるシーンとは違って、後方で大きな火の玉を伴う爆発は発生しなかった。チャーリーもそうならないことは知っていた。これまでずっと、エンジンやモーターを身近に扱ってきたのだから当然だ。

しかし、彼女の期待通り、そんな映画を数多く見ていた人間がいた。視線の端でとらえたのは、チャーリーが披露した射撃の腕前を見て岩陰に引っ込んだカディールの姿だった。あわてて身を翻しながら、腕をかざして顔面を守ろうとしている。

その隙にチャーリーは森までの距離のおよそ半分を稼ぐことができた。次の瞬間、カディールが再び顔を突き出し、ヘリコプターからチャーリーに視線を動かした。巨漢がライフルを構えたが、チャーリーはすでに拳銃の銃口を相手に向けていた。岩に向かって発砲すると、カディールが再び身を隠した。

チャーリーはその間に草地の残りを突っ切り、暗い森の中に飛び込んだ。速度を落とさずに走り続ける。エレナが数メートル隣を並んで走る音も聞こえる。

その時、雷鳴のような轟音とともに後方で爆発が発生し、炎とともに熱気が襲いかかってきた。

〈どういうこと？　ヘリコプターが本当に爆発したの？〉

すると、今度は右手の方角で炎を伴う爆発が発生した。続いて左手側でも。

枝が鞭のように体に当たるのを無視して逃げながら、チャーリーは理解した。カディールがまたグレネードランチャーを撃っているのだ――しかも、今度の擲弾《てきだん》には燃焼力の強い爆薬が詰まっている。

チャーリーは危険を顧みずに後ろを振り返った。

後方にそびえる炎の壁が左右に広がり、瞬く間に恐ろしい森林火災になりつつあった。強い北風に乗って森の奥にまで送り込まれた煙がチャーリーの体を包む。空気も熱せられているため、息苦しくてたまらない。すぐ横でエレナが激しく咳《せ》き込んだ。

チャーリーはカディールの狙いを理解した。

〈あいつは私たちをもと来た方向に押し戻そうとしている〉

43

六月二十六日　西ヨーロッパ夏時間午後七時三十八分
モロッコ　オートアトラス山脈

トンネルの突き当たりまで達したグレイは、特に装飾の施されていない両開きの扉の前に立っていた。三十センチほど離れたところにいても、扉から発する熱を感じることができる。手のひらを伸ばし、片側の取っ手に触れてみる。熱を持っているが、つかめないほどではない。

グレイはフナインの謎めいた記述を思い返した。

〈宮殿の裏、そこではハデスの炎が燃え……〉

「みんなは下がっていてくれ」グレイは指示した。

〈ここがその場所なのか、確かめるとしよう〉

取っ手を両手で握り、強く引っ張る。しかし、びくとも動かない。これまでの扉と同じように、鍵がかかっているのだろうか。そう思った直後、扉が少しだけ動いた。グレイは安堵のため息を漏らした。両足を踏ん張り、力を込めて扉を引っ張る。青銅製の扉は厚さが三十センチほどあり、あたかも金庫の扉のような造りだ。

扉を引き開けながら、グレイはうめき声をあげた——力を振り絞っているからではない。高熱と卵の腐ったような硫黄臭が原因で、それがトンネル内に入り込んでくる。それでもグレイはなおも扉を引っ張り、全開にした。

「うわっ、ひでえな」コワルスキが片手で顔の前をあおぎながらうめいた。「これぞ地獄って感じだぜ」

グレイは背中を伸ばし、扉の向こうに広がる空間をのぞいた。とてつもない広さで、上は果てしない高さがあり、左右は数百メートル先まで広がっている。かろうじて見える天井部分からは、巨大な鍾乳石《しょうにゅう》が何本もぶら下がっていた。

ここはパイエケス人の手による洗練された造りの地下空間ではなく、ヴルカーノ島にあったとされるヘパイストスの伝説の鍛冶場そのもの、広大かつ高温の作業場だ。

グレイは先頭に立って灼熱の地下空間に足を踏み入れた。

両側の壁ははるか昔の大規模な採掘作業によって削られていて、その跡がテラス状になってはるか上まで続いているほか、下には不要な石のかけらの山がいくつも積み上がっている。グレイは大がかりな採掘作業の様子を想像した。需要の高かった鉱物や金属、そして何よりも重要だったリン鉱石を掘り出していたのだろう。

グレイは地下空間の奥に見える赤い輝きに引き寄せられるように進んだ。一メートル前に進むごとに、それに合わせて温度が上昇していく。やがて地獄さながらの熱気の源が明らかになった。

一本の亀裂が地下空間を二分していた。はるか昔に設置されたのだろうか、巨大な石板が裂け目をまたぐように置いてあり、幅の広い橋ができている。

グレイは亀裂に近づき、その下をのぞいた。まるで地球の中心まで達しているかのごとく、裂け目がどこまでも続いている。はるか下で真っ赤な炎が光っていた。あまりの高温に数呼吸もしないうちに耐えられなくなる。グレイは後ずさりした。

ベイリーも裂け目をのぞき込んでいた。「あれはマグマだ」神父が断言した。

グレイはダ・ヴィンチの地図を思い返しながらうなずいた。「ここはアフリカプレートとユーラシアプレートがぶつかる境界線の一部に当たるのかもしれない」

「まさしく地球の裂け目だ」ベイリーがつぶやいた。

グレイは熱気と有害な空気を気にすることなく石橋に歩み寄った。亀裂の向こう側の様子をうかがおうと、橋の上に立つ。

ほかの人たちも橋の手前に集まった。

「信じられない」マリアが押し殺した声でつぶやいた。あたかも広々とした大聖堂の入口に立っているかのような、畏敬《いけい》の念に満ちた口調だ。

「同時に、恐ろしくもあるな」マックが付け加えた。

どちらの意見も正しかった。

目の前には数万平方メートルの広さにわたって、『ガリバー旅行記』に出てくる巨人の国、ブロブディンナグの悪夢から飛び出してきたかのような光景が広がっていた。性格の歪んだ神の作業場だ。この眠れる工場の中核を成すのは複雑に絡み合った青銅製の管で、足場を組んだように何層にも連なり、上ははるか遠くの天井まで、下はマグマの亀裂の奥深くまで通じている。床一面には火の消えた鍛冶場が並んでいた。高くそびえる炉やかまどもある。

だが、この古代の鍛冶場にも目覚めの兆しが見られた。

工場の奥深くの炉に黄金の炎が点々とともり始めた。作動を開始した装置もあり、蒸気を噴き出す笛のような音も聞こえる。高さのある青銅製のタンク内の透明な容器では、次々と送り込まれてくる緑色の光る油が泡立っている。巨大なバルブがゆっくりとひとりでに回転しているが、その動力源は蒸気なのか、それともプロメテウスの炎なのか。右手の方角で甲高い音とともに管から炎が噴き出した。ほかにも作業用の炎が燃え、煙を発している。

「見ろ」マックが言った。

気候学者が指差す先に目を向けると、ふたのない大きなタンクがあり、きらきらと輝く黒い油がこぼれんばかりに入っている。タンクから管が通じている泥の池では、硫黄ガスの噴出とともにぶくぶくと音を立てて気泡が発生していた。高音のぬかるみの表面には精製前の同じ油がたまっていて、炎をものともしないプロメテウスの血はここから採取されているらしい。

〈多くの謎のうちの一つが解明した〉

グレイは再び仲間たちを移動させた。まだやらなければならないことがある。ここからの出口を発見しなければならないのだ。あるいは、この都市を再び眠りに就かせる何らかの方法を。

そう思いながらも、フナインの警告が脳裏によみがえる。

〈もしタルタロスを目覚めさせたのならば、それは最後の目覚めとなり、次の眠りは永遠のものになるであろう〉

そんな不気味な警告を心に留めながら、グレイは巨大な工場内を通り抜けた。この工場内で製造された作品の数々を、これまでに街中で目にしてきた。しかし、パイエケス人はこの中に彼らの最大の偉業となる最高傑作を隠していた。

一行は足音を立てないように注意しながら工場内を進んだ。両側にそびえる青銅製の巨像が今にも目覚めるのではないかと思うと気が気ではない。彫像は十階建てのビルに匹敵する高さがあり、左右にそれぞれ六体ずつ、全身が足場で囲まれていて、それぞれの間には梯子が渡してある。未完成のようだが、その形状と顔立ちはすでにはっきりと見分けがつく。男性が六体に、女性が六体だ。そのうちの二体は手足の数が多い奇形で、見るからにおぞましい。ラブクラフトの小説中の怪物が現れたかのようで、まさにクトゥルフ神話の世界だ。

「古《いにしえ》の神々」ベイリーがつぶやいた。「ギリシア神話のタイタンだ。ウラノスとガイアの間に生まれた十二柱の巨神で、後にオリュンポスの神々によって地底に封じ込められた」

「これを見る限りでは、まだここに封じ込められているみたいね」マリアが指摘した。「青銅の管でできた監獄に」

グレイはそのうちの一体を観察した。胸の部分が開いていて、内部が見えるようになっている。胸腔《きょうくう》内では迷路のように張り巡らされた透明な管の中で緑色の血が泡立ち、神の体内を照らしている。その中心にある黄金と青銅でできた球体の装置は、タルタロスまでの道しるべとなったアストロラーベに似ていなくもないが、外見はどこか不気味だ。炎を放ちながら回転する様子がカウントダウンを進めているように見えるため、なおさらそのように思わせる。

グレイはこの戦闘用の機械——なぜだか直感的にそう感じたのだが、これらの巨人たちが戦場を突き進む姿を想像した。血の代わりに放射性の炎が流れていて、まさに歩く原子爆弾そのものだ。

「これを間違った人間の手に渡してはならない」グレイは断言した。「誰の手にも渡してはならない」

千年前にフナインも同じことを思ったに違いない。

〈しかし、船長はそのために何をしたのか？〉

グレイが仲間たちとともに工場内を足早に進み、古の神々が大きな目で見つめる下を通り抜けると、突き当たりの壁の手前に控え室のような空間があった。

黒い油――プロメテウスの血が二カ所で噴き出ていて、左右に設置された容器を満たしており、あふれ出た分は床の排水ますに流れ込んでいる。一方の容器は巨大な浴槽並みの大きさだが、もう一方は洗面器くらいのサイズしかない。

二つの容器の間にはまたしても青銅製の扉があり、ここの入口にあったものとほぼ同じ造りだが、唯一の違いは小さなのぞき窓が付いていることだ。透明な石がはめ込まれていて、おそらく水晶を磨いたものか、または原始的な形のガラスなのかもしれない。

窓はいくらか曇っているものの、向こう側に何があるのかを見通すことができるし、空間内を照らしているものの正体がわかればもはや疑いの余地はない。隣の部屋の扉のすぐ先には小さな青銅製の台が見え、その先にはオリンピックサイズのプールがあった。水面は部屋の左右の壁いっぱいにまで広がっている。ただし、このプールを満たしているのは水ではなく、メディアの油だ。有毒なエメラルドグリーンの輝きを発していて、その表面にかすかな波が立っている様子は、プールが新たな恐ろしい何かを隠しているかのようにも見える。深さは知りようがないが、これまでにここで目にしたすべてのものの大きさを考えると、巨人像の高さと同じだけの深さがあったとしてもおかしくない。

マックがより現実的な目で隣の空間を観察した。「街中に行き渡る油はすべて、ここから提供されているんじゃないかな」

「まさにタルタロスの心臓部だ」ベイリーが言った。

マックがプールの向こう側から張り出した台のような部分を指差した。その奥の壁には大きな青銅製のバルブがある。「あれが街への供給を断ち切るバルブかもしれない」

グレイはガラスに顔がくっつきそうになるまで身を乗り出した。「フナインはタルタロスを再び眠らせるための方法をここで発見したと書いていた。本当にあのバルブで街への油の供給を遮断できれば、彫像もいずれは送り込まれた分の燃料を使い果たすはずだ」

「そうなれば、そいつらのスイッチも切れる」マックが言った。

「つまり、再び眠りに就く」マリアが付け加えた。

マックがうなずいた。「グリーンランドで青銅製のカニに同じようなことが起こったのを目撃した。だが、雄牛の方はそうならなかった。体が大きい分、体内に蓄えられる燃料も多いということなんだろう」

「でも、あのバルブを閉じれば何らかの効果があると、どうして言い切れるの?」マリアが訊ねた。

グレイはバルブの下を指差した。奥の壁の手前に布切れの断片があり、その間に骨が積み重なっている。「あれはアブド・アル＝カディールの遺体だと思う。ほかのみんなを救うために命を捧げたとフナインが記していた隊員だ。船長はおそらく、無謀にも後に続こうとする者たちへの教訓として、遺体をあそこに残したんだろう」

セイチャンも窓をのぞいた。「でも、左側を見て。何かが壁に溶接されているみたい。バルブの近く」

グレイはセイチャンが指摘した場所に注意を移した。その装置ははるかに明るく輝いていて、時代が新しいだけでなく、金でできている。この位置からでも、装置は直径六十センチくらいの円盤状で、その表面にアストロラーべとよく似た文字や装飾が施されているのを見て取れる。誰の手によるものなのかは一目でわかるし、その目的も容易に推測できる。

「フナインの安全装置だ」グレイは言った。船長の意図を推測しながら、仲間たちの方に向き直る。「タルタロスを再び眠らせるためにバルブを閉じると、船長によるすべてを終わらせる仕掛けが作動するということなんだろう」

「言い換えれば」コワルスキがしかめっ面でつぶやいた。「バルブを閉じても閉じなくても、おしまいということだな」

グレイは蒸気を噴き上げる広大な地下空間に目を向けた。硫黄臭のする地獄の業火が燃え盛り、プロメテウスの炎で照らされている。高くそびえるタイタンの彫像を見上げ、街中で自分たちを待ち構えている怪物たちを思い浮かべる。この秘密を守るために命を落としたすべての人たちのことや、そのために苦しんだはるかに多くの人たちのことを考える。

フナインは正しかった。

〈これは今、ここで終わらせなければならない〉

グレイは密閉された扉に向き直った。

「どんな危険があろうと」グレイは切り出した。「俺たちはあそこまで行く必要がある」

午後七時四十四分

分厚い青銅製の扉を引き開けようとするジョーのことを、マリアはかたく腕組みをしながら距離を置いて見守っていた。ジョーがうなり声を発しながら力を振り絞ると、扉がほんの数センチだけ開いた。

マックが駆け寄り、ガイガーカウンターの先端を隙間に挿し込んだ。ガリガリという激しい音が機器から鳴り響く。数歩離れたところにいるマリアにも、ガイガーカウンターの針が赤い目盛りのところまで振り切れるのを確認できた。光り輝くデジタルの数字が瞬く間に大きくなり、ようやく九十から百の間で落ち着いた。

マックがすぐに腕を引っ込めた。「扉を閉めろ！　すぐに閉めるんだ！」

ジョーが肩を扉に押しつけ、勢いよく閉めた。「それで、どのくらいひどいんだ？」

マックの顔からは血の気が引いていた。「危惧していた通りだ。油の量、濃度……」

グレイがマックの腕をつかんだ。「いいから教えてくれ」

「数値は百シーベルト近い」その数字の意味を理解できていないようだと気づいたらしく、マックは説明を続けた。「チェルノブイリの制御室での職員の被曝《ひばく》量は三百シーベルトだった。二分以下で致死量を浴びた計算になる」

マリアは急に胃が重たくなったような不快感を覚えた。窓を通して見える骨の山に視線を向ける。「それなら、あそこの気の毒な人の死因は言うまでもなさそうね。急性放射線症候群だわ」

マックがうなずいた。「あの遮断用バルブを閉じる方法は、プールを泳いで向こう側まで行き、手で回すしかなさそうだ。ただし、命と引き換えの泳ぎになる。そもそも、息絶える前に向こうまでたどり着けるかどうか」

「カロンの渡し賃だ」グレイがフナインの言葉を引用した。

マックの表情が険しくなった。「ほかの人たちを救うために、自らの命を差し出さなければならない」

全員で様々な選択肢を話し合った。簡単なボートを造ったらどうか、向こう側までロープを渡せないだろうか――けれども、避けがたい決断を先送りしているだけだということは、全員が認識していた。

ジョーが手を上げた。「もういいだろう。俺がやるよ」

マリアはその手を下げさせようとした。「馬鹿なことを言わないで」

「俺にはその手の仕事が適任だからな」ジョーがほかの人たちの方を見た。「誰かがやらなければならないことは、みんなもわかっているはずだ。グレイとセイチャンには子供がいる。マックは片腕が満足に使えない。それにマリア、君は小柄だから、つま先をプールに入れる前に力を使い果たしてしまう」

「私ならできる」ベイリーが言った。神父は黒い油を満たした大きな容器の脇に立っている。「ここに全身を浸すことになっているのではないかと思う。向こうまで泳ぎ切るのを助けるバリアのような役割を果たすのだろう」

ジョーがベイリーの隣に並んだ。「神父さん、申し出はうれしいんだが、あんたはマリアと大して変わらない体格じゃないか。それに男の仕事を神父さんにさせるわけにはいかないだろ」

ベイリーはその言い方が気に障ったようだったが、ジョーはかまわず司祭を扉の前から追いやった。

「もう一つ」ジョーが続けた。「あんたは神話に関して詳しいから、そっちで頑張ってもらわないとな。俺にはギリシアとローマの区別すら、ちんぷんかんぷんだよ」

グレイが前に足を踏み出した。言いたいことがありそうな顔をしている。

ジョーがにらみつけ、グレイに話をさせなかった。「おまえだって俺の考えが正しいことはわかっているはずだ」

マリアはジョーに駆け寄り、抱きついた。「ここじゃなくても、どこかに方法があるかもしれないじゃないの」

「どこに行くっていうんだ？」ジョーが聞き返した。「探しているうちに全員が殺されちまう。誰かがあそこまで行って、この場所を封じ込めないといけないんだよ」

ジョーがマリアの手を振りほどいて黒い油の入った大きな容器の方を向き、油に浸かるために服を脱ごうと、シャツのボタンを外しかけた。

「着たままにしておきたまえ」ベイリーが注意した。「君の体とメデイアの油の間のプロメテウスの血は多ければ多いほどいい。スカーフを浸して頭もすっぽりと覆った方がいいのではないかな」

「そんなことをしたら前が見えないじゃないか」

「もちろんだとも」ベイリーが答えた。「目が見えないまま泳ぐのだ。真っ直ぐ進むだけだからな。それができないと思うのならば……」

「できるよ」ジョーが遮った。

グレイがバックパックから登山用の手袋を取り出し、ジョーに手渡した。「これで両手も覆うといい」

ジョーは準備を整えると、大きな容器によじ登って中に入った。黒い油が床にあふれる。ジョーは頭まですっぽり油の中に沈め、しばらくそのまま潜っていた。体をばたばたと動かしていたのは、油を全身に塗りたくっていたからだろう。プロメテウスの血を体中の毛穴にこすりつけ、服に浸し、靴の中にも入れることになっていた。

ジョーが潜っている間、マリアは息を殺して見守っていた。ジョーの気持ちを疑い、二人の関係を考え直したせいで、こんな災いが降りかかったのではないかと思う。

〈神様が私に罰を与えているの?〉

ベイリーが近くにやってきた。「彼は大丈夫なのではないかと思う。フナインの部下も油を塗ったのだろうが、彼みたいに全身をくまなく浸したわけではなかったのかもしれない」

マリアはその希望にすがった。

「それに私も彼のために祈るつもりだ」ベイリーが言った。

〈私もそのつもり〉

ジョーがようやく油の中から浮かび上がり、容器の外に出た。全身が真っ黒だ。ベイリーがスカーフを油に浸し、ミイラのようにジョーの頭に巻き付けようとした。
「待ってくれ」グレイが制止した。さっきからもう一方の洗面器のような入れ物を調べていたグレイだったが、すでにこちらを向いていて、小さな容器を指差している。「これはなぜここにあるんだ？　犬が入るかどうかの大きさくらいしかないぞ」

答えることができず、ベイリーが眉をひそめた。

グレイが神父をじっと見た。「前に君から聞いた話だと、魔女のメデイアは戦闘前に秘薬を飲ませることで英雄のイアソンを守ったんじゃなかったのか？　その秘薬を口から摂取することで、イアソンはあらゆることから、矢や槍からも守られたと」

ベイリーが目を見開き、ジョーの方を見た。「その通りだ！　おそらくフナインもそこまでは考えつかなかったのではないかと思う」

ジョーが困惑の表情を浮かべた。「いったい何が言いたいんだ？」

心の中で期待がふくらむのを感じながら、マリアがその質問に答えた。小さな容器を指差す。「あっちは水飲み場みたいなもの。油を飲めばいいのよ」
「体の内側からも外側からも、君を守ってくれるということだ」ベイリーが補足した。

グレイが油を凝視している。「ヨウ素のような性質を持っていて、臓器を放射線の影響から守ってくれるのかもしれないな」

マリアにとってはどんな風に効くのかはどうでもよかった――効き目がありさえすればいい。

ジョーはあまりうれしくなさそうな顔で小さな容器を見つめた。「ここまで準備してきたけど、やっぱりやめようかな」

44

六月二十六日　西ヨーロッパ夏時間午後七時五十八分
モロッコ　オートアトラス山脈

〈カロンとかいうやつが船に乗せてくれるとありがたいんだがな〉

何も見えないまま前に足を踏み出すと、後ろで扉の閉まる音が聞こえた。重い金属音は二度と開くことはないと告げているかのようだ。コワルスキは片足で、続いてもう片方の足で探りながら、青銅製の台の上を歩いた。ようやくつま先がプールの縁に届く。

大きく深呼吸をするのに合わせて、油まみれのスカーフが口の中に入ったり出たりするうちに、何も見えないのが怖くなる。コワルスキはスカーフを剝ぎ取りたくなったが、思いとどまった。こうして目隠しをした状態にもかかわらず、まぶたはしっかりと閉じたままだ。影響を受けそうなところはすべて、しっかりと守らないといけない。

コワルスキはプールの縁に近づいた。緑色の有毒な液体から発生する放射線が、熱波のように襲いかかってくるのをはっきりと感じたような気がした。

胃がむかむかする。恐怖のせいでもあるし、無理やり飲まされた大量の黒い油のせいでもある。木炭を飲んでいるかのような味だったが、奇妙に甘ったるくもあった。危うく胃の中身をすべて戻してしまうところだったが、どうにか我慢して押し戻した。

コワルスキはプールの縁に腰掛け、左右の足先を有毒な液体の中に入れた。かなり熱い。不快なまでに、そして不安なまでに。

〈放射線にやられないですんだとしても、向こうに着くまでにゆで上がっちまうかもしれない〉

そう思いつつも、頭が水面から出ているように注意しながら、コワルスキは体をプールに沈めた。この中に長くいれば、その分だけ危険が高くなる。コワルスキはもう一度、深呼吸をしてから、プールの壁を蹴った。うっすらと輝いているであろう水面を平泳ぎで進んでいく。予想していたよりもきつい。服が体を下に引っ張るし、靴はまるで両足に錨が付いているかのように重たい。油の浮力が水よりもあることが、せめてもの救いだ。

〈俺は致死性の油膜に浮かんだ馬鹿でかい水滴といったところか〉

コワルスキは泳ぎ続けた。一分もすると、すでにどのくらいの距離を泳ぎ、あとどのくらいの距離が残っているのかの感覚を失ってしまった。恐怖のせいで急に気分が悪くなる。最初からずっと続いている頭痛もひどくなってきた。なおも泳ぐうちに吐き気が強くなり、熱い胃液がこみ上げてくる。

〈ここで吐くわけにはいかない〉

さらに力を込めて油を手でかき、足で蹴る。押し寄せる波のようにめまいが襲いかかると同時に、胃がひっくり返ったように感じ、まわりの世界もおかしくなった。上下逆さまになって泳いでいるかのような気がする。沈んでしまうのではないかとパニックに陥り、手足をばたつかせる。頭の中で目には見えない部屋が回転している。瞬く間に方向感覚を失ってしまい、正しい方向に進んでいるのかすらもわからなくなった。同じところをぐるぐる回りながら泳ぎ続け、ついには疲れ果てて沈んでいく自分の姿が頭に浮かぶ。

すでに体力が奪われつつある。

〈しっかりしろ〉コワルスキは自分にはっぱをかけた。

それでも、自分の身に何が起こりつつあるのかは理解していた。あらかじめマックから説明を受けていた。またしても頭の中に、体の中を通り抜けていく放射線の波が浮かんだ。〈数分で命に危険が及ぶかもしれない〉マックはそう警告すると、予兆を教えてくれた。〈吐き気、方向感覚の麻痺、頭痛〉

当てはまるのは、一つ目と、二つ目と、三つ目。つまり、すべて。

コワルスキは泳ぐ速度を上げた。何もかもが思い過ごしで、不安が原因のでたらめだと考えようとした。しかし、自分をそう信じ込ませることはできなかった。その代わりにマリアの顔が浮かんだ。ジョークに笑みを浮かべるマリア。馬鹿な発言に対して顔をしかめるマリア。しかめっ面のマリアを目にすることが多かったように思う。夜中の彼女との触れ合いを思い出す。肌の香りも。髪の毛が皮膚をくすぐる感触も。アガディールで一緒に過ごした昨夜のことも思い出す。彼女のぬくもりに包まれ、首筋に吐息がかかる。

この暗闇の中で、マリアが導きの光だ。

コワルスキは手と足を懸命に動かし、大きく息を吸い込んでは吐き出した。彼女の安全のためならどんなことだってする。有毒な海だって横断してみせる。

〈俺にはできる――おまえのためなら〉

その時、何かがコワルスキの足首をつかみ、水中に引きずり込んだ。

午後八時三分

マリアは青銅製の扉を拳で叩いた。熱いガラスに額を押しつけたまま、輝くプールの濁った水面を探す。半分ほど横切ったところで、ジョーの体がびくっと動き、油の中に消えてしまったのだ。

グレイもその光景を目撃していた。小さな容器のところに移動し、そこにたまった黒い液体を飲んでいる。グレイとベイリー神父はすでに大きなタンクの中に入って全身を黒い油に浸していた。二人はジョーのために青銅製の扉を開けてやり、彼が中に入ったら急いで閉めたのだが、その時に自分の身を守る必要があったからだ。だが、今のグレイはジョーの救出に向かおうとしている。

マリアは扉に歩み寄るグレイを制止し、目の前に立ちはだかった。「だめ」マリアは言った。「計画と違う」

グレイの目には強い決意が光っている。

マリアも負けじとにらみ返した。

ベイリーがグレイの肩をつかんだ。セイチャンもマリアの隣に立ち、彼女の考えを支持した。この作戦を試すのは一度だけ、命の危険を冒すのは一人だけだということで、全員の意見が一致したはずだった。

「ジョーならやってくれる」マリアはグレイに訴えた。「彼ならやってくれる」

グレイが拳を握り締めた。

マリアはグレイに背を向け、彼への対応はほかの人たちに任せた。

輝きを発する緑色のプールをじっと見つめる。

〈私を嘘つきにしないで、ジョー〉

午後八時四分

コワルスキは必死で息を止め、上下の唇をぴたりとくっつけたまま、油の中でもがいていた。深みに引きずり込まれながらも体をひねり、靴に巻き付いた金属製のつるの先端をつかむ。むしり取ろうとするが、つるはいっそう強く食い込んでくる。

〈どうにでもなれ〉

コワルスキは締め付けを強めるつるから手を離し、靴紐をほどいた。つるが絡まった靴を、もう片方の足のかかとと両手を使って外そうと試みる。体をよじり、格闘する。幸運なことに、靴の中の足には泳ぐ前にたっぷり油を塗ってあった。靴がようやく脱げた。奪われた靴が深みへと引きずり込まれていくのを感じる。

それとは逆の方向に進もうと足を動かし、コワルスキは水面を目指した。

ようやく浮上して油の外に顔が出る。コワルスキは顔と頭に巻いたスカーフを剝ぎ取った。どっちみち、スカーフはほとんど顔からずれてしまっていた。いくらかは役に立ったかもしれないが、もう手遅れだ。今さらじたばたしても仕方がない。

向かい側の台を目指して泳ぎながら、コワルスキはちゃんと確認する必要があると考え、目を開いた。数分間、暗闇の中で泳いでいたので、プールの光は目が痛いほどのまぶしさに感じられる――それとも、放射線のせいで痛みを覚えるのだろうか？　コワルスキにはわからなかったし、今はそんなことなどどうでもよかった。

頭まで黒い油に潜ったのだから、それで十分かもしれない。その時に目にも入ったので、それが守ってくれるかもしれない。あれだけの油を飲んだのだから……

背後から水音が聞こえた。

後ろを振り返ると、何本ものつるが液体の表面に白波を立てていた。奪われた靴が高々と放り投げられたかと思うと、天井にぶつかって水面に落下する。無数の青銅製のつるが、触手のようにくねくねとうごめきながら、コワルスキに迫ってきた。

コワルスキは逆流する胃液を飲み込み、室内がぐるぐると回るのも無視して必死に泳いだ。心臓が早鐘を打つ。もはや用心のために平泳ぎを選んでいる場合ではない。コワルスキは頭を液体につけ、浮力のある油の中をクロールで突き進んだ。

両足で油を蹴り、両手で油をかく。

息継ぎをせずに、顔を下に向け続ける。

壁が近づくのを感じ、油から顔を上げる。

あと二メートル。

何かが靴をはいていない方の足のつま先をかすめた。

コワルスキは悲鳴を押し殺し、最後の力を振り絞った。向かい側の壁までたどり着き、水面から顔を突き出し、プールの端をつかんで体を引き上げる。まるで流氷に乗り上げたアザラシのように、コワルスキの体は青銅製の台の上を転がった。

そのまま積み重なった人骨に突っ込み、壁に激突する。

〈くそっ、くそっ、くそっ……〉

プールに目を戻すと、大きな波が近づいていて、その先端では大量のつるが脈動していた。絡みつかれてプールに引き戻されると覚悟して、コワルスキはすくみ上がった。ところが、つるは伸び切った状態になり、先端をプールの端の手前でゆらゆらと動かしながら止まった。どうやらそれ以上は届かないらしい。獲物に逃げられたことを悟ったのか、つるは再びプールの底に戻っていった。

コワルスキは大きな青銅製のバルブをつかんで体を支えながら、震える脚で立ち上がった。湖の怪物に向かって中指を立ててから、バルブを閉じる作業に取りかかる。残る力のすべてを振り絞ってバルブを回転させる。両腕がぶるぶると震える。視界が狭くなっていく。ようやく何かがぶつかるのを感じ、バルブに振動が伝わった。それ以上は回らない。

〈これで十分だといいんだが〉

持てる力は使い果たしてしまっている。

片腕でバルブにぶら下がったまま、コワルスキは体をひねり、壁に背中をつけた姿勢でその場にへたり込んだ。骨の上に座る格好になったが、まったく気にならない。バルブから腕を離して下ろすと、そこにはちょうど頭蓋骨がある。コワルスキは手のひらで頭蓋骨をぽんと叩いた。

〈俺たちは仲間だな〉

ぜえぜえとあえぐうちに、背後の壁が震え始めた。顔を上に向けると、金色の装置が壁に埋め込んである。そこから延びる管が青銅製の台の下に通じていて、おそらくプールとつながっているのだろう。装置の表面にある大きな黄金の円盤が、カチカチと音を立てて回り始めた。

〈嫌な予感がするぞ〉

何かが動いたことに気づき、コワルスキはプールの方に視線を戻した。両側の壁から分厚い青銅製のプレートが動き始めた。水面近くの蝶番で開閉する仕組みになっているようだ。鎖に吊るされた二枚のプレートが傾きながら下がっていき、それぞれの端がプールの中央でぶつかって大きな金属音を鳴らすと同時に、有毒な液体は新たに誕生した床の下に密閉された。

コワルスキは向こう側の台まで見渡した。後頭部を壁に預け、不機嫌そうにため息を漏らす。

〈俺よりも早くできるって言うやつがいるなら、やってみろってんだ〉

午後八時七分

「数値はどうだ？」グレイはマックに訊ねた。

気候学者は扉の隙間から後ずさりして、ガイガーカウンターを見下ろした。「プールのふたが閉まったおかげで、中の数値は十分の一になっている。それでもまだかなり高いが、急げば大丈夫だと思う」そう伝えながら、油まみれになったグレイの服と体を指差す。「もちろん、念のための対策をしておいて損はない」

グレイはうなずいた。「みんなはここから十分な距離を取るように」

ベイリーが前に進み出た。「私も一緒に行こう。コワルスキ君を連れて帰るのに助けが必要になるかもしれない」神父はマリアに聞かれないように声を落とした。「彼はかなり具合が悪そうだ」

グレイは反論しなかった。神父はすでに黒い油の儀式をすませている。「それなら行くぞ」

グレイは扉を引っ張り、二人が通れるだけの隙間を作ってからくぐり抜けると、すぐに閉めた。向こう側にいるコワルスキが二人の姿に気づき、震える腕を持ち上げた——しかし、すぐに下ろす。

　グレイは走った。青銅製の床を踏みしめる靴音が鳴り響く。ベイリーもすぐ後ろからついてくる。コワルスキのもとまでたどり着くと、神父はすぐにでも臨終の儀式を執り行なおうとするかのように、その隣にひざまずいた。だが、大男にはまだ気力が残っていた。

　コワルスキは頭を壁の装置の方に動かした。「あれはおまえが何とかしてくれ」

　グレイは意図を理解し、カチカチと時を刻むフナインの安全装置に向かい合った。その表面にはアラビア文字が円形に刻まれている。「これが読めるか？」グレイは訊ねた。

　ベイリーは手を貸してコワルスキを起こしながら、文字に目を凝らした。文字盤が時を刻みながらゆっくりと回転しているので、読むためには頭を傾けなければならない。「『最後の祈りのために必要な時間を与えよう。アラーは慈悲の愛をもって汝を受け入れてくれるだろう』」

　すでにグレイは残り時間がどのくらいなのか、だいたいの当たりをつけていた。円周の長さと回転速度から計算すれば、黄金の文字盤に刻まれた銀色の印までの到達時間がわかる。

〈あと十五分もない〉

　グレイは床の上の大きな金色の箱に注意を移した。安全装置の本体はこの中に入っているのだろう。解除したいと思ったら、まずは箱を開けなければならない。グレイは箱の側面を探したが、留め金の類はなさそうだし、ふたを取り外す方法も見つからない。箱を両手でつかみ、持ち上げようとする。動かすことはできた――しかし、それは大きな間違いだった。

ベイリーにもたれかかるコワルスキもそれに気づき、うめき声をあげた。

グレイが箱を強引に動かした途端、文字盤が三分の一くらい回転し、残り時間もその分だけ少なくなった。無理やり停止させることはできないよう、フナインの周到さに悪態をつきながら、グレイは装置から後ずさりした。無理やり停止させることはできないような仕掛けが組み込まれていたのだ。

「あとどのくらいだ?」ベイリーが訊ねた。

グレイは向かい側の扉を指差した。

「十分を切っている」

45

六月二十六日　西ヨーロッパ夏時間午後八時八分
モロッコ　オートアトラス山脈

エレナは炎上する森の中を逃げ続けていた。

背後でスギの木々が爆発し、火柱が上がる。高温の煙がすべてを包み込む。あちらこちらで炎が荒れ狂っている。エレナはふらつきながらも前に進み続け、身を隠せそうな場所がないか、逃げ道がないか探した。目には涙がにじみ、息苦しくてたまらない。

隣を走るチャーリーがしっかりと手を握ってくれている。女性の顔には汗が光っていて、灰がこびりついている。その間を涙が流れ落ちる。煙が目にしみているせいだけではなさそうだ。

「こっち」チャーリーに促されるまま、手を引っ張られた方に向かうと、そちら側は煙がいくらか薄く、森はより薄暗く見える。

エレナはつまずき、チャーリーの隣でよろけた。

〈あそこまでたどり着くのは無理〉

突然、両側の木々が途切れた。頭上を覆う煙にまだ隠れているものの、太陽が輝いているのがわかる。

周囲を見回したエレナは、すぐに自分の居場所を理解した。

〈まさか〉

見上げる先には地層の連なる断崖が、少し登ったところには爆破された洞窟の入口がある。あの中に入った人たちは、そのままどこかに消えてしまった。

エレナの足の動きが鈍くなった。

その後を追いたいとは思わない。

だが、チャーリーはエレナに選択の余地を与えず、いっそう強く手を握り締めた。「見つからないところに行かないと」

引っ張られて前に進みながら、エレナはその通りだと思った。背後の森は燃えているし、川は見張られているだろうから、どこかに身を隠し、態勢を立て直し、この状況から逃れるための方法を考えつく必要がある。

断崖の手前にたどり着くと、チャーリーはエレナの手を離し、よじ登り始めた――次の瞬間、掃射された銃弾がチャーリーの頭のすぐ上に命中し、岩が粉々に吹き飛んだ。

チャーリーは首をすくめて飛び下り、エレナのもとに戻った。二人揃って断崖にもたれかかる。炎上する森を回り込んでカディールが姿を現した。チャーリーの船が止まっている地点から細い流れに沿ってやってきたのだろう。黒の防弾着姿で、ライフルを構えている。

二人をここに追い込み、仕留めるためにやってきたのだ。

チャーリーが炎と煙の方に足を踏み出したが、カディールがつま先を狙って発砲したため、断崖まで戻らざるをえなくなった。巨漢が二人に歩み寄り、距離を詰めるにつれて、脱出の望みが限りなくゼロに近づいていく。

その背後から別の人物が現れた。

モンシニョール・ローが片脚を引きずりながらカディールの後ろを歩いている。クルーザーから巨漢の後を追ってきたのだろう。太腿に白い包帯がきつく巻いてあるのは、逃げようと試みたチャーリーに撃たれた傷の止血のためだ。その表情は険しく、目からは苦痛と怒りがあふれ出ている。

カディールが燃え盛る森に背を向け、二人の前で立ち止まった。

ローが大声をあげた。「かまわないからその二人を殺してしまえ！」

カディールは無表情のままだ。相変わらず感情のかけらもない目で見つめながら、ライフルの銃口をチャーリーに向け、引き金を引いた。

午後八時九分

ネヒールは宮殿に通じる黄金の階段のすぐ近くに隠れていた。平屋の建物の陰に身を潜めているところだ。数歩離れた地点では、アーマドと、残った最後の一人の息子もうずくまっている。慎重に暗がりを選び、燃えるハンターたちを避け、彼らをやりすごしながら都市を横断するのに、かなりの時間がかかってしまった。

しかし、アラーが微笑みかけ、彼女の用心深い行動に報いてくれた。

物陰から身を乗り出すと、三十メートルほど頭上に位置する宮殿の正面を垣間見ることができる。ただし、それ以上近づこうとは思わない。煙が立ちこめる中でいくつもの大きな影がうごめいていて、その奥で燃える炎も見える。細長い脚を持つクモはバスと同じくらいの体高があり、ほかの怪物たちをよけたりまたいだりしながら、入口の前をうろついている。兜をかぶったそれよりも小柄な青銅製の戦士が、階段の最上段に歩み寄った。

ネヒールはそいつが近づかないように祈りを捧げた――アラーはその祈りを聞き入れてくれた。

戦士は踵《きびす》を返し、煙の中に引き返していった。

背後から甲高い小さな笑い声が聞こえた。ほんのかすかな声だったので、本当に聞こえたのかどうかは定かではない。それでも、ネヒールは全身に鳥肌が立つような感覚に襲われた。隠れ場所に戻り、周囲を見回す。だが、何もいない。アーマドの方を見るが、副官は宮殿に目を向けたままで、どうやら何も聞こえなかったらしい。ネヒールは首を左右に振り、耳をこすった。手榴弾の炸裂音やライフルの発砲音を嫌というほど聞いた後なので、まだ耳鳴りがする。

ネヒールは耳から手を離した。

〈気にしても仕方がない〉

目の前の務めに意識を戻す。三人であの宮殿の中に入る必要がある――敵の後を追ってここの裏口を見つけるために、あるいは、やつらを追い詰めて復讐を果たすために。

できることならば、その両方。

ライフルを握る手に力を込める。

ネヒールはアーマドの注意を引きつけ、手で合図を送った。副官が振り向き、背後にいる部下にささやき声で伝える。男はうなずき、手榴弾を手に後ずさりした。狙いをつけて投げられるところまで移動する――目標地点は宮殿ではなく、そのもっと先。爆発音で炎の守護神たちを黄金の扉の周辺から引き離そうという意図だ。

モーセの息子が視線を向け、彼女からの最後の合図を待っている。

ネヒールは合図を送った。

男が腕を後ろに振りかぶる――すぐに悲鳴があがった。

その近くに潜んでいた何かが、炎と煙をまき散らしながら飛びかかった。手榴弾を投げようと構えた部下の腕に食いつき、丸のみにして、肩から引きちぎる。血が噴水のように舞い上がり、部下が前に倒れる――その奥に見えたのは黒い犬の巨体だ。

アーマドが逃げようとした。

怪物が怖いからではなく――

そのすぐ後ろで手榴弾が炸裂した。犬の頭部が粉々になって吹き飛ぶ。手榴弾と犬の頭部の破片がアーマドの背中を直撃する。だが、副官は全身を防弾着で保護していた。傷を負って床に叩きつけられながらも、アーマドは這って黄金の階段に逃れようとした。

ネヒールは恐怖のあまり後ずさりした。

アーマドが彼女の表情に気づき、後ろを振り返った。

その背後から巨大な犬が姿を現すと、残った二つの頭の存在があらわになった。ダイヤモンドをはめ込んだ目が炎で赤く輝いている。舌も炎に包まれている。三つの頭を持つ冥界の番犬ケルベロスだ。怪物は一方の頭でアーマドの脚に嚙みつくと、もがく体を高々と持ち上げた。もう片方の頭が腕と肩に食いついた。それぞれが首を左右に振るうちに、アーマドの体は真っ二つに引き裂かれてしまった。

その間にネヒールは暗がりの奥深くに逃れていた。

惨劇から顔をそむけ、上に目を向ける。

手榴弾を使った作戦は失敗に終わったものの、爆発は予定通りの仕事をしてくれた。手榴弾の炸裂音に引き寄せられて、燃える怪物たちが続々と黄金の階段を下りてくる。

ネヒールは炎の行進に遭遇しないように大きく迂回した。

目標地点は変わっていない。

ネヒールは黄金の扉を目指した。

午後八時十分

カディールがチャーリーに発砲するのを見て、エレナは息をのんだ。

隣に立つチャーリーが体をすくめ、そのはずみでエレナにぶつかる。三点バーストを浴びた断崖面が砕け散った。鋭い破片が二人に降り注ぐ。

エレナはチャーリーの腕をつかみ、身を寄せ合った。

正面に見えるカディールは銃口から煙を噴くライフルを手にしたまま、小首をかしげている。今のはわざと外したに違いない。だが、その顔には、相手をもてあそびながらの拷問に対する喜びの薄ら笑いは見られない。巨漢は相変わらずの無表情で、まるで大きなネコが罠にかかった二匹のネズミの相手をしているかのようだ。そこからうかがえるのは、残忍さよりも好奇心。

だが、いずれネコはネズミを殺す。

カディールが再びライフルを構えた――もう遊びは終わりだ。

金属と石がこすれ合う大きな音で、全員の視線が上に向いた。カディールの騒々しく気紛れな遊びは、ほかの誰かの耳にも聞こえていたようだ。洞窟の入口付近から巨大な獣が飛び下りた。青銅のぶつかり合う音と煙と炎が噴き出す音を響かせながら、エレナたちとカディールの間に着地する。その衝撃で大地が震動した。地面にうずくまった姿勢で、頭を低く下げ、尻を高く持ち上げている。長い尾を振るとその先端が断崖をかすめ、岩の破片がエレナたちのところに落ちてきた。

カディールが怪物に発砲しながら、炎上する森に向かって後退する。

銃弾が青銅に当たって次々と跳ね返る。

チャーリーとエレナは地面に伏せた。

信じられないような大きさの犬――金属でできた巨大なマスチフ犬が飛びかかり、口を大きく開き、逃げようとするカディールに嚙みついた。今度はネズミをもてあそぶネコとは違う。怪物は後ろ足で立ち上がり、頭を上に振ると、カディールを高々と投げ上げた。

血をまき散らしながら巨漢の体が回転する。マスチフ犬が吠え、口から炎を吐き出し、空中でもがくカディールをあぶった。

ようやくカディールが悲鳴をあげた。

マスチフ犬は再び巨漢を口で受け止めると、炎上する森の中に放り投げた。

恐怖のあまりパニックに陥ったチャーリーが森に向かって逃げようとした。だが、エレナは彼女の腕をつかみ、引き戻した。人差し指を立てて唇に当てる。

マックが経験したことはジョーから聞かされている。

〈静かにしていること……動いたらだめ〉

チャーリーはエレナを信じてくれたらしく、指示に従った。

その教訓を学んでいなかった人物がいた。

間近で惨劇を目の当たりにしたモンシニョール・ローが、あまりの恐怖に脚を引きずりながら逃げ出した。その動きと痛みをこらえるうめき声に、マスチフ犬が反応する。怪物が司祭の後を追った。ローは痛めた脚をかばいながらも、逃げようと必死だ。後ろを振り返るその顔は恐怖でひきつっている。

だが、ハンターの方も傷ついていた——断崖から飛び下りた時に痛めたのか、それともそれ以前に怪我をしていたのか。エレナは洞窟とその内部がロケット弾で攻撃されたことを思い出した。この怪物は見張り番のような存在だったのだろうか？

マスチフ犬は片方の後ろ足を引きずっていて、前足の関節も痛めているようだ。

エレナは体を起こし、ゆっくりとした追跡劇を見守った。どちらが勝つのだろうか？数呼吸するうちにその答えが明らかになった。マスチフ犬はエネルギーを使い果たしてしまったのか、青銅がぶつかる音を鳴り響かせながら、細い流れをふさぐように突っ伏した。その場に横たわったまま、首を伸ばし、口を大きく開けている。その巨体からはまだ煙が噴き出ていて、体内も燃えているが、明らかに炎の勢いが衰えている。

ローがぎこちない動きで向き直り、ほっとした様子を見せた。

その時、マスチフ犬が最後の力を振り絞って体を大きく震わせたかと思うと、喉の奥から新たな恐怖を吐き出した。大きく開いた口の間から、青銅製の甲羅を持つカニが大量にあふれ出てくる。カニは細い水の流れに火をつけ、自らの体も炎上させた。

恐怖のあまり、ローがその場から動けなくなった。

カニの大群が司祭のもとまで到達し、体をよじ登り始めた。とがった足が肉に深く突き刺さる。服に引火する。身をよじってもがくローは、あっと言う間に全身が燃える青銅に覆われてしまった。

ローが悲鳴をあげた。カディールよりも長く、その悲鳴がこだまする。

エレナはチャーリーを反対方向に押した。「船に戻らないと」船長を促す。

死の大群が気を取られている隙に、クルーザーまでたどり着く必要がある。二人は煙で姿を、うなりをあげる炎で足音を隠しながら、燃え盛る森の外れを流れに沿って進んだ。

どうにかクルーザーまで戻ったところで、エレナははっとして上流を振り返った。

「どうかしたの？」チャーリーが訊ねた。

エレナは断崖の方を指差した。「船のキー……モンシニョール・ローが持っている」

「冗談じゃないわ」チャーリーが大声で言い、クルーザーに飛び乗った。「私が予備のキーを持っていないとでも？　どんな船長だと思っているわけ？」

エレナも船に乗り込んだ。

〈とっても優秀な船長〉

46

六月二十六日　西ヨーロッパ夏時間午後八時十三分
モロッコ　オートアトラス山脈

〈あと六分もない……〉

　無事に逃げ延びるためには、グレイは一秒たりとも無駄にできなかった。

　一行は全速力で王座の広間に駆け込んだ。アドレナリンがあふれ出ているおかげなのか、コワルスキも手を借りずに走っているが、足取りはいくらか危なっかしい。それでも、AA-12は手放そうとせず、両手できつく握り締めている。

　マリアがすぐ隣に付き添っていて、マックはその反対側を走っている。

　ベイリーがグレイに追いついた。「いったいどこに――？」

　王座の広間に銃声が鳴り響き、グレイたちの行く手に着弾した。十メートルほど右にある脇の廊下に何者かが隠れていた。床に片膝を突き、銃口を向けている。

グレイたちが広間の中央であわてて立ち止まると、狙撃者――女の狙撃者が呼びかけた。「出口はどこだ？　すぐに教えろ！」

グレイは相手がすぐに撃ち殺そうとしなかったのは、この質問のためだろうと思った。この女も同じように、ここからの出口を必要としているのだ。

コワルスキがせせら笑った。「ネヒール……」

大男は怒りに駆られて武器を構えた。

攻撃を阻止しようと、女は再び発砲し、今度はより近くを狙った。マックが叫び声をあげ、体が横倒しになった。銃弾が足に命中したため、体を支えられなくなったのだ。石の床に血が広がっていく。

一瞬の隙を突いてセイチャンが体をひねり、狙撃者に向かってアギーを放り投げた。驚いたサルは手足をばたばたさせながら、この世のものとは思えない甲高い鳴き声を発する。不意を突かれると同時に、ここに来るまでに遭遇した怪物たちのせいで緊張と恐怖が高まっていたに違いない女は、後ろにバランスを崩しながらサルに向かって乱射したが、焦りのせいですべて外した。

コワルスキが床に片膝を突き、ＦＲＡＧ-12を脇の廊下に向かって立て続けに浴びせた。轟音とともに廊下に煙と炎が充満する。

大男は前に足を踏み出して銃を構え直そうとしたが、グレイはすぐにその後を追って大きな武器を横に押しやり、再びの発砲をやめさせた。その火力が後で必要になるかもしれないし、もう予備のドラムマガジンは残っていない。

しかも、シグ・ザウエルを手にしたセイチャンがすでに行動を起こしていた。煙が立ちこめる中に飛び込み、すぐに向こう側から出てくる。セイチャンは顔をしかめて首を左右に振った。

ネヒールは姿を消したのだ。

グレイは腕時計で時間を確認した。〈残り五分〉あの女を追っている余裕はない。グレイはマックを見た。

気候学者は苦しそうな表情を浮かべている。「片足で飛び跳ねてでもついていくよ」

すでにマリアが腰に手を回していた。「私に任せて」

グレイは宮殿の出口を指差した。「行くぞ」

セイチャンはその前にアギーを取り戻した。サルは気分を害していると同時に、怯えているようにも見える。セイチャンが腕を差し出した。「今のはごめんね、坊や」優しく慰める言葉は、ジャックに語りかける時と同じ口調だ。

アギーは甲高い鳴き声を返し、まだ機嫌が悪そうだったが、ジャンプするとセイチャンの腕から肩によじ登り、首にしっかりとしがみついた。

グレイはまだ十分な時間が残っていることを願いながら、先頭に立って宮殿の出口を目指した。

「どこに向かっているのだ？」ベイリーが再び訊ねた。

説明している時間がないグレイは、広間を後にしながら王座の方を指差した。「答えはあそこにある」

〈その判断が正しければいいんだが〉

午後八時十四分

ネヒールは折れた脚を引きずりながら宮殿の廊下を移動していた。大腿骨《だいたい》が服を破って飛び出ている。後方の廊下には血が一筋の線を描いている。ネヒールは片手を壁に添えて体を支えながら、身を隠せそうな安全な物陰を探して宮殿のさらに奥に向かった。

まだ生きていられるのはとっさの反応とケブラーの防弾着のおかげだった。アメリカ人が発砲した時、ぎりぎりのところで飛びのくことができた。だが、スラッグ弾がすぐ近くで炸裂したせいで、骨が砕けてしまったのだ。武器は失ったものの、アドレナリンが体を動かし続けていた。最初は床を這いながらだったが、どうにか立てるようになった。

ようやく暗がりを見つけると、ネヒールはそこに倒れ込んだ。そのあたりでは松明が燃えていない。ここに来るまでの間に、壁に設置された青銅製の松明の黄金の炎が徐々に小さくなり、弱くなり、今にも吹き消されそうになっていたことには気づいていた。

その理由はわからない。

知りたいとも思わない。

ネヒールはひんやりとした暗がりに感謝しながら、壁を背にして座り込んだ。両目を閉じ、壁にもたれかかる。時間が飛んだように感じたのは、一時的に意識を失っていたからだろうか？　ネヒールは物音で目覚めた。廊下はさらに暗さを増している。恐怖で心臓の鼓動が大きくなる。

音は廊下のさらに先の暗闇から聞こえる。

〈甲高い笑い声〉

その笑い声には聞き覚えがあった。街中にいた時に聞こえたのと同じだ。ぞっとして全身に鳥肌が立つ。ネヒールは笑い声が聞こえてくる方に神経を集中させた。

〈いったい何が——？〉

その時、暗闇の奥から影を引き裂いて、声の正体が現れた。

光り輝く青銅製の少年がよろよろと歩いていた。頭は斜めに傾いていて、彼女と同じように片脚が折れてしまっている。炎と煙で体の輪郭が浮かび上がっていた。歪んだままで固まった唇から、ケタケタケタという甲高い笑い声が漏れた。

少年は真っ直ぐネヒールの方に向かってくる。苦しそうな息づかいに引き寄せられているのだろう。

十分に距離が近づくまで待ってから、ネヒールは折れていない方の足で蹴飛ばそうとしたが、灼熱の手が先に足首をつかみ、ぎゅっと握り締めた。高温の青銅がケブラーを焼いて皮膚に直接触れ、ネヒールは悲鳴をあげた。必死にもがき、少年の体を横に倒す。それでも、手は離れない。もう一本の手と左右の脚をばたばたと動かしている。やがて炎が消えゆく松明と同じように、その動きが徐々に小さくなり、最後にもう一度だけ笑い声をあげた後、完全に停止した。

ネヒールは足首にしがみつく手を振りほどこうとした——だが、前方からの別の気配を察して動きが止まる。

暗闇の奥から新たに二人が現れた。どちらも少年よりずっと小さいが、その体の表面はより高い温度で輝いている。二人ははいはいでネヒールに近づいてくる。青銅製の赤ん坊。男の子と女の子だ。

〈ありえない……〉

ネヒールの口からうめき声が漏れた。逃げようとするものの、片脚は折れているし、もう片方は百キロ以上ある青銅の少年がつかんでいて離さない。ネヒールは壁に背中を押しつけ、顔をそむけた。

男の子が折れた方の脚に近づき、よじ登った。触れるたびにその手がズボンの布地を焼き、皮膚を焦がす。女の子は両脚の間に進入し、焼けつくような熱さを伴いながら下半身を這い上がった。

ネヒールは何度も首を左右に振った——肉が焼け焦げているからではない。目の前の存在に対してだ。失った二人の赤ん坊が悪魔のいたずらでよみがえったとしか思えない。ネヒールは泣きわめき、体をよじった。やろうと思えば二人を払いのけることができたはずだ。けれども、もはやそうしようという気持ちになれなかった。

〈これがアラーの罰だとしたら……〉

〈私にできることはこれしかないのだとしたら……〉

青銅製の赤ん坊が二人、ネヒールの胸の上に乗っかり、防弾着を燃やし、皮膚に触れ、なおも肉を焦がしながら、心臓へと近づいていく。

〈甘んじて受け入れる……〉

ネヒールは両腕を伸ばし、二人の赤ん坊を抱き締めた。痛みとショックで視界がぼやける。ネヒールはまだ小さな二人の体を見つめた。その動きが止まり、大人しくなるのを感じる。

〈私の可愛いフリ……私の素敵な男の子……〉

身を寄せ合ったまま、やがて三人とも動かなくなった。

47

六月二十六日　西ヨーロッパ夏時間午後八時十五分
モロッコ　オートアトラス山脈

〈残り四分……〉

グレイは仲間たちを引き連れて黄金の階段を下っていた。タルタロスの街中は松明の炎が点滅しては消えているため、さっきまでよりも暗さが増している。グレイは閉じたバルブを思い浮かべた。都市への燃料の供給源が遮断されたのだろう。ただし、まだ危険は残っていた。

階段を駆け下りながら、コワルスキの武器があちこちに向かって何度も火を噴いた。FRAG-12は脅威となる怪物たちを寄せつけない。青銅製のケンタウロス、艶のある体をした猟犬、たてがみの代わりに炎が噴き出ているライオン。しかも、守護神たちの燃料となるプロメテウスの炎の残量が少なくなっているため、怪物たちの動きは前よりも緩慢になっている。

　グレイは数体の怪物が青銅製の台座まで戻っていることに気づいた。燃料が少なくなったら補給のために台座まで戻るよう、あらかじめ指示が組み込まれているのかもしれない。

　そうした謎に関してじっくり考えを巡らせている時間などなかった。工場内の放射線を帯びたプールで、グレイはフナインの安全装置から延びる管が危険な油の中に通じていたことに気づいていた。あのプールが爆発するような事態になれば、街に張り巡らされた管の中にも油が残っていることを考え合わせると、その威力は燃料気化爆弾をはるかに上回る規模になるだろう。

　この山の山頂部分が吹き飛んでしまいかねない。

〈そうなった時にここにはいたくない〉

　ようやく黄金の階段の終わりが近づき、グレイは再び腕時計を見た。

〈残り三分……〉

　ベイリーが隣を走り、その後ろからセイチャンとマリアが続く。二人はマックを抱えるようにして走っていた。気候学者の表情は苦痛に歪んでいて、失血とショックで顔面は蒼《そう》白《はく》だ。

　ベイリーはなかなか頭の回転が速く、前方を探すうちにグレイの計画を察知したようだ。「どうやってあの出口から脱出するつもりだ？」

「どこの出口だって？」息を切らしながらいちばん後ろを走るコワルスキが訊ねた。武器を腰に当て、脅威が残っていないか警戒しながらの走りだ。

「あそこだよ」ベイリーが暗い湖を指差した。五つの方角から今も流れ込み続ける水が、街の中心部に発生したゆっくりと回転する渦巻に注いでいる。「大きく口を開けたカリュブディスの中だ」

コワルスキが眉をひそめた。「今日のところはもう泳ぐのはごめんだし、どこに通じているのかもわからない渦に巻き込まれたいとも思わないぞ」

「水のにおいを嗅いでみろ」グレイは言った。「あれはただの海水だ。ここは大規模な循環式ポンプの役目を果たしている。海からここに海水を引いて、また海に戻しているんだ」

その説明にマックが反応した。痛みから気を紛らすための会話に意識を集中させていたのだろう。「さっきコンパスで調べたところ、確かにこの地下空間は海に向かって傾斜している。だが、海までは二キロ近く離れているぞ」

ベイリーがグレイを見ながら眉をひそめた。「それなら、いったいどんな方法で――」

黄金の階段を下り切ると、グレイは湖の周囲を取り巻く青銅製の魚たちを指差した。「パイエケス人の潜水艦を使うのさ」

午後八時十六分

〈ついにグレイも頭がいかれちまったか……〉

最後の一段を下りたコワルスキは、湖を囲む巨大な魚たちを呆然と見つめた。数百体の魚が傾いた角度で設置されていて、いっせいに水を噴いたらラスベガスにも匹敵するような光景になるだろう。

コワルスキは急いでグレイの後を追った。「どうしてこいつらが潜水艦だと思うんだよ？」

「前にも言ったように、パイエケス人は抜かりがなかった。万が一、ここに閉じ込められてしまった場合に備えて、脱出ルートを確保しておいたはずだ」

コワルスキは湖面の巨大な渦を指差した。「あれが彼らの脱出ルートだと言うのか？」

「脱出ルートは必然的に街の中央に位置していなければならない。あれ以上のど真ん中はないだろう」

「いや、しかし……」

「もう一つは王座だ」グレイが付け加えた。「黄金の王座の彫刻には、これと同じように尾をくねらせた魚が、パイエケス人の船と並んで海を泳いでいる姿が描かれていた」

証拠を示そうと、グレイが一体の青銅製の魚に近づいた。ミニバンくらいの大きさで、側面には段が付いており、よじ登れるようになっている。

何かが動いたことに気づき、コワルスキは視線を上に向けた。

ここにいるギリシア神話の怪物はカリュブディスだけではなかった。

湖の向こう岸で、ワニのような六つの頭を持つ怪物が長い首をいっせいに動かし、グレイの方を見た。動きのせいなのか、話し声のせいなのか、それともグレイが魚に無断で近づいたせいなのか。

「どうやらおまえは誰かさんの機嫌を損ねたみたいだ」コワルスキは警告した。「今回は俺のせいじゃないぞ」

グレイが顔を上げると、巨大な頭のうちの一つが下がり、長い首をくねらせながら水面すれすれを近づいてきた。「みんなもこっちに来るんだ！　早く！」

コワルスキはほかの人たちを急がせた。

〈しかし、そっちに行ってからどうするんだ？〉

午後八時十七分

〈残り二分……〉

青銅製の魚の上によじ登ったグレイは、その背中に一本のレバーがあることに気づいた。その先端は尾の方を向いている。グレイはレバーをつかみ、鼻先の方に引っ張った。それと同時に圧力が解放されて空気の漏れる音が聞こえたかと思うと、魚の背びれが開いた。そこが潜水艦のハッチになっている。グレイはハッチを引き開けた。

すぐ後ろから登ってきたマックが、目を丸くしている。

「中に入れ」グレイは言った。

マックはハッチの中にある梯子に両足を掛けると、勢いよく滑り下り、うめき声をあげながら着地した。その次はマリアで、さらにベイリーと、まだアギーを抱えたままのセイチャンが続く。

「早くしろ！」グレイは下にいるコワルスキに叫んだ。

大男がAA-12を片方の肩に担ぎ、青銅製の魚の体に飛び乗った。いちばん上まで登り、グレイの背中の先を見ると、その目をかっと見開いた。

「伏せろ！」コワルスキがわめき、素早く武器を構えた。

グレイはやめさせようとしたが、コワルスキはグレイの肩越しに発砲した。後方でスラッグ弾が炸裂する。

体をすくめながら、グレイは振り返った。

スキュラの六つの頭のうちの一つが水面すれすれに位置していて、下顎が吹き飛んでいた。亀裂や継ぎ目から炎が噴き出ている。首を痙攣《けいれん》させて苦しそうによじり、さらなる炎をまき散らしながら、怪物は破壊された頭を引き戻した。

「早く乗れ！」グレイは指示した。

自分がしでかしたことにおそらく気づいていないコワルスキは、素直に従って潜水艦に乗り込んだ。

グレイもその後を追ったが、梯子に足を掛けたところで立ち止まり、様子をうかがった。湖の向こう側では、スキュラの残った五つの頭が怒りに震えていた。炎と煙を背景にしてその巨体が浮かび上がる。次の瞬間、スキュラが湖に入り始めた。

〈まずい〉

グレイは背びれを閉じ、ハッチを引っ張りながら梯子を飛び下りた。金属音とともにハッチが閉じると、その内側に付いている青銅製のハンドルを回してしっかりと密閉する。一行は船内の左右に設置された長椅子の思い思いの場所に腰を下ろした。

グレイは潜水艦の船首に向かいながら、コワルスキをにらみつけた。

「何だよ？」大男が訊ねた。

「スキュラは守り神だ」グレイはコワルスキに教えた。「住民が逃げる時に保護する役割を担っている。攻撃的な態度を見せさえしなければ、向こうも何もしなかったはずだ。それなのに……」

「そんなの、知っているわけないだろうが」

グレイは顔をしかめた。「撃つ前に少しは考えろ」

コワルスキはむくれた。「そんなことしたら楽しくないじゃないか」

グレイが船の最前部に行くと、二つ並んだ青銅製の座席の一つにベイリーが座っていた。

神父がグレイの方に体をひねった。「ホメロスによると、パイエケス人の船は自動誘導式だったようだ」そう言うと、たった一つの操縦装置を指差した。青銅製の取っ手が上を向いている。「おそらくこれが——」

コワルスキに注意したばかりだったが、今はあれこれ考えている場合ではない。グレイはもう片方の座席に腰掛け、取っ手を下に引っ張った。

魚全体が前にがくんと揺れ、鼻先が下がったかと思うと、岸から滑り下りて湖に飛び込んだ。水面とぶつかった時の衝撃で激しく揺さぶられたが、全員がどうにか座席から転げ落ちずにすんだ。

コワルスキが体を伸ばした。「今のはなかなかよかったぞ」

次の瞬間、湖水が潜水艦の緑色の油に接触した。燃料と船体後部の水に引火し、炎が後方に噴き出す。青銅製の魚が高速で水中を疾走し、全員の体が後ろに押しつけられた。

グレイは必死で体を前に乗り出した。魚の大きな丸い二つの目は、ガラスあるいはきれいに磨いた水晶でできていると思われる。それを通して水中を観察すると、カリュブディスの渦に入り込んだスキュラの青銅製の脚が見えた。グレイが固唾をのんで見守っていると、小型潜水艦は支柱のような太さのスキュラの脚を巧みにかわしながら、その間を高速ですり抜けていく。グレイはついさっきのベイリーの言葉を思い出した。

〈自動誘導式〉

潜水艦はたちまち湖の中央で渦を巻く流れの力につかまった。渦巻は小さな潜水艦をとらえると、その中に引きずり込んだ。回転速度が上昇し、円の半径も小さくなっていく。流れにもまれる中、グレイの目はスキュラの燃える頭のうちの一つをとらえた。水中で炎に包まれた頭が、潜水艦に向かって近づいてくる。

後ろに座るコワルスキが叫んだ。「昔から知りたいと思っていたんだよ、水洗トイレに流された金魚はどんな気分なのかなって」

〈そいつを実感できているということだ〉

魚の顔が真下を向いた。

座席から転げ落ちないように手で壁を押さえていたグレイは、取っ手の存在に気づいた。「しっかりつかまれ！」

潜水艦が湖の排水口に吸い込まれていく。

周囲が真っ暗闇に包まれた。どっちが上でどっちが下なのか、判別できない。船が前後に激しく揺れ、時には胃がひっくり返るような勢いで一回転するからなおさらだ。

「前方に光が！」ベイリーが水の轟音に負けじと叫んだ。

　魚の目の片方を通して、グレイにもそれが見えた。はるか遠くにぼんやりとした明るさを確認できる。グレイはほっとしてため息をついた。〈どうにか無事に――〉

　それは何の前触れもなく訪れた。

　すさまじい力が潜水艦の船尾を直撃した。前方に押し出された乗り物が激しく回転し、それに合わせて青銅製の船内にいた全員ももみくちゃにされる。それ以上に危険だったのは、潜水艦が鐘のような音を鳴り響かせながら、岩盤に繰り返し激突したことだった。

　継ぎ目に亀裂ができ、潜水艦内に水が流れ込む。

　必死で座席にしがみつきながら、グレイは後方で発生した事態を想像した。燃料気化爆弾をはるかに上回る規模の爆発が起こり、その力で湖の水がすべて、海に通じるトンネル内に押し出されたのだろう。

　魚の両目から船内にまばゆい光が差し込んできた。潜水艦の激しい回転が落ち着き、水中を滑るように上昇していく。裂けた継ぎ目から進入する水しぶきの勢いも弱くなった。ようやく潜水艦が水面に浮上した。水に濡れたガラスを通して、波間に揺れる船内に太陽の光が届く。

　グレイは背もたれに寄りかかり、大きく息を吐き出した。

　小さな魚はタルタロスからの脱出に成功したのだ。

心の中で感謝を捧げながら、グレイは仲間たちの方を振り返った。体のあちこちをぶつけたりしているものの、全員が無事だ。

「新鮮な空気を吸わせてもらえないかな？」コワルスキが言った。「また吐きそうだ」

グレイは座席を立って潜水艦の後部に移動した。梯子の段に足を置き、ハンドルを回してハッチのロックを解除すると、扉代わりの背びれを押し開ける。新鮮な空気とまぶしい太陽の光が船室内を満たした。

グレイは梯子から飛び下りた。「外に出よう」衛星電話を取り出しながら伝える。「助けを呼べるかどうかやってみる」

グレイは再び梯子を上り、ハッチから外に出ると、暴れ馬を相手にするかのように海面で揺れる魚の背中にまたがった。登録済みのプルマン指揮官の番号にかける。助けてくれそうな味方の中ではいちばん近くにいる人物だ。

暗号のかかった回線を通して呼び出し音が鳴る間に、幅の広い機体を持つ灰色の飛行機が真上の低空を通過した。顔を上に向けたグレイは、その機体に見覚えがあった。プルマンの対潜哨戒機ポセイドンが、あたかもグレイが思っただけで駆けつけてくれたかのように登場したのだ。

哨戒機はグレイたちの上空を通過し、そのまま海面近くを飛行するかに見えたが、赤いパラシュートの付いた黒くて長い筒状の物体を投下すると高度を上げた。グレイにはその兵器の正体がわかった。

Ｍｋ54魚雷。

グレイはそのさらに前方に目を向けた。攻撃目標は明らかだった。目視できる船舶は海面を疾走する大型の水中翼船しかない。

その時、電話の向こうからプルマンの声が聞こえた。早口でいらだったような口調だ。

「ピアース隊長か？」

「いったい何をしているんだ？」グレイは訊ねた。

「ちょっと忙しいんだ」

「見ればわかる。でも、なぜだ？」

「話せば長くなる。だが、エレナ・カーギルから君たちによろしくという伝言と、チャーリー・イゼムから彼女のサルがそっちにいるのかという質問を預かっている」

グレイは話の展開についていけなかった。

「サルの話は俺の聞き間違いかもしれない」プルマンが認めた。「川船の無線から入った連絡を、クロウ司令官経由でつないでもらったものだから」

グレイはどうにか理解した。つまり、チャーリーは無事に脱出し、外に連絡を入れ、しかもエレナの救出にも成功したということだ。グレイはぜひともその経緯を聞きたいと思った——だが、ひとまずは後回しにしなければならない。

「水中翼船はどういうことなんだ？」グレイは質問した。

「ドクター・カーギルによれば、悪い連中が乗っているという話だ。俺としてはそれだけわかれば十分なんでね」

グレイが見ているうちに、魚雷は海に着水し、逃げる船の方角に突き進んだ。魚雷の直撃を受けた片方の水中翼が、跡形もなく吹き飛ぶ。三十ノット近い高速を出していた水中翼船は、しばらくは残った一方の水中翼だけで走り続けた――やがてゆっくりと傾き始めた。海面で横倒しになり、続いて船首から水中に突っ込んだ。

沿岸からモロッコ海軍の艦隊が現場に向かって急行している。

グレイの衛星電話のＧＰＳを確認した後、プルマンは通信を終えた。

グレイは山並みの迫る海岸線を振り返った。はるか遠くで、夜の帳《とばり》が下りつつある空に大量の塵《ちり》と灰が舞い上がっている。新たな火山の誕生ではないものの、グレイは黄金の地図上の小さなルビーを思い返した。

かつてフナインはこの場所を隠すために最善を尽くし、タルタロスの恐怖と地獄の炎からその時代を――十字軍と聖戦の時代を守った。どうやら歴史は繰り返し試練を受け、何度もアルマゲドンの瀬戸際に追い込まれる運命にあるらしい。悲しいことに、世界の危機が人間の手によってもたらされた例は枚挙に暇《いとま》がない。そうした瀬戸際から引き戻すためには、すべてを犠牲にすることも厭わずに暗黒の闇と闘うフナインのような人物が必要だった。

グレイは有毒なプールを懸命に泳ぐコワルスキの姿を思い浮かべた。また、フナインの部下の遺骨は、同じ危険な泳ぎに果敢にも挑んだ人物が、そこで永遠の眠りに就いたことを意味している。千年という時を隔てて、二人はほかの人たちのために究極の犠牲を払う覚悟を示した。

この世界の本当の救世主とは、そんな勇敢な心の持ち主なのかもしれない。

天の救済をじっと待っている必要などないのかもしれない。

今も昔も、最大の希望は自分たち自身なのかもしれない。

斜めに傾いたまま海面に浮かぶ水中翼船を見ながら、グレイはエドマンド・バークの古い名言に思いを馳《は》せた。〈悪が勝利するために必要な唯一のことは、善人たちが何もしないことである〉

グレイは沈みゆく太陽を見ながら、まだ幼い息子を思い浮かべ、心の中で約束した。

〈俺はこれからも闇と闘い続ける〉

〈おまえのために〉

〈俺たちすべての明るい未来のために〉

48

六月二十六日　西ヨーロッパ夏時間午後八時二十四分
大西洋　モロッコ沖合

四十八代目のムーサーは浸水したモーニングスター号船尾の貨物室内で罰当たりな言葉を吐き続けていた。クルーズ船の片側から浸水している。船内の各所で複数の火災が発生している。サイレンが絶え間なく鳴り響いている。

フィラトは上下に揺れるジェットスキーの後部に座っていた。操縦席にいるのは息子たちのうちの一人だ。

水が入り込んだ貨物室内では、部下たちが四人乗りの小型潜水艇を動かそうとしていた。エンジンが作動すると、潜水艇は水音を立てながらフィラトに向かって後退した。貨物室から海に出るための扉はすでに開いていて、そちら側は海岸とは反対の向きに当たる。接近しつつある軍用艦のエンジン音が聞こえるし、ジェット機も何度か轟音を響かせながら上空を通過した。クルーズ船の残骸が取り囲まれ、当局が乗り込んでくるのは時間の問題だ。

〈私がここにいてはならない〉

今になって思い返せば、カーギル上院議員を見習って行動するべきだった。直接に対応する必要のある問題が生じたとかで、彼はジブラルタル海峡でクルーズ船を離れ、EU首脳会議の会場に戻っていった。あの時、上院議員は南に向かう旅に同行して攻撃チームと合流することができなくなり、大いに不満そうだった。

それでも船を後にしたのだが、結果的に見れば彼は運がよかったということだ。

〈あるいは、アラーが私に対して微笑む以上に、上院議員の信じる神が彼に対して微笑んだということなのかもしれない〉

ジブラルタル海峡で上院議員が下船した時、フィラトは密かに喜んだ。これで上院議員の鼻持ちならない娘を好きに扱うことができるし、ほかにも様々な可能性が開けたからだ。フィラトの上機嫌が伝わったかのように、モーニングスター号はモロッコの沿岸に沿って予定よりも順調に航海を続けた。日没前にアガディールに到着してネヒールのチームと合流する計画で、それまで定期的に最新の状況の報告を受けることになっていた。

フィラトは船尾の扉から沈みゆく太陽を見つめた。

〈私は計画通りに行動した〉

ところが、クルーズ船がこの海域に近づいた頃には、フィラトは不安を募らせていた。一時間、また一時間が経過しても、一向に状況の報告が入らなかったからだ。アガディール の沖合に到着しても何ら連絡が入らなかったため、不安は疑念に変わった。フィラトは船長に対して、エンジンをフル回転させて北に引き返すように命じた。

その直感は正しかったが、タイミングが最悪だった。

モーニングスター号が最高速度に達した時、空から魚雷による攻撃を受け、航行不能に陥ったのだ。今のフィラトの唯一の望みはここから逃げることだった。ほかのことなどうでもいい。

ようやく潜水艇がジェットスキーに横付けした。フィラトはジェットスキーから潜水艇に乗り換え、信頼できる二人の息子たちが座る操縦席の真後ろの座席に深々と腰を下ろした。二人分の後部座席に座るのはフィラトだけだ。

ハッチを密閉して準備が完了すると、フィラトは前を指差した。「行け」

エンジンがうなりをあげるとともに、潜水艇は滑るような動きで貨物室から海に出た。レキサンガラスの船体を水が包み込み、やがてすっぽりと覆うと、ほんの一瞬、フィラトは閉所恐怖症の発作に襲われた。だが、潜水艇が深度を下げ、まだ明るさの残る太陽の光に代わって周囲が青い薄暮のような色に包まれると、落ち着きを取り戻した。

フィラトは目を閉じた。

計画では海岸を目指し、味方と落ち合ってから安全な場所まで移動することになっている。復讐の手段についてはそれからじっくり考えればいい。

それでも、エレナ・カーギルに対してするつもりのことを思うと、気持ちが高揚する。

〈録画してもいいな。その後で父親に送りつけてやろう〉

そんな楽しみを夢想する間も、不安が薄れることはなかった。ネヒールのチームに何が起きたのか、心配でならない。

潜水艇が激しく揺れ、物思いにふけっていたフィラトは我に返った。

「今のは何だ?」答えを要求する。

「下から何かがぶつかりました」操縦士が答えた。「たぶん、サメでしょう。海面での騒ぎで引き寄せられたに違いありません。まったく問題はありませんよ」

フィラトはうなずき、背もたれに寄りかかった。小馬鹿にしたような調子で安心させようとする操縦士に対していらだちを覚える。再び潜水艇が揺れた。かなりの激しさで、フィラトの口から驚きの悲鳴が漏れた。

フィラトは左右の腕を広げて潜水艇の側面に手のひらを添え、薄暗い海中に顔を向けた。潜水艇よりも深い地点で閃光が見える。またしても攻撃を受けているのだろうか?新たな魚雷が爆発したのだろうか?

フィラトは反対側を確認しようとした——それを待っていたかのように、恐ろしい何かが視界に飛び込んできた。その光景に思わず窓から後ずさりする。ワニのような頭部は潜水艇の半分ほどの大きさがある。まばたき一つしない目が暗がりで輝いている。ありえないことに黄金の炎が頭部を取り巻いていて、くねくねと動く長い首を滝のように伝っている。

フィラトは熱にうなされて夢を見ているのではないか、悪い夢から目が覚めていないのではないかと思った。しかし、二人の息子たちもそれを目撃していた。悲鳴と息をのむ声が聞こえる。操縦士は速度を上げて逃げようとしたものの、怪物は後を追ってくる。

「撃ち殺せ！」フィラトはわめいた。

操縦士は冷静さを取り戻し、水面で跳ねる石のように潜水艇をくるりと方向転換させてから、左右の魚雷を同時に発射した。一発は外れたが、もう一発が怪物の首に命中した。爆発の衝撃で潜水艇が揺れる。海中にまばゆい光が広がり、その明るさの中で切断された怪物の頭部が落下し、海底に沈んでいくのが見えた。

二人の息子たちが攻撃の成功に歓声をあげた。

その時、潜水艇の反対側に新たな燃える頭が現れた。続いてもう一つ、そしてもう二つ。四つの頭が潜水艇を取り囲み、その目はさらに熱く燃えていて、全身を覆う炎がうごめいている。

怪物がいっせいに攻撃を仕掛けた。

潜水艇に頭突きを食らわし、引き裂こうとする。上下の顎にはサメのような歯が三列に連なっていて、その鋭い先端がレキサンガラスの船体に食い込む。その力に負け、ガラスに亀裂が走る。すぐに上半分がむしり取られた。

大量の海水が流入し、フィラトは潜水艇から暗い海中に押し流された。水圧で鼓膜が圧迫され、肺がつぶれていく。次の瞬間、何かがフィラトの体をとらえ、歯を食い込ませて深みに引きずった。

しかし、最悪なのはそのことではなかった。

炎が全身を包み込み、服を焼き、皮膚を焦がし、髪の毛に引火する。頭蓋骨の中で眼球がゆで上がる。フィラトはじわじわと焼き殺されつつあった――しかも、水中で。

フィラトは苦しみにもがき、ありえない状況に身をよじった。断言できることは一つだけ。

タルタロスを発見するつもりが……

〈地獄に見つかってしまった〉

49

七月二十四日　グリーンランド西部夏時間午前十時十五分
グリーンランド　タシーラク

モロッコでの出来事から一カ月後、エレナは極北の夏の朝の強烈な陽光を浴びて立っていた。グースダウンのアノラックを着込んでいるが、ジッパーを締める必要は感じられない。この山頂に吹きつける冷たい風や、頬を突き刺すような寒さや、呼吸のたびに肺が凍るような感覚を楽しんでいた。そのおかげで新しい自分を、生まれ変わったような気分を実感できる。

〈今の私にはぴったりかもしれない〉

前方の断崖ははるか下のフィヨルドまで落ち込んでいる。入り江を挟んだ向かい側に見える凍結して亀裂の入ったヘルハイム氷河の表面と、その下から海にゆっくりと流れ出る川を見渡すことができる。まばゆい朝の陽光が氷河に反射していくつもの虹を作り、氷の一部が目の覚めるような鮮やかな青色にきらめいている。

これ以上はないという場所だ。

タシーラクの村人たちが死者を悼むために集まっていた。何本ものろうそくがともされ、それを手に持つ人もいれば、断崖の際で揺れている炎もある。ジョン・オカリクが孫の肩に手のひらを置いて立っていた。ヌカの視線は海に向けられている。警察官のヨルゲンも最後のお別れのために訪れていた。

氷河の中心部に通じるトンネルの入口で見張り役を務めていた二人の村人が命を落とした。ジョンのいとこたちだ。二人の遺体は回収できなかったが、多くの村人たちはその方がふさわしいと考えている。古くからのイヌイットの慣習では、死者を火葬したり埋葬したりはせず、海に返すのだという。

もう一人の遺体も発見されていない。

命を落とした仲間のためにろうそくを置いたマックが、断崖の際から戻ってきた。足を引きずりながらエレナに近づいてくる。負傷した足にはまだサポーターが巻かれているが、順調に回復していた。

「ネルソンのことだから、こんな大騒ぎを嫌がっているんじゃないかな」そう言うと、マックは涙に濡れた目をエレナに見せまいとして、大きな音を立てながら鼻をすすった。

「あいつは感傷に浸るタイプとは正反対の性格だったから」

〈でも、あなたはそうじゃない〉

エレナはマックの手を取った。強く握り締めると、彼のごつごつした手のひらと指のぬくもりが伝わる。どんな手袋よりも温かく感じられる。エレナはマックにもたれかかった。地中海とモロッコでの出来事の余波の間に、二人は親しい間柄になっていた。エレナには、マックが今回の騒動に巻き込まれたのは、自分のことを案じていたからだとわかっていた。けれども、この数週間のうちに、温かい何かが芽生えていた。これから先、それがどんな形に成長していくかはわからない。けれども、エレナはしっかりと見届けたいと思っていた。

マックがふっと息を吐き出した。上ずった声で語り始める。「ネルソンは議論を吹っかけるのが大好きな人間だった。確かに、俺たちは意見が食い違うことばかりだったけれど……」

エレナはマックの顔を見上げた。「でも、彼はあなたの友達だった」

マックが鼻をすすり、うなずいた。

エレナがグリーンランドを訪れたのは、亡くなった人たちに別れを告げるためでもあったし、マックのそばにいてあげるためでもあった。誰かから強く勧められるまでもなかった。ここに滞在して三日になるが、エレナはカメラやインタビューやタブロイド紙の見出しとは無縁なタシーラクの静かな暮らしを満喫していた。

ハンブルクで逮捕された父は、武装したドイツ警察とインターポールに囲まれ、手錠姿でEU首脳会議の会場から連れ出された。映像は来る日も来る日も流れ続けた。今、父は連邦刑務所に収監されていて、極刑を逃れるために司法取引を通じて捜査に協力している。父が名前を明かしたアポカリプティの高位の会員たちは、すでに逮捕されているか、あるいは行方をくらまさざるをえない状況に追い込まれている。世界各地でそのほかの関係者の捜索が進行中で、あの終末思想教団の狂信的な炎が完全に鎮火するまでには、数十年とまではいかないにしても、数年を要すると見られている。

〈本当に消せるかどうか〉

あの狂信者たちが大人しく屈することはないだろう。トロイの遺跡から目と鼻の先にあったトルコの地下施設では、内部を完全に焼き払った末に、ようやく当局が制圧できたという話を聞いた。エレナは一部を垣間見れた広大な地下図書館のことを思い出し、知恵の館の創設時にまでさかのぼる貴重な品などの歴史的な資料が、どれだけ失われてしまったのだろうかと残念に思った。

だが、エレナはそんな気持ちを振り払った。

〈知識が完全に失われることは決してない〉

知識は場所を変え、形を変え、成長し、発展し、そしてなおも存続する。たとえ葬り去られ、忘れ去られたとしても、根幹を成す真実は必ずや時間というほこりを払い落とし、再び姿を現す。今のエレナもそのことを痛感していた。はるか昔にこの世を去ったアラブ人の船長の足跡をたどって地獄の門まで赴き、仲間たちとともに身をもって経験したばかりだ。

前方から歌声が響きわたった。イヌイットの哀悼の歌だ。言葉の意味は理解できなかったものの、その厳かさと美しさがエレナの胸を打った。

エレナも歌の輪に加われるようにと、マックがほかの参列者たちの方に引き寄せてくれた。

エレナはマックとともに歩み寄った。マックが響かせる低音のバリトンを聞きながら、フィヨルドの向こう側に広がるヘルハイム氷河を見つめる。融けた氷がその表面で大きな水たまりとなり、太陽の光を反射していることに気づく。イヌイットたちの歌は死者のことだけではなく、もはや避けることのできない生まれ故郷の変化や、やがて訪れる大いなる終わりについても悲しんでいるのではないか、そんな気がする。

エレナはマックの手を握る指に力を込め、そんなあきらめの境地には決して陥るまいと誓った。

アポカリプティについての、結局は彼らを支持することになる人たちについての、父の不気味な警告を思い出す。〈世界が間もなく終わりを迎えると信じているのに、それを阻止するための行動を起こさないのであれば、その人たちは我々の仲間なのだ〉

その代わりに、エレナはマックから力をもらった。たとえ厳しい現実に直面しようとも、ここの人たちとこの場所のために闘っている彼の情熱と献身から。

ずっとこらえ続けていた涙が、エレナの頬を伝った。

けれども、それは悲しみの涙ではない。喜びの涙だ。

未来への希望に満ちた涙。

〈この美しい世界を――この神様からの贈り物を分かち合う、私たちすべての未来への〉

東部夏時間午後九時九分
メリーランド州タコマパーク

グレイはロードバイクのペダルを力強くこぎながら、スピードを落とさずに角を曲がって自宅前の通りに入った。息づかいは荒く、額を汗が滴り落ちる。日没前に帰宅しようと、地下鉄の駅から沈みゆく太陽と競走していたのだが、負けてしまった。

〈次回こそは〉

最後の直線を進みながら、グレイは体を起こしてハンドルから両手を離し、ロードバイクを惰性で走行させた。反射神経と筋肉の記憶だけを頼りにしてバランスを保つ。この一カ月間、グレイは戦える体型を取り戻そうと考え、毎晩ロードバイクで自宅まで戻っている。ジムにも顔を出すようになり、モンクと一緒にバスケットボールコートに立つ機会も増えた。

けれども、まだ先が長いことは承知している。家庭での生活とシグマでの責任の兼ね合いをつけようと模索している段階だ。

バイクが左右に揺れたが、グレイは体幹を使ってバランスを修正した。

〈こんなに簡単な話ならいいんだが……〉

いずれは簡単に感じられるのかもしれない。新米の父親としての正しい筋肉の記憶がまだ育っていないだけで、それさえ身に付けば何もかも楽になるのかもしれない。だが、現時点では、そう信じることすら難しかった。

〈その兼ね合いをつけようとして苦労しているのは俺だけじゃない〉

グレイはこぢんまりとしたクラフツマン様式の自宅に到着した。再びハンドルを握ってロードバイクを歩道に乗り上げ、正面のポーチまでペダルをこぐ。自宅の明かりは消えていた。茂みでコオロギが鳴いている。数匹のホタルが飛び交っている。

グレイはロードバイクを降り、片手でポーチに運び上げた。動きを止めた途端、首都の蒸し暑い夏が濡れた温かい毛布のようにまとわりつく。グレイは冷蔵庫で冷えているビールを思い浮かべ、飲むに値するだけの運動はこなしたと考えた。たとえ太陽とのレースには負けたとしても。

勝てなかったのは自分のせいだけではなかった。シグマの司令部ではペインターから対処の必要な事項をいくつも伝えられたが、そのほとんどは先月の出来事に関する内容だった。

イタリアでは、ベイリー神父が中心となって、カステル・ガンドルフォの再建に向けた国際的な取り組みを進めている。だが、その作業には慎重な対応が要求された。残骸の下に隠されているもののことを考えれば、それも当然だ。ホーリー・スクリニウムの機密保持と、回収可能な貴重品があるのならばその保護という二つの課題に関して、ベイリーは作業の進め方の支援を求めていた。そうした姿勢は不安の表れなのだろう。モンシニョール・ローによる数多くの裏切り行為を知ったベイリーは、それを見抜けなかったことで自信を喪失しているようだ。

グレイもその気持ちを理解できた。ローがあのような裏切りに加担していようとは、夢にも思っていなかった。初めて顔を合わせた時、モンシニョールがヴィゴー・ヴェローナの――過去にグレイが最も信頼を寄せていた友人の生まれ変わりのように感じられたことを思い出す。だから、動揺しているベイリーを責めるつもりはない。実際のところ、グレイはまだ若い神父のことを最初から見誤っていたのかもしれないと考えるようになっていた。今のベイリーにヴィゴーの代役が務まらないのは確かだが、いつかはその役目にふさわしい人物に成長するかもしれない。

〈かもしれない、の話だが〉

グレイは汗まみれの顔にたかる蚊を手で払いながら、体をかがめてバイクに鍵をかけた。ポーチの明かりが消えているので、鍵をかけるだけでも一苦労だ。体を起こすと、どこかの家の裏庭でバーベキューをしているのか、遠くから音楽が聞こえる。通りを挟んだ向かい側の家からはテレビの音が漏れている。

ところが、自宅はまるで墓場のように静まり返っている。

急に心臓の鼓動が速まるのを意識しながら、グレイは玄関の扉の方を向いた。急いで家の中に入ると、リビングルームは明かりがついていない。すぐにダイニングルームに向かう。キッチンの方からも調理器具の音が聞こえてこない。グレイは扉をくぐり抜け、キッチンを確認した。

誰もいない。

グレイは拳を握り締めた。このところ、セイチャンが何かを思い悩んでいる様子には気づいていた。とうとう家を出て——

「こっち！」セイチャンが外から呼びかけた。庭に通じる裏口の扉の向こうから声がする。「遅いじゃない！」

叱られたにもかかわらず、グレイはほっとして肩の力を抜き、急いで外に出た。

芝生の上にピクニック用のブランケットが広げられていて、その上に大きな枕が並んでいる。そのうちの一つにジャックが仰向けに寝転がり、体を揺すっていた。黄色いサルの絵が描いてある青のベビー服を着ている。一週間前、セイチャンがそれを買って帰宅した時、グレイは何も言わなかった。彼女はモロッコでアギーをチャーリーに返したが、名残惜しそうにしていたのは誰の目にも明らかだった。

枕の上ではジャックが顔を真っ赤にして、両手でつま先をつかもうとしている。

〈いいぞ。もう少しで勝てそうな時は絶対にあきらめるな〉

脇に置かれたローテーブルの上ではキャンプ用のランタンが周囲を照らしていた。セイチャンが立ち上がり、背中を向けて前かがみの姿勢になる。グレイはその光景を存分に楽しんだ。セイチャンが体を起こして向き直ると、左右の手にはそれぞれ半分に切ったカップケーキを持っていて、どちらにも火のついたろうそくが一本、載っている。

グレイは意図を理解して笑みを浮かべた。「ジャックの〇・五歳の誕生日祝いだな」

セイチャンが肩をすくめて近づき、そのうちの一つをグレイに差し出した。

「祝うのはやめることに決めたと思っていたんだが」グレイはケーキを受け取りながら言った。

その決断を聞かされた時、グレイはその原因が子育てと母親としての責任に関するセイチャンの考え方の根本的な変化によるもので、常に厳しい母親でいなければならないという気持ちから解放されたからだろうと考えた。

「レッドベルベットのカップケーキ」セイチャンが言った。「アイシングはクリームチーズ」

「おまえが作ったのか?」

「買ったの」セイチャンが眉をひそめた。「わざわざカップケーキを一個だけ焼くような時間があると思っているの? それに一ダース作ったとしたら、あんたのダイエットが振り出しに戻っちゃうでしょ」

〈確かにそうだな〉

セイチャンがグレイをピクニック用のブランケットの方に引っ張り、二人はジャックを間に挟んで枕にもたれかかった。願い事をしてから相手のろうそくを吹き消す。二人は互いの体に寄りかかると、コオロギの鳴き声に耳を傾け、ホタルが舞うのを眺めた。

「こういうのも悪くない」セイチャンがつぶやいた。

「ああ、そうだな」

セイチャンの視線がグレイの方を向く。「今は、だけれど」

グレイはうなずいた。セイチャンがカップケーキを焼いたり、〇・五歳の誕生日を周到に準備したりするだけの母親には決してなれないことは承知している。彼女が兼ね合いをつけたことは間違いない。たぶん、自分よりも上手に。

「そうだ」セイチャンがジャックに手を伸ばした。「これを見て」

セイチャンはつま先をつかもうと奮闘し続けている息子を抱え上げ、数歩離れたところに移動させた。こちらに向き直り、ジャックをぷよぷよの脚で立たせると、腋《わき》の下に手を入れて支える。安定するのを待ってから――その手を離した。

ジャックの体が酔っ払った船乗りのようにふらつく。

グレイは驚いて座り直した。

〈まさか……〉

ジャックが両腕を揺らし、長いよだれを垂らしながら、足を一歩前に動かした。続いてもう一歩。

グレイは両腕を大きく開いた。「さあ来い、ジャック」

息子はぐらぐらと大きく揺れながら、もう一歩前に進み出た。グレイはジャックが前のめりになってブランケットにひっくり返る前に抱き止めた。両腕で息子を抱え上げる。近づいてきたセイチャンは、得意げに笑みを浮かべていた。

「育児本なんてどれも嘘ばっかり」

グレイは笑みを返してから、ジャックを枕の上に寝かせ、セイチャンを抱き寄せた。「今もまだ、トラのように厳しい母親みたいだな」

セイチャンが身体をすり寄せた。「ほかのことでもトラのメスみたいになれるけれど」

グレイはさらに大きな笑みを返し、唇を重ねた。
〈そういう兼ね合いのつけ方も悪くないな〉

エピローグ

六カ月後
一月二十五日　西アフリカ時間午後五時三十二分
コンゴ民主共和国ヴィルンガ国立公園

〈またここに戻ってきた……〉

　コワルスキは腕が食いちぎられるのではないかと思うほど大きなハエを叩きつぶした。草原からその向こうに見える薄暗い森の外れに目を移す。ここはコンゴ民主共和国のヴィルンガ国立公園の片隅に位置するゴリラ特別保護区だ。折りたたみ式の椅子に腰掛けていて、すぐ脇の小さなテーブルの上には表面の結露したビール瓶が置いてある。

　季節は冬で、太陽はほぼ沈みかけている。

　コワルスキはほとんどの時間をこの椅子の上か、すぐ後ろに連なるテントキャビンの中で過ごしていた。午後の暑さが続く間、草の上に延びる影が長くなるのをじっと見つめていた。ここに来てから三日目になる。

森の外れの近くでは、マリアがこの特別保護区の主任動物学者のドクター・ジョセフ・キエンゲと話をしている。コワルスキが見ていると、コンゴ人の男性は首を左右に振り、森の奥の方を指差した。今日のところはこのくらいで切り上げたいと思っているのは明らかだった。まだバーコの気配はまったくない。バーコは三年前にマリアがこのジャングルに返したニシローランドゴリラのオスだ。

マリアが肩を落とした。

コワルスキは眉をひそめ、首を左右に振った。若いゴリラというのは人間のティーンエイジャーと似ているらしい。両親を失望させてばかりいる。家にいるよりも友達と遊び回っている時間の方が楽しいのだろう。

マリアがこちらを振り返った。

コワルスキはうめき声を漏らしながら立ち上がり、昨日とおとといの夜と同じように、マリアのことを慰めようとした。半年前の出来事以来、二人の関係は親密さを増していた。コワルスキにもその理由はよくわからず、二人の間で何かが、存在していたことすら知らなかった壁のようなものが壊れた感じだった。

マリアが草原を横切って戻ろうとした時、キエンゲが呼びかけた。「ドクター・クランドール、待って！」動物学者は再び森の方を指差している。「ほら、見てください！」

マリアがコワルスキの顔を見た。その表情は期待で輝いている。コワルスキは森に向かうマリアのもとに急いだ。これが勘違いだったら、彼女は大きなショックを受けるだろう。そうなった場合に備えて、そばにいてやらないといけない。

二人は揃ってキエンゲの方に近づいた。一歩後ずさりした動物学者は満面の笑みを浮かべていて、初舞台を踏む新人を紹介するかのような仕草で腕を振った。

木の葉が茂る森の外れで、一枚の大きな葉を手のひらが押しのけた。片方の前肢の関節を地面につけた姿勢で、たくましい体つきの動物が姿を現した。黒い瞳が二人のことを見つめる。大きなゴリラはどこか恥ずかしそうな仕草で森を出ると、日没間近の太陽の光が当たるところまでやってきた。地面に腰掛け、頭頂部の突き出た頭を垂れて気まずそうにしている様子は、門限を破ったティーンエイジャーのようだ。

「バーコ」マリアが声をかけた。「ここにいたのね」

若いゴリラは少し顔を上げ、上目づかいで見た。両手を動かし、手話を使って会話をする。

［ママ］

バーコは不安げに太い眉根を寄せたままだ。怯えているかのように唇を結んでいて、その隙間からかすかに白い歯が見える。

「どうしたの、バーコ。大丈夫だから」

マリアがバーコに駆け寄り、ハグした。慰めようとしているものの、腕を相手の体に回すだけでも一苦労だ。バーコは二倍近い大きさに成長していた。マリアはバーコをくすぐったり、つついたり、体をかいてやったりした。バーコがいちばん喜ぶ場所を知っているのだ。

コワルスキは顔をしかめた。

〈ちょっと待てよ、彼女は俺にも同じことをするぞ〉

バーコはリラックスしたらしく、肩の力が抜け、ぜえぜえと息を切らしているような音を短く立て続けに発した。これはゴリラの笑い声のようなものだ。ようやくマリアが体を離し、腕でコワルスキを指し示した。

「やあ、坊や」そう言いながら、コワルスキは片手を上げた。

今度のバーコの挨拶はもっと熱烈なものだった。

その前触れとなったのは短い手話だけだ。

［パパ］

次の瞬間、バーコが突進し、体当たりを食らわした。コワルスキはＮＦＬのラインバッカーにタックルされたような気分だった。それでも、喜んで受け止める。一人と一頭は草の上を転がり、しまいにはどちらもぜえぜえという音を漏らしていた。バーコの方は笑い声。コワルスキの方は息が続かなくなってしまったからだ。

コワルスキはどうにか上半身を起こし、マリアに笑顔を向けた。「俺たちの息子は大きくなったなあ」

それから三十分間、二人と一頭のやり取りは喜びの爆発から、思い出話と近況報告の穏やかな時間に変わった。身を寄せ合い、手話による静かな会話が続く。バーコはジャングルのことやほかのゴリラたちの話を教えてくれた。やがて互いに触れ合い、親しみのこもったつぶやき声を交わすだけになる。

太陽が地平線の下に沈み、西の空には赤みが残るだけになった。背後のテントの近くにはキャンプファイヤーがたかれている。頭上の夜空には無数の星が輝いていた。

コワルスキにとってこれ以上にふさわしいタイミングはなかった。家族が全員、ここに揃っているのだから。ポケットに手を入れ、指輪の箱を取り出す。半年前にここを訪れた時に持っていた指輪と同じものではない。なくしてしまったため、貯金のほとんどをはたいて新しい指輪を買い直したのだ。

〈その方が合っているかもしれないな〉

自分が六カ月前と同じではないことはわかっている。マリアの方を見ると、手に持っているものに気づいていない。バーコに視線を向けていて、昔を懐かしみながら幸せそうな笑みを浮かべている。彼女も半年前と同じ女性ではなかった。二人の関係は地獄の炎の洗礼を浴び、新しく生まれ変わっていた。

コワルスキは深呼吸をすると、よく見えるように箱を持ち上げた。

ようやくマリアが顔を向けた。バーコも。

コワルスキは親指で箱のふたを開けた。「マリア・クランドール、お願いがあるんだが、俺と結婚――」

マリアが飛びついてきた。さっきのバーコよりも激しい体当たりだ。ゴリラもそこに加わった。新しいゲームか何かだと思っているのだろう。コワルスキは仰向けにひっくり返る前に、指輪の入った箱のふたを閉じることができた。マリアがコワルスキの体に覆いかぶさる格好になった。

「返事は『イエス』と考えていいのかな？」コワルスキはおそるおそる訊ねた。

「あなたっていつも鈍いんだから」マリアが顔を近づける。「でも、これからもずっと、私の鈍い人でいてね」

マリアは両手でコワルスキの顔を挟み、キスをした。

これから先の計画を話し合い、笑顔と笑い声にあふれ、それぞれの優しさを静かに分かち合った後、二人と一頭は草地で仰向けに寝転がっていた。夜の帳が下りる中、空に瞬く星を見つめ、ジャングルから聞こえる夜の鳥のさえずりと夜行性のハンターの遠い鳴き声に耳を傾ける。

ようやくマリアがこちらを向き、コワルスキの頰にキスをしてから、テントキャビンの方を指差した。「ビールを取ってきてあげる」

コワルスキは喜びのため息を漏らし、頭を地面に預けた。「思っていた通り、君はいい奥さんになりそうだ」

マリアはコワルスキを小突いてからテントに向かった。

父親と息子だけになると、バーコが近くににじり寄り、コワルスキの顔をのぞき込んだ。においを嗅いだり、何かを探しているかのように服を引っ張ったりする。再会を楽しんでいる間も、バーコは何度かそんなことをしていた。

仰向けに寝転がったまま、コワルスキは手話で伝えた。

[何をしているんだ?]

バーコは地面に腰を下ろし、左手の中指でコワルスキの腹部をつついてから、右手の中指で自分の眉間に触れた。

[パパ、病気]

コワルスキは上半身を起こし、バーコの手を下げさせた。テントキャビンの方を振り返ると、マリアはまだ中にいるらしい。最終的な診断結果を聞いたのはつい先週のことだった。ペインターも結果を知っているが、十分に考える時間が欲しいというコワルスキの意向を尊重し、誰にも伝えずにいてくれている。

どうやらタルタロスから無傷で脱出できたわけではなかったようだ。プロメテウスの血は放射線の影響を軽減してくれたものの、完全に防ぎ切ることはできなかった。診断結果には専門用語や数字が羅列されていたが、重要なのは次の三行だった。

多発性骨髄腫《こつずいしゅ》
ステージ3
余命二年

しかし、ある腫瘍《しゅよう》内科医はその予後に関して次のように注意した。

〈運がよくて二年〉

コワルスキはバーコが不安そうな表情を浮かべ、目尻にしわを寄せていることに気づいた。マリアにまだ伝えていないのは、そんな顔を見たくないからだった。いずれは伝えなければならないが、今はだめだ。彼女があんなにも幸せそうな時に、二人の間がこんなにもうまくいっている時に、伝えることはできない。そんな風に隠すのは愚かなことかもしれないし、我がままなのかもしれないが、まずは自分自身が頭の中ですべてをきちんと消化する必要があった。

コワルスキはバーコに手話で答えた。ゴリラが信じてくれるはずだと、手話で嘘をつく方が簡単だとわかっていたから。

［パパは元気だ］

しばらく見つめた後、バーコが力強くハグした。コワルスキはゴリラの体をぽんと叩き、安心させようと背中をさすってやった。ようやく手を離したバーコはほっとした様子で、さっきまでと同じ幸せそうな表情を浮かべていた。

［よかった］

コワルスキがテントキャビンの方を見ると、ビール瓶を二本抱えたマリアが出てくるところだった。コワルスキは手を振った。

バーコが小走りでマリアを迎えにいく。まるで彼女が何日も留守にしていたかのように。それとも、ほかの理由があるのかもしれない。

マリアはバーコにビールを奪われまいとして必死だった。

「あなたはまだ若すぎるの」マリアが叱った。「お酒は大人になってから」

コワルスキは笑みを浮かべた。

マリアがいらだった様子で、それでいて幸せそうに何かをつぶやきながら戻ってきた。夜空を背景にして彼女が見下ろしている。「何をにやにやしているの？」

コワルスキの笑みがさらに大きくなった。「俺はこの世界で生きている中でいちばん幸せな男だからさ」

〈これからもそうであり続けるつもりだ〉

著者から読者へ：事実かフィクションか

新たな長い冒険の終わりにたどり着いた。古代ギリシアの叙事詩にうたわれるような大冒険ではなかったかもしれないが、十分に楽しんでもらえたものであったことを願う。かつてホメロスは、事実とフィクションを織り交ぜて作品を残した。トロイの陥落という史実に基づく出来事に、神話や魔法という味つけを施した。そんな偉大な古の詩人とは異なり、私は最後の数ページで物語に登場した事実とフィクションの仕分けを行ない、同時に私自身の執筆過程にも少しだけ光を当ててみたいと思う。

まずはこの物語を構築するうえで大いに役立った二冊のバイブルから始めよう。もちろん、ほかにも数え切れないほどの本を読みあさり、読みふけり、読み込んだが、この二冊は情報量が豊かでインスピレーションを与えてくれただけでなく、読み物としてもとにかく素晴らしかった。読者の皆さんにも一読をお勧めしたい。

一冊目は地下に存在するものの伝承や、我々が地下を探し求め、地下に魅了され続ける理由について、深く——そう、かなり深く掘り下げている。私がその本を読んだのは調査資料として使うためではなく、洞窟探検が好きだからにすぎなかった、しかし、結果的にはそれがきっかけとなってこの小説を執筆することになったし、もっといい内容にしなければいけないという刺激にもなった。これ以上のありがたい本があるだろうか？　ぜひとも読んでいただきたい。

ロバート・マクファーレン著 *Underland: A Deep Time Journey*

二冊目の本は調査および参考資料用に選んだのだが、その素晴らしい文章に夢中になり、コンセプトに魅了され、結果的にその本がこの小説の中核に不可欠な存在となった。とはいえ、その中で触れられている古代の技術や、神話と科学の融合に関して、私の小説ではほんの表面的なところしか扱っていない。歴史的事実や私の小説内で提示された推測についてもっと詳しく知りたい方には、この本を読むように強くお勧めする。

エイドリアン・メイヤー著 *Gods and Robots: Myths, Machines, and Ancient Dreams of Technology*

本の紹介が終わったところで、ここからは『タルタロスの目覚め』で提示された歴史に関してもっと深く見ていくとしよう。まずは「ホメロスの時代」とも呼ばれる古代ギリシアの暗黒時代（紀元前一一〇〇年から九〇〇年まで）にさかのぼる。

ホメロスの『イリアス』と『オデュッセイア』

小説の冒頭で、この二作の叙事詩の神話中に埋もれた歴史的事実について触れた。だが、これらの叙事詩に見られる事実とフィクションのそうした境界線を探ったのは、私が初めてではない。その最初期の人物の一人だったのが古代ギリシアの歴史家ストラボンで、古代世界の旅行記とも言える全十七巻の大作『地理誌』では、私が物語の中で行なったように、地中海を横断したオデュッセウスの運命の旅路をたどろうと試みた。プレートテクトニクスの役割を除くと、この小説内で示した推測の大部分はストラボンの著作に基づいている。

第零次世界大戦

考古学者および歴史家の間では、かつて地中海全域に及ぶ大きな戦争があり、それによって古代ギリシアのミケーネ、エジプト、アナトリアのヒッタイトという三大青銅器文明が崩壊したという説が一般的になっている。この争いは「第零次世界大戦」と呼ばれる。ホメロスが二作の叙事詩で述べているのは、この大戦のうちの一部の戦いについてである。今日まで謎として残っているのは、そうした文明を攻撃し、古代ギリシアの暗黒時代をもたらしたのは何者なのか、という点だ。大勢を占めている意見によると、その正体は謎めいた存在の「海の民」とされるが、では海の民とは何者なのかという話になると、こちらもいまだに憶測の域を出ない。様々な部族の連合軍だと信じる人もいれば、ルウィアンというアナトリア地方の別の王国だという意見もある。もちろん、その問題に関しては私にも考えがあり、この小説内で展開させてもらった。

続いては、古代の知識、技術、科学にまつわる話に移りたいと思う。細かく分けて見ていこう。

バヌー・ムーサーの兄弟とイスマイル・アル＝ジャザリー

イスラム黄金時代は八世紀から十三世紀にまたがる。バヌー・ムーサーの三兄弟はその時代の初期の科学者および技術者で、イスマイル・アル＝ジャザリーはその終わり頃に、三兄弟による技術革新と設計の伝統を継承した。この小説内で触れたように、バヌー・ムーサーの兄弟たちはローマ帝国衰退後に危うく失われかけた知識を保存し、それに基づいて革新をもたらした。四人目の兄弟のフナインは私の創作だが、彼の行動、関心、技能については実在した三兄弟を参考にした。また、「ロボット工学の父」の一人と呼ばれることもあるイスマイル・アル＝ジャザリーが、三兄弟の作品に大きく影響を受けていたことも知られている。同じように影響を受けていたのが――

レオナルド・ダ・ヴィンチ

ダ・ヴィンチに関しては数多くの著作が世に出ているが、最高傑作の一つがウォルター・アイザックソンの *Leonardo da Vinci*（『レオナルド・ダ・ヴィンチ』（文藝春秋））で、ダ・ヴィンチを一人の人間として見ていると同時に、彼の天才的な才能を掘り下げている（ぜひとも読んでもらいたい）。だから、ここで詳しく扱うつもりはない。ただし、イスラム黄金時代が幕を閉じると、ダ・ヴィンチのような人たちが危うく消えかけた炎を受け継ぎ、イスラム世界の知識を保存するとともに、新たな発展をもたらした。小説中のダ・ヴィンチに関するそのほかの記述も、史実に基づいている。彼は未完成の『モナ・リザ』を抱えて国を渡り歩いた。絵画と彫刻の技術を磨くために、人体の解剖も手がけた。ミラノ侵攻後のフランス国王フランソワ一世に呼び出され、機械仕掛けの黄金のライオンを作るよう依頼されたのも事実である。

そのほかのことも見てみよう。

アラブのダウ船

物語の冒頭で氷に閉じ込められていた船は、サムブークの設計をもとにしている。こうした大型のダウ船は海洋を航行できただけでなく、しばしば探検にも乗り出していた。イスラム世界は、航海術、数学、天文学への数多くの貢献に対して、もっと感謝されるべきである。その中には小説に登場するとても重要な要素も含まれている。

球体のアストロラーベ

オックスフォード大学の科学史博物館からは、現存する唯一の球体のアストロラーベの写真を、本書の中で使用する許可をいただいた。小説中のそうした装置の技術および使用についての記述は、アストロラーベが広く用いられていたことから、異なる緯度に「プログラム」するためにピンを使うことに至るまで、正確を期している。本書ではバヌー・ムーサー兄弟についても扱っているが、驚くなかれ、オックスフォード大学所蔵のアストロラーベにも作者として「ムーサー」の署名がある。気が向いたら調べてみてほしい。

古代のオートマタ

さて、この物語の核心の話に入ろう。我々は古代の人々の科学技術について、これまでずっと過小評価していたようだ。驚かされることばかりだったし、それは今も変わらない。ギリシアのアテネにある国立考古学博物館で、アンティキティラ島の機械を調べる機会があった。これは紀元前一世紀のものとされるギリシアの装置で、一九〇一年に沈没船の船内から発見されたが、その目的と設計が判明したのは、我々がコンピューターを開発するようになった後のことだった。今では多くの考古学者たちが、その装置こそが世界最古のアナログコンピューターだと認めている。

それでもなお、古代ギリシアの素晴らしい機械仕掛けの作品の数々には驚きを禁じえない。その素晴らしさは、古代ギリシア人がヘパイストスやダイダロスの伝説中にそうした装置を取り入れるほどだった（ダイダロスについては、実在の人物だったのではないかと推測する人もいる）。その一方で、歴史家や考古学者たちは、数え切れないほどの自動式の仕掛けの設計や、精巧なオートマタについて、そしてもちろん、バヌー・ムーサー兄弟とイスマイル・アル＝ジャザリーの手による「巧妙な機械装置」について、記録を残してきた。この話題だけで何ページでも書くことができるのだが、ありがたいことにほかの人がすでにその作業を行なってくれている。先にあげたバイブルの二冊目を参照していただきたい。

ギリシア火薬とプロメテウスの炎

「ギリシア火薬」として知られるすさまじい戦争兵器が発明されたのは事実である。この兵器は船乗りたちを恐怖のどん底に陥れ、数々の戦闘において勝利に重要な役割を果たした。この恐ろしい液体は水によって引火し、水をかけても消すことができないと言われた。残念なことに（それとも、幸運なことに、と言うべきかもしれないが）、ギリシア火薬の製法は歴史の流れの中で失われてしまった。どのようにして生み出されたのかについては多くの説があるものの、いずれも推測の域を出ない。

この小説内では魔女メデイアにまつわる神話や物語の中に見られる同じような混合物について触れた。メデイアはアルゴナウタイのイアソンが、クレタ島のタロスからコルキスの雄牛に至るまでの、火を吐く機械仕掛けの怪物たちを倒すのに協力した。彼女は二種類の重要な秘薬を生み出したと言われている。メデイアの油（プロメテウスからの贈り物とされる消せない火の秘密を握っている油で、ギリシア火薬と非常によく似ている）と、プロメテウスの血（火に耐える力を与える秘薬で、摂取すると矢や槍による攻撃を防ぐ能力を得られる）である。ギリシア火薬が歴史上に実在していて、それがメデイアの油と非常によく似ていたのならば、プロメテウスの血も本当にあったのではないだろうか？

タルタロス、タルテッソス、タルシシュ

小説内でこの三つの場所に関する神話や歴史について触れた部分は、できる限り正確を期した。ギリシアの歴史家ストラボンも、ホメロスの記したタルタロスと、スペインの豊

かな王国タルテッソスは同じ場所だと信じていた。後には、聖書に登場するタルシシュが、謎の王国タルテッソスの新しい呼び名だとする考えも出てきた。これら三つが高度な文明の所在地だとする推測も、私の想像の産物ではなく、より学術的な（ただし物議を醸す）研究に基づいている。

地球のプレート

小説内で使用されたプレートの地図は正確である。単なる偶然の一致だとは思えないと感じたのは、ホメロスの『オデュッセイア』に登場する神話上の島々や港の実際の所在地に関するストラボンの説の多くが、アフリカプレートとその北隣のユーラシアプレートの境界線上に位置していることであった。これには何らかの意味があるのだろうか？　すでに本書を読み終えた方は、意味があるとわかっているはずだ。

歴史と古代の科学はこのくらいにして、小説中に登場した場所の話に移ろう。

アイスランド

マリアとコワルスキは熱い温泉にゆっくりと浸かる間もなく、火傷だけではすまないようなもっと「熱い」事態に巻き込まれた。私はブルーラグーンのリゾート施設を半日ほど満喫したことがあったため、施設に敬意を表して記述にはできる限り正確を期したし、バナナとラムが入った緑色のスムージーも何杯か味わった。皆さんも機会があればぜひとも訪れて、自分で確かめてほしい。そこで本書を読むのも一興である。もう一つ、アメリカはP-8ポセイドン対潜哨戒機をアイスランドに駐留させていて、潜水艦の探知および追跡任務に役立てている。しかも、本書は古代ギリシアの歴史と海の民について深く掘り下げているので、ギリシア神話の海の神から命名された軍用機を登場させずにはいられなかったのだ。

ヘルハイム氷河とグリーンランド

小説中のこの部分の詳細と具体的な点に関しては、タシーラクのレッドハウス・ホテルから、グリーンランドの氷河の壮大さとそこに迫る脅威に至るまで、事実に基づいている。ムーランと呼ばれる凍結した渦に自ら降下したことはないものの、その経験があるケイビング仲間から話を聞いたことがある。彼のぞっとするような体験談を聞いた時は、炎の雄牛と勝負する方がまだましだと感じたものだ。ここでもまた偶然の一致がある。古代ギリシアの冥界に当たる神話上のタルタロスの所在地を捜索する物語を書き始めるに際して、私はグリーンランドの氷河中に古代のダウ船が凍結しているという設定を考えていた。すると、グリーンランド最大の氷河の一つで、最も危険が迫っているところの一つがヘルハイム氷河で、その名前はヴァイキングの「死者の国」から命名されていたのである。そのことをどうとらえるかは、読者の皆さんの判断にお任せする。

トルコの地下都市

エレナとコワルスキは一時的にトルコの古代の地下都市に監禁されていた。その場所の記述はトルコ中部に実在するデリンクユ地下都市に基づいている。そんな失われた大都市がトロイから目と鼻の先に存在するとは思わないが、考古学者たちはこれまでにトルコ各地で二百以上の洞窟住居の町を発見している――だから、トロイの郊外に一つくらいはあってもおかしくない。

カステル・ガンドルフォ

ありがたいことにイタリアの出版社から招待を受けて、ローマ郊外のヴェレットリという町で話をさせてもらう機会があった。そこは文学上の長い歴史を誇る町である。訪れる機会があれば、カサーレ・デラ・レジーナで食事をするといい。教えてくれた私に感謝したくなること、請け合いだ。ヴェレットリから少し足を延ばすとカステル・ガンドルフォがあり、ローマ教皇の夏の離宮のツアーにも参加できた。その時の訪問で、そこをこの小説に登場させようと決心した――爆破してしまったことはどうか容赦してほしい。その訪問に基づいて、この場所の記述もできる限り正確を期した。面白い事実をいくつかあげておこう。離宮は実際にドミティアヌス皇帝の山荘の遺跡の上に建設されている。夏の離宮と天文学の間には、新旧の天文台や、天文学に関する大きな博物館など、長くて豊かな歴史がある。「教皇の子供たち」の話も歴史的事実に基づいている。教皇の私的な書庫であるホーリー・スクリニウムに関しては、確かに実在していたし、キリスト教の成立期にまでさかのぼる貴重な品々が保管されていると言われていた。それは今も存在しているのか？　カステル・ガンドルフォの地下の古代ローマの遺跡内にあるのか？　残念ながら、そこまではツアーに含まれていなかった。

サルデーニャ島

イタリアのサルデーニャ島には考古学的に興味深い点が豊富にあり、この物語の中で触れさせてもらった。ノロ・ストーンとモンテプラマの巨人についての詳細は事実に基づいているが、それらについての推測の中には私が創作した部分も含まれている。古代の「ヌラーゲ」の砦や遺構も実在していて、それらとダイダロスとの関係も事実である。ダイダロスはミノス王のもとを逃れた後、この島で暮らしたと言われている。そのため、こうした古代遺跡はギリシア人から「ダイダレイア」と呼ばれた。

モロッコ

アフリカに話を移すと、モロッコは地質的にも歴史的にも魅力にあふれている。アフリカプレートとユーラシアプレートがぶつかる境界線は実際にこの国を横断していて、アトラス山脈を隆起させた。同国の主要輸出品の一つが、ギリシア火薬を生成するための主成分の一つとされるリン鉱石なのも事実である。モロッコのリン鉱石には世界のほかの地域と比べて二倍のウランが含まれている。ギリシア火薬を製造したいと思ったら、アトラス山脈中に工場を建設するといいだろう。

最後に、世界の終わりについての話をしよう。

終末思想のカルト集団

私は様々な文化が世界の終わりをどのように見ているのかに関して、魅了されている。なかでも異なる文化間で共通する未来像は実に興味深い。宗教的および世俗的なカルトの連合体で、いかなる手段を用いてでもアルマゲドンを引き起こすことを目標に掲げるアポカリプティは、もちろん私の想像の産物にすぎない。その一方で、世界の終わりが近いというだけでなく、政治的および軍事的に可能な手を尽くしてでも近いうちに世界の終わりを実現させるべきだという狂信的な考え方が高まりつつあるように思えるのは、憂慮すべきことである。そうした傾向はイスラム世界でも西側諸国でも支持を集めつつある。そのため、アポカリプティのカルトはフィクションであるが、同様の組織が存在する脅威は現実のものになっている。

私はこの世界を――人類へのこの素敵な贈り物を愛している。だから、急いで焼き尽くしてしまおうと考えるのはやめようじゃないか。そう言いつつも、私自身はユネスコの世界遺産を小説の中で二十年以上も破壊し続けているので、そのような立場を擁護する人間としては最適だと言えないかもしれない。

以上ですべてだ。皆さんが最新のシグマの冒険を楽しんでいただけたことを願っている。ご想像の通り、シリーズはこの先も続く。でも今は、グレイとその仲間たちに休息を与え、少しは酒を飲んでもらい、家族との充実した時間を過ごさせてあげようではないか。

なぜなら、私自身もそうするつもりだからだ――読者の皆さんもそうするのがいいと思う。

謝辞

かつてホメロスは「旅をすることそのものが報酬だ」と記したとされる。アイデアから刊行された小説に至るまでの間は、苦難の旅路だ。本書を仕上げるという私の旅は、最初に目を通す人たち、チェックをしてくれる人たち、応援してくれる人たちという、尊敬に値する（と同時に辛抱強い）一団の助けのおかげで、楽な道のりになった。「ワープト・スペイサーズ」として知られる彼らの名前をあげておこう。クリス・クロウ、リー・ギャレット、マット・ビショップ、マット・オール、レオナルド・リトル、ジュディ・プレイ、キャロライン・ウィリアムズ、ジョン・ヴェスター、エイミー・ロジャーズである。そしてグリーンランドの地図を作成してくれたスティーヴ・プレイには特に感謝したい。また、私をデジタルの世界でどうにか見られる状態にしてくれたデイヴィッド・シルヴィアンを忘れるわけにいかない。数多くのネタや興味深い話を提供して、そのうちのいくつかが本書に採用されたチェレイ・マッカーター。潜水艦戦のハードウェアに関して貴重な助言を提供してくれたウィリアム・クレイグ・リード。もちろん、この業界のプロ集団で、誰にも負けないと断言できるチームの力なしでは、本書は形にならなかっただろう。いつも私を応援してくれるウィリアムズ・モロー社の皆さん、なかでもライエイト・ステーリック、ダニエル・バートレット、ケイトリン・ハリー、ジョッシュ・マーウェル、リチャード・アクアン、アナ・マリア・アレッシにも、感謝の気持ちを捧げたい。最後になったが、制作過程のすべてにおいて中心的な役割を果たしてくれた人たちの名前をあげておきたい。素晴らしい編集者のリサ・キューシュと、勤勉な彼女の同僚のミレヤ・チリボガ、仕事熱心なエージェントのラス・ガレンとダニー・バロール（およびお嬢さんのヘザー・バロール）である。そしていつものように、本書に記述した事実やデータに誤りがあった場合は、すべて私の責任であることをここに強調しておく。その数があまり多くないことを願いつつ。

訳者あとがき

　本書『タルタロスの目覚め』は、ジェームズ・ロリンズ著 *The Last Odyssey*（二〇二〇）の邦訳で、「シグマフォース・シリーズ」の十五作目に当たる。シリーズ一作目の『ウバールの悪魔』（*Sandstorm*）がアメリカで刊行されたのは十七年前の二〇〇四年だが、日本では二作目『マギの聖骨』（*Map of Bones*）が二〇〇七年に「シリーズ①」として発売され（アメリカでの発売は二〇〇五年、日本で文庫化されたのは二〇一二年）、『ウバールの悪魔』は二〇一三年に「シリーズ⓪」として出ている。当初、アメリカで『ウバールの悪魔』はシグマフォース・シリーズに含まれていなかったが、後に作者のホームページなどでシリーズ最初の作品として扱われるようになったので、日本ではこのような刊行順になり、そのため本書は十五作目ながら「シリーズ⑭」ということになる。いずれにせよ、アメリカでも日本でも長く好評を博しているシリーズである。

　過去の作品を読んでいる読者にとっては不要かもしれないが、まずはシリーズ名にある「シグマフォース」について説明しておこう。シグマフォース（通称シグマ）とは、米国国防総省のDARPA（国防高等研究計画局）傘下の秘密特殊部隊を指す。レンジャー部隊やグリーンベレーなどから選抜された、米軍でも精鋭中の精鋭の隊員たちから成り、彼らは科学の専門分野の知識を生かしながら、米国の安全保障において重要な科学技術の保護、入手、破壊という任務を遂行する。もちろんシグマフォースは作者の創作だが、DARPAは実在する機関で、軍事技術、ロボット工学、ナノテクノロジー、遺伝子工学など、幅広い分野にまたがる研究に携わっており、インターネットの起源になったシステムARPANET（DARPAの前身の機関APRA：高等研究計画局に由来する名称）や、GPSを開発したことでも知られる。

シグマフォース・シリーズは、主人公のグレイソン（グレイ）・ピアースをはじめ、モンク・コッカリス、キャスリン（キャット）・ブライアント、ジョー・コワルスキらシグマフォース所属の隊員たちや、かつて対立していたテロ組織「ギルド」の暗殺者で、現在はシグマの協力者（およびグレイの恋人）になったセイチャンが、ペインター・クロウ司令官の指揮のもと、世界規模での危機、脅威、陰謀に挑む活躍を描いたものである。歴史的事実と科学的事実をプロット内に巧みに取り入れるのがこのシリーズの特徴で、物語の両輪を成すその二つの側面にはこれまで様々なテーマが取り上げられてきた。この『タルタロスの目覚め』で扱われているその内容を、少し詳しく見てみよう。

歴史的な側面の中心に据えられているのが、『オデュッセイア』と『イリアス』というホメロスの二大叙事詩である。ホメロスは紀元前八世紀のギリシアの吟遊詩人とされるが、本当にこの二作品の作者なのか、そもそも実在の人物だったのか、疑問視されているという。作品の内容についても、神話や架空の物語にすぎないと長く考えられていた。だが、十九世紀末にドイツの考古学者ハインリヒ・シュリーマンによってトロイの遺跡が発掘され、その後の調査で広範囲に及ぶ火災や人為的な破壊の跡が見つかった。それが『イリアス』の題材となっている「トロイ戦争」によるものなのか、その際に有名な「トロイの木馬」のような策略が行なわれたのかまでは不明だが、少なくとも作品中に登場するトロイが実在の場所で、その地で何らかの大きな争いがあったことが判明したのである。『イリアス』の内容の少なくとも一部が事実に基づいているのであれば、ホメロスのもう一つの叙事詩『オデュッセイア』の方はどうなのだろうか？　『オデュッセイア』では、トロイ戦争の英雄オデュッセウスが戦いを終えた後、怪物や魔女、神々による嵐などに翻弄されながらも、故郷イタケに帰還するまでの苦難の旅路が描かれている。オデュッセウスが実際に怪物たちと戦ったり、魔女たちに遭遇したりしたわけではないだろうが、果たしてすべてがまったくの空想の産物なのだろうか？　旅路の出発点のトロイは実在する場所だと判明しているが、終着点のイタケも最近になってその場所に関する有力な説が出てきている。出発点と終着点の存在が確認されたのであれば、その間の旅路についてはどうなのだろうか？　『オデュッセイア』に描かれている出来事にも、その創作の源になったいくばくかの事実があったのではないだろうか？　その疑問を糸口として、本書ではミケーネ、エジプト、ヒッタイトの三大青銅器文明を崩壊させたとされる「海の民」の正体を絡めながら、叙事詩の中に含まれている可能性がある事実を解き明かしていく。

もう一方の科学的な側面に関しては、人工知能、スズメバチの生態、ニコラ・テスラの業績、人類の知能の発達など、シリーズの過去の作品に見られるような特定のテーマは扱われていない。人類の歴史において、技術革新の炎は絶えず燃え続けていた。たとえ文明が衰え、滅びようとも、その炎が消えたことはなかった。ギリシアからローマへつながり、続いてイスラム黄金時代が花開き、その後はヨーロッパのルネッサンスとして実を結ぶ、というように、ある場所から別の場所へと、ある時代から別の時代へと受け継がれてきた。本書ではそうした科学における「歴史的な側面」に焦点が当てられている。

そのような技術革新の歴史をさかのぼっていくと、古代の技術は現在に生きる私たちが想像するよりもはるかに進んでいた。紀元前には神殿に自動ドア（火を燃やして発生する蒸気の力で扉が開く）や自動販売機（硬貨を入れるとその重みで聖水が出てくる）が設置されていたなど、何千年も前にしては驚くほど高度な機械装置がすでに存在していた。また、ローマのパンテオンやコロッセオ、水道橋など、「ローマン・コンクリート」を使用した建築物は二千年を経過した今でも残っている。中世にはコンクリートが作られず、再登場するのは産業革命後のことだが、現在のコンクリートの耐久年度は五十年から百年程度なので、その点に関しては今よりもはるかに優秀なコンクリートが、ローマ時代にはすでに利用されていたことになる。

そのほか、現在には存在せず、その製法が謎とされているものもあり、その一つが本書に登場する「メデイアの油」のような、水をかけても消えない「ギリシア火薬」である。東ローマ帝国がイスラムとの海戦において使用したと言われる兵器で、火炎放射器のように敵の船に吹きかけると、水にも引火し、消すことができなかったという。だが、その成分や製法は重要な国家機密とされていたため、東ローマ帝国の滅亡とともに知識も失われてしまい、現在の我々の技術や知識をもってしても再現できていない。

本書ではそんな「ギリシア火薬」を現代によみがえらせることのできる物質を探し出し、それによって世界を炎で浄化しようと目論む狂信者集団と、その企みを阻止しようとするグレイたちシグマフォースの戦いを軸にして物語が展開する。極寒のグリーンランドの氷河の下で発見された九世紀のアラブのダウ船の船内から、オデュッセウスの航路が組み込まれた機械仕掛けの地図が見つかり、狂信者の一味がそれを奪い取る。一方、シグマのチームは、ローマ教皇の夏の離宮があるカステル・ガンドルフォで保管されていた、レオナルド・ダ・ヴィンチの手による複製版の地図を入手、両者はそれぞれの地図を頼りに、「海の民」パイエケス人の拠点であると同時に、危険な物質の源がある「タルタロス」の所在地の捜索に乗り出す。ギリシア神話の地獄から命名されたその場所で、二つのグループが相対することになる想像を絶する恐怖とは何か？　作者のロリンズは古代の叙事詩に記されたオデュッセウスの旅路を、最新のプレートテクトニクス理論に基づいて解き明かしつつ、いつものようにスピード感とアクションにあふれたストーリーを展開させている。

シグマフォース・シリーズの作品および日本でのシリーズ番号を、今後の予定も含めて記しておく（【　】内の数字はアメリカでの刊行年・刊行予定）。

⓪ *Sandstorm*【二〇〇四：邦訳『ウバールの悪魔』（竹書房）】
① *Map of Bones*【二〇〇五：邦訳『マギの聖骨』（竹書房）】
② *Black Order*【二〇〇六：邦訳『ナチの亡霊』（竹書房）】
③ *The Judas Strain*【二〇〇七：邦訳『ユダの覚醒』（竹書房）】
④ *The Last Oracle*【二〇〇八：邦訳『ロマの血脈』（竹書房）】
⑤ *The Doomsday Key*【二〇〇九：邦訳『ケルトの封印』（竹書房）】
⑥ *The Devil Colony*【二〇一一：邦訳『ジェファーソンの密約』（竹書房）】
⑦ *Bloodline*【二〇一二：邦訳『ギルドの系譜』（竹書房）】
⑧ *The Eye of God*【二〇一三：邦訳『チンギスの陵墓』（竹書房）】

⑨ *The 6th Extinction*【二〇一四：邦訳『ダーウィンの警告』（竹書房）】
⑩ *The Bone Labyrinth*【二〇一五：邦訳『イヴの迷宮』（竹書房）】
⑪ *The Seventh Plague*【二〇一六：邦訳『モーセの災い』（竹書房）】
⑫ *The Demon Crown*【二〇一七：邦訳『スミソニアンの王冠』（竹書房）】
⑬ *Crucible*【二〇一九：邦訳『ＡＩの魔女』（竹書房）】
⑭ *The Last Odyssey*【二〇二〇：本書】
⑮ *Kingdom of Bones*【二〇二一年八月刊行予定】

シグマフォースが初めて登場したのは『ウバールの悪魔』においてだが、これは司令官に就任する前のペインター・クロウが主人公の話で、グレイ、モンク、キャット、コワルスキなど、その後の作品で中心的な役割を果たす隊員たちは登場しない。また、冒頭に記したように、シリーズにおける『ウバールの悪魔』の位置づけが途中で変更になったこともあって、日本での刊行順は『マギの聖骨』が最初で、①②③④の後で⓪に戻り、続いて⑤⑥⑦⑧……というように、『ウバールの悪魔』を「⓪」として間に挟むことになった。

二〇一五年に竹書房から刊行された『Σ　ＦＩＬＥＳ』は、『ギルドの系譜』までのシリーズ前半部分のガイドブック的な作品で、主な登場人物のプロフィールや各作品の概略、関連する歴史的事実と科学的事実の解説などが記されている。未読の作品について知りたい方はもちろん、これまでに読んだ内容を改めて振り返りたい方にも楽しんでいただけると思う。

リストに記した作品以外にも、シリーズ2・5『コワルスキの恋』、シリーズ5・5『セイチャンの首輪』、6・5『タッカーの相棒』（以上、『Σ FILES』に収録）、シリーズ9・5『ミッドナイト・ウォッチ』（『イヴの迷宮』上巻に収録）、シリーズ10・5『クラッシュ・アンド・バーン』（『モーセの災い』上巻に収録）、シリーズ11・5『ゴーストシップ』（『スミソニアンの王冠』上巻に収録）の六つの短編作品がある。

各作品のストーリーは独立しているので、必ずしも一作目から順番通りに読まなくても楽しめるが、シリーズを通しての設定があったり、登場人物の人間関係の変化や各人の成長が描かれたりしているため、全体の流れや伏線をより理解したい読者には、ぜひ初期の作品も手に取っていただきたい。また、主要な登場人物以外にも繰り返し出てくるキャラクターが少なくない。本書にはコワルスキのガールフレンドのマリア・クランドールと、ニシローランドゴリラのバーコが再登場している。この二人……いや、一人と一頭は、シリーズ⑩『イヴの迷宮』で初めて登場し、その後の作品でも会話中で名前が出るなどしていたものの、本格的には四作振り（作品中の時間経過では三年振り）の再登場となる。コワルスキがこの女性の心を射止め、ゴリラのバーコと種を超えて強い絆を築くに至った経緯は、『イヴの迷宮』で詳しく描かれている。

コワルスキは日本の読者にも人気のあるキャラクターだが、彼に関しては『イヴの迷宮』のエピローグでフラグが立った状態にある。本書のエピローグではそれに動きがありそうな記述もあり、大いに気になるところだ。また、グレイとセイチャンの間に生まれた息子ジャックは元気に成長しているが、シグマを敵視するグループに狙われる危険があるし（事実、前作『ＡＩの魔女』では、モンクとキャットの二人の娘が拉致されている）、セイチャンの心の内にも揺れ動く迷いを見て取れる。それらの要素はシリーズの今後の展開に大きな影響を及ぼすことになりそうだ。

ジェームズ・ロリンズはシグマフォース・シリーズ以外にも、*Subterranean*（邦訳『地底世界サブテラニアン』（扶桑社）。少年時代のジェイソン・カーターが登場）、*Ice Hunt*（邦訳『アイス・ハント』（扶桑社）。シグマに加わる前のコワルスキが登場）といった作品や、レベッカ・キャントレルとの共著による「血の騎士団」シリーズ（マグノリアブックス）などを書いている。また、シリーズ⑦『ギルドの系譜』（および短編『タッカーの相棒』）に登場したタッカー・ウェイン大尉と軍用犬のケインを主人公とした、グラント・ブラックウッドとの共著による「シグマフォース外伝　タッカー＆ケイン・シリーズ」も、*The Kill Switch*（邦訳『黙示録の種子』）と *War Hawk*（邦訳『チューリングの遺産』、いずれも竹書房より）の二冊が発売されている。こちらのシリーズにはシグマフォースからクロウ司令官のほか、ルース・ハーパーという女性隊員が登場する。

シグマフォース・シリーズ⑮（十六作目）に当たる次作*Kingdom of Bones*は、アメリカで二〇二一年八月の刊行予定になっている。発表されているあらすじを簡単に紹介しておこう。アフリカのコンゴの小さな村で、住民たちの間に異常が発生し、カタレプシーの症状が見られた。その一方で、周辺の動植物が人間を襲うようになり、しかも加速度的に進化し始める。その現象は地元の人たちが「Kingdom of Bones（骨の王国）」と呼ぶ呪われた地から拡大し、アフリカ大陸全体、さらには世界に広がる様相を見せていた。これは自然発生的なものなのか？　それとも、裏で糸を引いている組織が存在するのか？　謎の解明に乗り出したシグマは、アフリカ大陸に隠された秘密――我々人類とは何者なのか、そして人類がこれからどこに向かうのかに関しての真相を知ることになる。邦訳は二〇二二年夏の刊行を予定している。

最後になったが、本書の出版に当たっては、竹書房の富田利一氏、オフィス宮崎の小西道子氏、校正では白石実都子氏と坂本安子氏に大変お世話になった。この場を借りてお礼を申し上げたい。

二〇二一年二月

桑田　健

シグマフォース シリーズ14
タルタロスの目覚め　下
The Last Odyssey

２０２１年4月２９日　初版第一刷発行

著…………………………………………… ジェームズ・ロリンズ
訳……………………………………………………………桑田 健
編集協力……………………………… 株式会社オフィス宮崎
ブックデザイン…………………………橋元浩明（sowhat.Inc.）
本文組版…………………………………………………… ＩＤＲ

発行人…………………………………………………… 後藤明信
発行所…………………………………………… 株式会社竹書房
〒102-0075　東京都千代田区三番町８－１
三番町東急ビル６Ｆ
email：info@takeshobo.co.jp
http://www.takeshobo.co.jp
印刷・製本…………………………………… 凸版印刷株式会社